萬善同歸集

中國佛教經典寶藏精選白話版

44

袁家耀釋譯

星雲大師總監修

佛光山宗務委員會印行

總序

星雲

自讀首楞嚴，從此不嚐人間糟糠味；
認識華嚴經，方知己是佛法富貴人。

誠然，佛教三藏十二部經有如暗夜之燈炬，苦海之寶筏，爲人生帶來光明與幸福，古德這首詩偈可說一語道盡行者閱藏慕道，頂戴感恩的心情！可惜佛教經典因爲卷帙浩瀚，古文艱澀，常使忙碌的現代人有義理遠隔，望而生畏之憾，因此多少年來，我一直想編纂一套白話佛典，以使法雨均霑，普利十方。

一九九一年，這個心願總算有了眉目，是年，佛光山在中國大陸廣州市召開「白話佛經編纂會議」，將該套叢書訂名爲《中國佛教經典寶藏》。後來幾經集思廣義，大家決定其所呈現的風格應該具備下列四項要點：

一、啓發思想：全套《中國佛教經典寶藏》共計百餘册，依大乘、小乘、禪、淨、密等性質編號排序，所選經典均具三點特色：

1歷史意義的深遠性

2中國文化的影響性

3人間佛教的理念性

二、通順易懂：每册書均設有譯文、原典、注釋等單元，其中文句鋪排力求流暢通順，遣辭用字力求深入淺出，期使讀者能一目瞭然，契入妙諦。

三、精簡義賅：以專章解析每部經的全貌，並且搜羅重要章句，介紹該經的精神所在，俾使讀者對每部經義都能透徹瞭解，並且免於以偏概全之誤謬。

四、雅俗共賞：《中國佛教經典寶藏》雖是白話佛典，但應兼具通俗文藝與學術價值，以達到雅俗共賞、三根普被的效果，所以每册書均以題解、源流、解說等章節，闡述經文的時代背景、影響價值及在佛教歷史和思想演變上的地位角色。

茲值佛光山開山三十週年，諸方賢聖齊來慶祝，歷經五載、集二百餘人心血結晶的百餘册《中國佛教經典寶藏》也於此時隆重推出，可謂意義非凡，論其成就，則有四點可與大家共同分享：

一、佛教史上的開創之舉：民國以來的白話佛經翻譯雖然很多，但都是法師或居士個人的開示講稿或零星的研究心得，由於缺乏整體性的計劃，讀者也不易窺探佛法之堂奥。有鑑於此，《中國佛教經典寶藏》叢書突破窠臼，將古來經律論中之重要著作，作有系統的整理，爲佛典翻譯史寫下新頁！

二、傑出學者的集體創作：《中國佛教經典寶藏》叢書結合中國大陸北京、南京兩大名校的百位教授學者通力撰稿，其中博士學位者佔百分之八十，其他均擁有碩士學位，在當今出版界各種讀物中難得一見。

三、兩岸佛學的交流互動：《中國佛教經典寶藏》撰述大部份由大陸飽學能文之教授負責，並搜錄臺灣教界大德和居士們的論著，藉此銜接兩岸佛學，使有互動的因緣。編審部份則由臺灣和大陸學有專精之學者從事，不僅對中國大陸研究佛學風氣具有帶動啓發之作用，對於臺海兩岸佛學交流更是助益良多。

四、白話佛典的精華集粹：《中國佛教經典寶藏》將佛典裏具有思想性、啓發性、教育性、人間性的章節作重點式的集粹整理，有別於坊間一般「照本翻譯」的白話佛典，使讀者能充份享受「深入經藏，智慧如海」的法喜。

今《中國佛教經典寶藏》付梓在即，吾欣然爲之作序，並藉此感謝慈惠、依空等人百忙之中，指導編修；吉廣輿等人奔走兩岸，穿針引線；以及王志遠、賴永海等大陸教授的辛勤撰述；劉國香、陳慧劍等臺灣學者的周詳審核；滿濟、永應等「寶藏小組」人員的匯編印行。由於他們的同心協力，使得這項偉大的事業得以不負衆望，功竟圓成！

《中國佛教經典寶藏》雖說是大家精心擘劃、全力以赴的鉅作，但經義深邈，實難備盡；法海浩瀚，亦恐有遺珠之憾；加以時代之動亂，文化之激盪，學者教授於契合佛心，或有差距之處。凡此失漏必然甚多，星雲謹以愚誠，祈求諸方大德不吝指正，是所至禱。

一九九六年五月十六日於佛光山

編序

敲門處處有人應

《中國佛教經典寶藏》是佛光山繼《佛光大藏經》之後，推展人間佛教的百冊叢書，以將傳統《大藏經》菁華化、白話化、現代化爲宗旨，力求佛經寶藏再現今世，以通俗親切的面貌，溫渥現代人的心靈。

佛光山開山三十年以來，家師星雲上人致力推展人間佛教不遺餘力，各種文化、教育事業蓬勃創辦，全世界弘法度化之道場應機興建，蔚爲中國現代佛教之新氣象。這一套白話菁華大藏經，亦是大師弘教傳法的深心悲願之一。從開始構想、擘劃到廣州會議落實，無不出自大師高瞻遠矚之眼光，從逐年組稿到編輯出版，幸賴大師無限關注支持，乃有這一套現代白話之大藏經問世。

這是一套多層次、多角度、全方位反映傳統佛教文化的叢書，取其菁華，捨其艱澀，希望既能將《大藏經》深睿的奧義妙法再現今世，也能爲現代人提供學佛求法的方便舟筏。我們祈望《中國佛教經典寶藏》具有四種功用：

一、是傳統佛典的菁華書——中國佛教典籍汗牛充棟，一套《大藏經》就有九千餘卷，窮年皓首都研讀不完，無從賑濟現化人的枯槁心靈。《寶藏》希望是一滴濃縮的法水，既不失《大藏經》的法味，又能有稍浸即潤的方便，所以選擇了取精用弘的摘引方式，以捨棄龐雜的枝節。由於執筆學者各有不同的取捨角度，其間難免有所缺失，謹請十方仁者鑒諒。

二、是深入淺出的工具書——現代人離古愈遠，愈缺乏解讀古籍的能力，往往視《大藏經》爲艱澀難懂之天書，明知其中有汪洋浩瀚之生命智慧，亦只能望洋興歎，欲渡無舟。《寶藏》希望是一艘現代化的舟筏，以通俗淺顯的白話文字，提供讀者遨遊佛法義海的工具。應邀執筆的學者雖然多具佛學素養，但大陸對白話寫作之領會角度不同，表達方式與臺灣有相當差距，造成編寫過程中對深厚佛學素養與流暢白話語言不易兼顧的困擾，兩全爲難。

三、是學佛入門的指引書——佛教經典有八萬四千法門，門門可以深入，門門是無限寬廣的證悟途徑，可惜缺乏大衆化的入門導覽，不易尋覓捷徑。《寶藏》希望是一支指引方向的路標，協助十方大衆深入經藏，從先賢的智慧中汲取養分，成就無上的人生福澤。然而大陸佛教經「文化大革命」中斷了數十年，迄今未完全擺脫馬列主義之教條框框，《寶藏》在兩岸解禁前即已開展，時勢與環境尚有諸多禁忌，五年來雖然排除萬難，學者對部份教理之闡發仍有不同之認知角度，不易滌除積習，若有未盡中肯之辭，則是編者無奈之咎，至誠祈望碩學大德不吝垂教。

四、是解深入密的參考書——佛陀遺教不僅是亞洲人民的精神歸依，也是世界衆生的心靈寶藏，可惜經文古奧，缺乏現代化傳播，一旦龐大經藏淪爲學術研究之訓詁工具，佛教如何能紮根於民間？如何普濟僧俗兩衆？我們希望《寶藏》是百粒芥子，稍稍顯現一些須彌山的法相，使讀者由淺入深，略窺三昧法要。各書對經藏之解讀詮釋角度或有不足，我們開拓白話經藏的心意卻是虔誠的，若能引領讀者進一步深研三藏教理，則是我們的衷心微願。

在《寶藏》漫長五年的工作過程中，大師發了兩個大願力——一是將文革浩刼斷滅將盡的中國佛教命脈喚醒復甦，一是全力扶持大陸殘存的老、中、青三代佛教學者之生活生機。大師護持中國佛教法脈與種子的深心悲願，印證在《寶藏》五年艱苦歲月和近百位學者身上，是《寶藏》的一個殊勝意義。

謹呈獻這百冊《中國佛教經典寶藏》爲 師父上人七十祝壽，亦爲佛光山開山三十週年之紀念。至誠感謝三寶加被，龍天護持，成就了這一樁微妙功德，惟願《寶藏》的功德法水長流五大洲，讓先賢的生命智慧處處敲門有人應，普濟世界人民衆生！

目錄

題解

《萬善同歸集》是中國佛教的一部重要著作，由五代宋初杭州永明寺禪僧延壽撰著。

延壽（公元九〇四——九七五年），俗姓王，浙江餘杭人。延壽出生時，吳越武肅王錢鏐以杭州爲中心，正大力提倡佛教。在周圍環境的影響下，延壽於童年時代，即已嚮往佛教。曾爲餘杭庫吏，後遷華亭鎭將，督納軍需。爲實踐佛教戒殺放生的教義，他擅自動用庫錢買魚蝦放生，事發後被判死刑。當他被押赴刑場時，面無懼色，典刑者問其原因，他回答說：「動用庫錢是爲了放生，自己沒有私用一文，所以於心無愧。」爲此，他終被無罪釋放。

吳越文穆王錢元瓘知道延壽慕道心切，於是順從其志，聽令出家。年三十，延壽捨棄妻孥，削染登戒，參禮四明翠巖禪師爲師。不久，入天台山修習禪定，並參謁法眼宗德韶禪師，受其印可，成爲清涼文益再傳弟子。年四十九，住持明州雪竇山資聖寺。

年五十七，受吳越忠懿王錢弘俶之請，住持杭州靈隱寺，爲該寺第一世。第二年，又受請住持永明寺（即今杭州西湖淨慈寺），爲該寺第二世，寺衆多達二千餘人。年六十七，延壽奉詔於錢塘江畔月輪峰創建六和塔，以作鎭海之用。年七十一，再度入天台山，受其菩薩戒者萬餘人。次年圓寂。

延壽一生誦《法華經》一萬三千部，禪教兼重而歸心淨土。高麗國王遠慕聲教，遣使齎書，敍弟子之禮，並以金線織成的袈裟、水晶數珠、金澡罐等法物相贈。延壽親自爲隨同使者前來問道的學僧三十六人印可記莂，使法眼宗從此盛行於國外。

延壽著作宏富，除《萬善同歸集》三卷外，還有《宗鏡錄》一百卷、《神棲安養賦》一卷、《唯心訣》一卷、《定慧相資歌》一卷等多種。

《萬善同歸集》，意爲「論述一切修行都將令人歸趣眞理、獲得解脫的著作」。「萬善」，指所有與善相應的思想和行爲；「同歸」，即共同歸趣眞如實相。正如延壽開宗名義所說的：「夫萬善所歸，皆宗實相。」這「實相」就是最高眞理、涅槃境界。

延壽鑒於衆生輪迴於六道，流轉於生死，不能自行解脫的狀況，「是以廣引祖佛之深心，備彰經論之大意，希悛舊執，庶改前非，同躡先聖之遺蹤，共稟覺王之慈勑。無虧本志，免負四恩，齊登解脫之門，咸闡離生之道，成諸佛業，滿大菩提。」（卷下）這是他寫作《萬善同歸集》的目的。他希望人們通過如實修行，脫離苦海，證悟涅槃。

關於《萬善同歸集》的內容，作者在該書結束時有如下的總括說明：「問：此集所陳，有何名目？答：若問假名，數乃恆沙。今略而言之，總名《萬善同歸》。別開十義。一名理事無閡，二名權實雙行，三名二諦並陳，四名性相融即，五名體用自在，六名空有相成，七名正助兼修，八名同異一際，九名修性不二，十名因果無差。」這也就是說，全書的內容，就是圍繞這十個名目而展開。這十個名目既是理論的總結，又是人們佛教實踐的指導。從理論上看，它所闡述的思想核心是圓融無礙；從實踐上說，它所提倡的是一切修行的必要性。

理論上的圓融，是本書的一大特色。延壽從佛學本體論角度指出，理體與事相、眞諦與俗諦、性宗與相宗、本體與功用、眞空與假有之間是融通無礙的關係，而其中又以「理事無閡」爲一切無礙之首。自始至終，他一再向人們申述這種圓融思想。他寫道：「事因理立，不隱理而成事；理因事彰，不壞事而顯理」；「當知離理無事，全水是波；離事無理，全波是水」；「因事顯理，藉理成事。事虛攬理，無不理之事；

理實應緣，無閡事之理。」（卷上）

延壽這一理事無礙思想出自華嚴宗教義。《萬善同歸集》中說：「若約圓旨，不惟理事相即，要理理相即亦得，事事相即亦得，理事不即亦得。」（卷中）這裏表述的便是華嚴宗「理事無礙」、「事事無礙」之說。在該書末尾，延壽還特別申述說：「理事無閡，萬事圓修」、「即華嚴所宗，圓教所攝」（卷下）。可見，延壽在《萬善同歸集》中，正是以華嚴學說爲背景，建立起自己的理論體系。在理事無礙確立的基礎上，「二諦」、「性相」、「體用」、「空有」等的圓融相即也就隨之而形成。

但是，《萬善同歸集》並不滿足於上述圓融理論的闡述。延壽的意圖，是要通過圓融無礙學說，強調說明這樣一個道理，即一切修行都將使人歸趣眞理、獲得解脫。這就是他所說的「八萬法門無非解脫，一念微善皆趣眞如」（卷中）。

延壽指出，既然理事無礙，二諦並陳、性相融即、體用自在、空有相成，那麼，理想境域與現實世界、佛教至極理論與衆生全部實踐也就同時並進，統一無礙。正如他所說：「即理之事，行成無礙；即事之理，行順眞如」；「圓融不礙行布，頓成諸行」、「行布不礙圓融，遍成諸行。」（卷中）根據這一道理，人們應該「以理導行，以行圓理」，使「理本」與「萬行」復歸統一。只有這樣，才符合「華嚴圓旨，具德同時，理行齊敷，悲智交濟」（卷上）的思想。

他指出，禪宗主張頓悟佛性，提倡「心性圓明，本來具足」，但是，從圓融無礙的角度說，這「一念頓具，不妨萬行施爲」，所以尚須「衆善顯發，萬行磨治，方便引出」（卷上）。這就是說，心性的頓悟與具體的修行不僅沒有矛盾，而且相互促成。因此，在《萬善同歸集》所說的十大名目中，延壽同樣強調了「修性不二」、「權實雙行」、「正助兼修」的重要意義，指出它們是使衆生獲得解脫的根本途徑。

延壽從當時佛教界（尤其是禪宗界）普遍忽視修行的實際情況出發，在提倡「理事無閡」和「修性不二」等的基礎上，把修行「萬善」置於突出地位，以實現寫作《萬善同歸集》的最終目的。他明確指出「佛法貴在行持，不取一期口辯」（卷中）。「重實而不重虛，貴行而不貴說。」（卷下）。佛學理論要落實在具體修行活動中，沒有具體的修行，一切圓融無礙之說便毫無意義。而修行的重要意義就在於，它通過「理事無閡」、「修性不二」等原則的指導，直接與菩提、種智、眞如、涅槃，即解脫、成佛的最高理想聯繫起來。乃至「一切施爲，無非佛事」（卷上）。「衆行俱備，萬

善齊修；一行歸源，千門自正。」（卷中）

延壽在向人們指出「萬善是菩薩入聖之資糧，衆行乃諸佛助道之階漸」、「萬善悉向菩提，衆行咸歸種智」（卷上）之後，並未停留在一般的號召上，而是以衆多具體生動的事例，大量精當嚴肅的徵引，剖析和詳解了「萬善同歸」的必要性、可行性。

在《萬善同歸集》中，他列舉的「衆行」計有三十餘種，幾乎包容了所有佛教大小乘各類修行。如：供養三寶、恭敬佛像、廣興法會、稱念佛號、誦讀佛經、修習禪定、行道念佛、禮佛拜佛、奉持戒律、懺悔罪業、講唱大乘、製論釋經、著文解義、翻譯大乘、廣行經咒、慈心孝順、供養父母、十度四攝，嚴格苦行如燃指、燒身、燒臂、遺身、投巖、赴火、放生贖命等等。因此，延壽此書的內容與書名完全一致，集中闡述了「萬善同歸」。就是說，一切修行都是善行，都與佛的教導不相違背，都能通達佛教眞理，所謂「以行者，緣一切善法；無行者，不得一切善法」、「若人修行一切善法，自然歸順眞如法。」（卷上）

延壽依據佛經所說，還指出即使所作細微之善，也能使人成就佛道。他說：「道不遺於小行，暗弗拒於初明」、「修一善心，破百種惡」、「一毫之善，本趣菩提。」

（卷中）這對當時佛教界來說，無疑是一帖進補的良藥。因爲，佛法歸根結底是要導人爲善，教人如何脫離娑婆世界之苦（苦的根源是「惡」即無明、煩惱），完成向彼岸世界的過渡。

延壽認爲，「心」是善惡的源頭，也是成佛的根本，所以修行首先要從「心」上做起，由發菩提心開始。他說：「萬行之源，以心爲本」，助道門內「以其眞實正直爲先，慈悲攝化爲導」（卷下）、「從凡入聖，萬善之門，先發菩提心，最爲第一。」（卷中）以發菩提心爲起點，延壽根據大乘佛教普度衆生的理想和要求，把衆善萬行的重點集中到兩個方面，一是實施六度四攝，二是倡導念佛淨土。

《萬善同歸集》指出，「六度」、「四攝」是「化他妙行」，是大乘菩薩自利利他的基本修行。「是以萬法惟心，應須廣行諸度，不可守愚空坐，以滯眞修。」（卷上）六度既由心而發，故無一不是善行，無一不是通向涅槃的正道。延壽說：「若論施，則內外咸捨；言戒，則大小兼持；修進，則身心並行；具忍，則生法具備；般若，則境智無二；禪定，則動寂皆平。」（卷中）這六度可以概括一切「諸佛菩薩修進之門」，其中有正有助，有實有權，理事齊修，乘戒兼急，悲智雙運，內外相資。

通觀該書，在六度中，延壽又對檀施和般若兩項予以特殊的重視。他認為「諸佛化門，檀施一法，為十度之首，乃萬行之先，入道之初因，攝生之要軌」（卷中）。檀施雖屬權宜方便，但它是通往般若的重要途徑。般若則是其他五度的依據，也是其他五度的歸結。

延壽說：「五度如盲，般若如導」、「般若不明，萬行虛設」，五度若無般若，「豈得涅槃之果？」萬善若無般若，「空成有漏之因」（卷下）。在這一意義上，「萬善同歸」也就是歸入般若，因為「離般若外，更無一法」（卷下）。這樣，六度中般若與其他五度的關係，便成為眞實與方便的關係，兩者的結合修行才能眞正解脫。「般若無方便，溺無為之坑；方便無般若，陷幻化之網」（卷中）。所以說「智度菩薩母，方便以為父。」可見，延壽的上述觀點與禪宗主張智慧解脫的原則基本相符。這是《萬善同歸集》所要闡述的一個方面。

「四攝」，指菩薩為攝受衆生，使生親愛之心，皈依佛道，而應做的四件事。它們是：布施攝、愛語攝、利行攝、同事攝。延壽說：「化他妙行，不出十度、四攝之門；利己眞修，無先七覺、八正之道」、「菩薩萬行齊興，四攝廣被，不可執空害有，守一疑諸」（卷中）。四攝的大力提倡，把衆善萬行全面推向社會人生，從而更有效體現大乘基本精神。在四攝原理的指導下，不僅種植園林、開通道路、興置橋樑、施食給漿、良藥救患等等都是重要修行，而且就連盡忠立孝、濟國治家、敬養父母、承事尊賢以及行謙讓之風、履溫恭之道等儒家道德規範，也都成爲佛教修行的組成部分。

在這一基礎上，延壽進而確立「三教一致」的理論。認爲儒、道兩教雖然低於佛教，但是在很多地方與佛教教義是一致的，所謂「儒道先宗，皆是菩薩；示劣揚化，同讚佛乘。」（卷下）他指出，佛教之所以高於儒、道兩教，在於它能以眞、俗二諦「兼濟道俗」。他說：「開俗諦也，則勸臣以忠，勸子以孝，勸國以紹，勸家以和」、「敷眞諦也，則是非雙泯，能所俱空，收萬象爲一眞，會三乘歸圓極。」又說：「佛法衆善，普潤無邊，力濟存亡，道含眞俗。於國有善則國霸，於家有善則家肥，所利弘多，爲益不少。」（卷下）根據以上說法，延壽所說的「萬善同歸」，似乎包含更爲廣泛的內容。

《萬善同歸集》要闡述的另一個重要方面，是淨土觀念及其實踐。延壽認爲，修行淨土往生，不僅「易往易取」，而且有三十種利益，二十四種快樂。爲達到淨土往生目的，他提倡一種名爲「唯心淨土」的佛教思想。他寫道：「識心，方生唯心淨土；著境，祇墮所緣境中」、「心淨故，即佛土淨」、「唯心念佛，以唯心觀，遍該萬法。既了境唯心，了心即佛，故隨所念，無非佛矣。」（卷上）這就是說，由於諸佛國土（「淨土」）就是自心（「唯心」），所以，只要清淨自心，也就進入了淨土。這表明「唯心淨土」的思想，明顯帶有禪宗心性論的特點，即把淨土往生與發現自己心性緊密聯繫在一起。如果僅此爲止，它仍然沒有脫離自力佛教的範疇。

需要指出的是，事實上，在提倡「唯心淨土」的同時，延壽又主張實施稱名念佛的「念佛淨土」，往生西方阿彌陀佛淨土。他以大量大乘經典爲依據，提出：「聲爲衆義之府，言皆解脫之門」，「且如課念尊號，教有明文。唱一聲而罪滅塵沙，具十念而形棲淨土。」因此，「念佛名者，必成於三昧。亦猶清珠下於濁水，濁水不得不清；念佛投於亂心，亂心不得不佛……誰復患之於起心動念高聲稱佛哉！」（卷上）他又引證經文說，高聲念佛有十種功德，其中第十種便是「生於淨土」。結論是「稱念佛名，往生淨土。」

延壽認爲，修行淨土可以有兩種方法，一是「定心，如修定習觀」；二是「專心，但念名號，衆善資熏。」（卷上）基於對稱名念佛的重視，他在自己反復宣傳的「行道念佛」法門中，加入了高聲稱念佛名的內容，所謂「行道五百遍，念佛一千聲；事業常如此，西方佛自成。」（卷上）這樣，行道念佛實際上指的是，一邊右旋繞佛而行，一邊稱名念佛。

他認爲，這樣做，其實際效果將更爲突出：「譬如逆水張帆，猶云得往，更若張帆順水，速疾可知。」（卷上）據《佛祖統紀》卷二十六記載，延壽不僅提倡稱名念佛往生淨土，而且身體力行，「日課一百八事，未嘗暫廢。學者參問，指心爲宗，以悟爲則。日暮往別峰行道念佛，旁人聞螺貝天樂之聲。」因他弘揚念佛淨土法門有功，後人將他列入淨土宗祖師之位。

很顯然，延壽的稱名念佛已經與自力佛教原則相去甚遠。正如他自己所說：「當今末法，現是五濁惡世，唯有淨土一門，可通入路。當知自行難圓，他力易就。如劣士附輪王之勢，飛遊四天；凡質假仙藥之功，昇騰三島。實爲易行之道，疾得相應。」（卷上）這裏所說「淨土一門」，直接指向稱名念佛往生「無量壽佛國土」；因爲這一法門「易往易取」，所以是他力的「易行之道」。通過稱念佛名，與阿彌陀佛願力相契，為其接引，往生極樂淨土，這是典型的他力佛教。這樣，延壽並未堅持禪宗關於自心佛性、智慧解脫的原則，相反已走向他力往生的方面。

至此，我們可以看到，《萬善同歸集》反復提到的「悲智雙運，內外相資」，其重要內容就是指自力與他力的結合。在該書卷上，延壽一再指出：「若自力充備，即不假緣；若自力未堪，須憑他勢」、「內則唯憑自力，外則全仰佛加，遂得障盡智明，雲開月朗。」事實上，由於時處末法，人們普遍缺乏自信、自力，所以，他力的念佛往生西方淨土，也就有日益被重視的趨勢。

綜上所述，《萬善同歸集》以理事無閡、體用一致為理論依據，全面論證了「萬善同趣菩提，衆行共成涅槃」這一基本思想。它不僅有嚴密的理論闡述，使調和融合思想成為完整體系，而且還一一對各類佛教修行作出具體解釋，為末法時代衆生的佛教實踐提供了有力的理論指導。

延壽作為禪宗法眼宗的傳人，沒有全力繼承和發揚禪宗的思想和風格，而是通過《萬善同歸集》等一系列著作，闡述了佛教內部的圓融統一思想。他從「乘戒兼急，悲智雙運，內外相資」的理論闡述中，把佛教修行的地位竭力予以渲染，將人們對佛教的興趣和重點引入堅定的信心和普遍的實修。我們有理由認爲，佛教在宋以後的發展演變趨勢，與延壽《萬善同歸集》一書在社會上的廣泛流行有著密切的聯繫。

直至清初，雍正帝在他的〈御製萬善同歸集序〉中還稱揚道：「誠以六祖以後，永明爲古今第一大善知識也。乃閱至所作《萬善同歸集》，與朕所見，千百年前，若合符節。」認爲延壽的著作「如日月經天，江河行地，至高至明，至廣至大，超出歷代諸古德之上」。在《御選語錄》的〈永明編序〉中，雍正再次對《萬善同歸集》予以讚美。

《萬善同歸集》全書三卷，約六萬字。這裏所選部分近三萬字，佔全書的一半。凡原書中延壽表述的主要觀點，具體論證材料以及所舉重要事例，幾乎都選入無餘。未選部分，包括以下幾個方面：一是對於同一內容的過多的經典引證；二是關於個別觀點的重複闡述；三是與中心聯繫並不密切的其他佛教思想的問答。

《萬善同歸集》撰成後大約一百餘年，北宋熙寧五年（公元一〇七二年）出現第一個刻本。發起人爲法慧院智如藏主。據沈振〈萬善同歸集序〉，智如藏主「自傾囊楮，遽出財貲，肇爲倡率之隆，仍募高明之助。勝緣既集，能事必行，因鏤版以成編，貴修身而有監」。其後，不少大藏經都曾將它收入。如趙城《金藏》收入「幾」字函，分三卷；明代《北藏》和《嘉興藏》收入「史」字函，改分爲六卷（其中《北藏》所收，書名闕略「集」字）；清代《龍藏》收入「郡」字函，改分爲五卷；《頻伽藏》收入「騰」字函，重分六卷；《卍字續藏經》收入「甲編」第十五套，也分六卷。此外，今存者尚有清同治十一年（公元一八七二年）金陵刻經處本，分上、中、下三卷。今譯注所依原本，即此金陵刻經處本（由中國社會科學院世界宗教研究所張新鷹先生提供）。

經典

1 卷上

譯文

凡是一切與善心相應的思想行爲，都將歸之於最高眞理——眞如實相。這就好比虛空容納所有，大地生長萬物。所以，只要契會不二不異的眞如，自然也就包含了一切功德。但是，宇宙本體雖不生不滅，卻有各類事物的造作流遷；萬物雖由因緣和合而生，眞如佛性卻永恆存在。因此，眞如之體的寂靜無爲並不妨礙眞如的功用，世間生滅變化的萬物，並不有違於出世間的最高眞理；萬物的「有」和本體的「無」可以同時觀察思惟，兩者沒有高下之別，彼此平等不二。所以說，宇宙萬物歸根結底都由心所造，心乃是萬物的本體。人們應該廣泛採取各種求得解脫的方法，不可虛擲時光，無所作爲，妨礙眞修實行。但是，倘若要實行一切抵達彼岸的方法，畢竟還是要以理事關係爲依據。宇宙本體的「理」與森羅萬象的「事」圓融無礙，這就是所謂的「中道」原理。懂得這一原理，就能既有益於自己又有利於他人，從而圓滿共同的慈悲之心；又能包羅一切，從而成就所有佛教修行。

說到理事關係，其內容和旨趣實在是幽深莫測，難以一下說明。假如仔細予以推敲，則可以說它們之間既不是「一」也不是「異」的關係。因此，眞實不妄的本體之理，與虛假不實的具體之事，兩者力用交徹，舒卷同時，互不相礙。理體周遍萬物而無所謂差別，事相卻因有「能」、「所」的對待而千差萬別。萬物成立的終極依據是理體，不必隱蔽理體而能成就萬物；理體因萬物而顯著，不須破除萬物而能顯示理體。理與事的這種相互資助，使它們各自得以成立；而理與事之間的相互吸收，則又使它們一起歸源於空。理的隱蔽和事的顯著，使兩者相互促成；而理事的融通無礙則使它們同時得以體現。理與事的相互排斥或奪取，則造成兩者既非「有」也非「空」；而理與事的相互統一或促成，則使它們既非「常」也非「斷」。如果離開具體事物而去推論抽象的道理，那就會墮入聲聞乘的知見；倘若脫離理體而專於事上作各種修行，則更是相當於凡夫俗子的偏執了。

要知道，脫離了本體之理，也就沒有具體的事，因爲水也就是波；同樣，脫離了具體的事，也就沒有本體之理，因爲波也就是水。但是，理也並不等同於事，因爲它們各有自己的表現形態；而事也不等同於理，因爲它們有主動和被動的區別。既否定理又否定事，從而使眞理和俗事、出世間法和世間法同時無法表現；既肯定理又肯定事，則使眞諦和俗諦兩種眞理恆久確立。眞、俗二諦的妙用，能顯示萬物的假相，使它們看上去似乎是有；否定萬物，破除假相，歸於本質之空，即顯示寂靜境界。既不偏於萬物本質空的一面，又不偏於事相假有的一面，這樣才能達到對最高眞理即「中道」的認識；事物性空的本質與其假有的現象之間互不妨礙，從而也就決不會有損於最高眞理！

原典

夫衆善❶所歸，皆宗實相❷。如空包納，似地發生。是以但契一如❸，自含衆德❹。然不動眞際❺，萬行常興；不壞緣生❻，法界❼恆現。寂❽不閡用❾，俗❿不違眞⓫；有無齊觀，一際⓬平等⓭。是以萬法惟心⓮，應須廣行諸度⓯，不可守愚空坐，以滯眞修。若要萬行齊興，畢竟須依理事。理事無閡，其道在中。遂得自他兼利，而圓同體之悲；終始該羅，以成無盡之行。

若論理事，幽旨難明。細而推之，非一非異。是以性實⑯之理，相虛⑰之事，力用交徹，舒卷同時。體全遍而不差，跡能所⑱而似別。事因理立，不隱理而成事；理因事彰，不壞事而顯理。相資則各立，相攝則俱空；隱顯則互興，無閡則齊現。相非相奪，則非有非空；相即相成，則非常非斷。若離事而推理，墮聲聞⑲之愚；若離理而行事，同凡夫之執。

當知離理無事，全水是波；離事無理，全波是水。理即非事，動濕不同；事即非理，能所各異。非理非事，眞俗俱亡；而理而事，二諦⑳恆立。雙照㉑即假，宛爾幻存；雙遮㉒即空，泯然夢寂。非空非假，中道㉓常明；不動㉔因緣㉕，寧虧理體？

注釋

❶**衆善**：指一切與善心相應的思想和行爲。「善」，與「惡」相對而言。《大乘義章》卷七：「順，名爲善；違，名爲惡。」（大正四十四．頁五九九下）

❷**實相**：「諸法實相」的簡稱。與眞如、涅槃、性空、法性、無相、眞性、實際等概念意義相同。《肇論．宗本義》：「本無、實相、法性、性空、緣會，一義耳。」指宇

宙間一切事物的眞相，這種眞相常住不變，唯一眞實。與此相對應，世俗認識的一切現象則稱之爲「假相」。

❸**一如**：「一」，不二的意思；「如」，不異的意思。「一如」，即不二不異，相當於眞如。《文殊般若經》：「不思議佛法，等無分別，皆乘一如，成最正覺。」

❹**衆德**：「德」，意思是善行、功德。「衆德」，指所有思想和行爲的功德。

❺**眞際**：至極的意思。相當於眞如、法性。《維摩經・見阿閦佛品》：「非有相，非無相；同眞際，等法性。」（大正十四・頁五五五上）

❻**緣生**：佛教認爲，一切事物都處於因果聯繫之中，依據一定條件而生起、變化，用它來解釋宇宙、社會、人生以及各種精神現象產生的根源。

❼**法界**：指現象的本源和本質，尤其指成佛的原因，與眞如、空性、實際、無相、實相等概念相同。有時也指整個宇宙現象界，此時的「界」有分界、種類的意思。《六祖壇經・般若第二》：「善知識！心量廣大，遍周法界。」（大正四十八・頁三五〇中）

❽**寂**：寂靜的意思。意爲眞理遠離有爲的事相，所以寂靜無爲。又名「滅」，是眞如、涅槃的異名。《維摩經・問疾品》：「導人入寂」。

❾**用**：作用、功用的意思。意為眞如有體有用，其體寂靜，其用能生世間、出世間一切事相。《大乘起信論》：「三者用大，能生一切世間、出世間善因果故。」（大正三十二．頁五七五下）寂、用經常雙舉並用，名「寂用」，又名「寂照」，指眞如的體和用兩個方面。眞如的體用平等不二，即體為用，即用為體，故稱之為「寂用湛然」。

❿**俗**：凡俗。指由因緣而生的世間一切事物。與「眞」相對，俗有生滅變化功能，是虛假、僞妄的別名。

⓫**眞**：眞理，指出世間法。與「俗」相對，眞是理體，無生滅變化，是眞如、眞實不虛的別名。佛教修習的根本目的，是要脫離「俗」而歸於「眞」，獲得解脫。但天台、華嚴等宗認為，眞如可隨緣為諸法，諸法便是眞如，所以提倡「眞俗不二」。

⓬**一際**：意謂彼此平等而無分別。《大智度論》卷十九：「涅槃不異世間，世間不異涅槃；涅槃際、世間際，一際無有異故。」（大正二十五．頁一九八上）

⓭**平等**：意為沒有高下、深淺等的彼此差別。指眞如、法性周遍一切諸法，一際平等。《金剛經》：「是法平等，無有高下。」（大正八．頁七五一下）

⓮**萬法惟心**：或名「萬法唯識」。意為一切諸法都由「心」所造，心是萬法的本體。

「萬法」，指一切事物；「惟心」，指只有一心。唐譯《華嚴經・十地品》：「三界所有，唯是一心。」（大正十・頁一九四上）佛教各派對「心」的解釋不盡一致。華嚴宗據《楞伽經》、《大乘起信論》等認爲，心即如來藏或眞如。瑜伽行派和法相唯識宗認爲，心就是阿賴耶識。

⑮**諸度**：即「諸波羅蜜」。意爲各種由此岸到彼岸的方法、途徑，如「六度」（布施、持戒、忍辱、精進、禪定、智慧）或「十度」（法相唯識宗在「六度」基礎上，又將其中「智慧」擴展爲方便善巧、願、力、智等四度，合而爲十度）。「度」，或譯作「到彼岸」，是梵語「波羅蜜」的意譯。

⑯**性實**：意爲一切事物其本質或本體眞實不虛，無生滅變化。「性」，指本質、本體。《大乘義章》卷一：「體義名性……，不改名性。」（大正四十四・頁四七二上）

⑰**相虛**：意爲一切事物的相狀都虛假不實，生滅變化不已。「相」，指外在的相貌。衆生因執著於「相」，從而產生種種妄惑，無法達到對事物本質（性實）的認識。《楞伽經》卷四：「愚癡凡夫，隨名相流。」（大正十六・頁五一一上）

⑱**能所**：指「能」與「所」兩個相互對待的概念。「能」，能動，具有主動性，指認識

的主體；「所」，被動，受「能」的作用，指認識的對象。

⑲**聲聞**：即「聲聞乘」，意為聽聞佛陀言教而覺悟者。原指佛在世時的弟子，後與緣覺、菩薩二乘相對，為「三乘」之一。指只能遵照佛的說教而修行的出家者。以修學「四諦」（苦、集、滅、道）為主，最高果位是阿羅漢，最終目的達到「灰身滅智」的無餘涅槃。《大乘義章》卷十七：「從佛聲聞而得道者，悉名聲聞。」（大正四十四·頁七八九上）

⑳**二諦**：原為古印度婆羅門教用語，為佛教所沿用。指「俗諦」（又稱「世諦」、「世俗諦」）和「眞諦」（又稱「勝義諦」、「第一義諦」）。「諦」，指眞實不虛之理；兩種眞理，謂之二諦。俗諦，指凡夫的常識境界；眞諦，指聖者自覺的特殊境界。二諦雖有高下之分，但對佛教而言，都是缺一不可的眞理。大乘佛教通常借助「二諦」說，統一世間和出世間。將這二諦聯繫起來觀察現象，被稱為「中觀」、「中道」，是大乘佛教最基本原則之一。

㉑**雙照**：「照」，指眞如的妙用。雙照，指眞、俗二諦的妙用，其結果是保存萬物的假相。

㉒**雙遮**：「遮」，否定、破除的意思，即破除一切假相，使之歸於空。「雙遮」，指眞、俗二諦回歸理體，達到寂靜境界。「遮」和「照」有時同時使用，稱作「遮照同時」，如《宗鏡錄》卷八：「破立一際，遮照同時。」（大正四十八．頁四五九上）此時，遮爲空觀，照爲假觀，而觀空、假二諦於同時，便是中道觀。

㉓**中道**：指脱離「兩邊」（兩個極端）的不偏不倚的道路或觀點、方法。大小乘佛教對「中道」的解釋不盡相同，但都認爲它是最高眞理，有時與眞如、法性、實相佛性意義相等。如小乘以「八正道」爲中道；大乘中觀學派稱「八不緣起」（不生不滅、不常不斷、不一不異、不來不出）爲中道；天台宗以觀空、假二諦於同時爲中道。

㉔**不動**：指眞如涅槃。因爲眞如的體性永恆常住，不變不動、不生不滅。

㉕**因緣**：「因」和「緣」的合稱，指得以形成事物、引起認識和造就業報等現象所依賴的原因和條件。《俱舍論》卷六：「因緣合，諸法即生。」其中，因是指主要條件，緣是指輔助條件。羅什注《維摩經．弟子品第三》：「力強爲因，力弱爲緣。」（大正三十八．頁三四六中）

譯文

所以，大乘菩薩以無所執著、無所分別爲權巧方便法門。他們雖然過著世俗的物質生活，卻並不違背佛教眞理；他們依據眞如法性而設立化度衆生的各種法門，雖然體現著眞理卻未曾隔閡凡俗之事。菩薩恆常燃起智慧的火炬，印照由佛的慈悲之心所發出的光明；慈雲密布於佛菩薩清淨慈悲、方便善巧之門，波濤翻騰於行爲造作之海。於是，他們就可以和光同塵、融通無礙，自由自在、隨緣任運；所有施設作爲，無一不是爲了成就佛道。因此，《般若經》中說：「一心具足全部修行」。《華嚴經》中說：「解脫長者對善財童子說：『我如果想要見西方極樂世界的阿彌陀佛，隨時隨地都可以見到。不僅阿彌陀佛，乃至十方世界的一切諸佛，都可由自心見到。』恭信佛法的男子！你們應該懂得，菩薩修習所有佛法，清淨一切佛土，積累高妙的思想行爲，降伏衆生的諸惡，立下救度衆生的誓願——所有以上這些，都出自菩薩的自心。

所以，恭信佛法的男子！你們應當以佛陀的崇高教義來扶助自心，應當以佛法的清涼之水來潤澤自心，應當以佛的境界來淨治自心，應當以積極進取來堅固自心，應當以般若智慧來明利自心，應當以佛的通達無礙來開發自心，應當以佛的平等不二來廣大自心，應當以佛的十種智力來照察自心。」

古代高僧解釋說：「所謂一心盡備宇宙萬物，說的不只是觀想諸佛的一念出於自心，而且就連菩薩的全部修行，以及修行所得佛果的理體和功用，也都離不開一心，並由此一心而破除虛妄執著。」有人便提出異議說：「既然宇宙萬物都出自一心，聽任一心活動便能成佛，那麼，展開各種嚴格的佛教修行，豈不是多餘和徒勞的嗎？」對此，我要說的是，自心雖然等同於佛，但由於它長期受世俗事務煩惱的遮蔽，所以還得借助於一切修行，使之光明透徹。我這裏只是說，全部修行都出自一心，並沒有說可以不必修行。再說，既然宇宙萬物等同於一心，那麼，各種修行又怎麼會妨礙一心呢？

原典

故菩薩以無所得❶而爲方便❷，涉有而不乖空；依實際❸而起化門❹，履眞而不閡俗。常然智炬，不昧心光❺；雲布慈門❻，波騰行海。遂得同塵無閡，自在隨緣；一切施爲，無非佛事。故《般若經》云：「一心具足萬行」。《華嚴經》云：「解脫長者告善財言：『我若欲見安樂世界❼阿彌陀佛，隨意即見。乃至所見十方諸佛，皆由自心。』善男子❽！當知菩薩修諸佛法，淨諸佛刹❾，積習妙行，調伏❿衆生，發大誓願：如是一切，悉由自心。

是故善男子！應以善法⓫扶助自心，應以法水⓬潤澤自心，應以境界淨治自心，應以精進堅固自心，應以智慧明利自心，應以佛自在⓭開發自心，應以佛平等廣大自心，應以佛十力⓮照察自心。」

古德⓯釋云：「心該萬法，謂非但一念觀佛由於自心，菩薩萬行、佛果⓰體用，亦不離心，亦去妄執之失。」謂有計云：「萬法皆心，任之是佛；驅馳萬行，豈不虛勞？」今明心雖即佛，久翳塵勞⓱，故以萬行增修，令其瑩徹。但說萬行由心，不說不修爲是。又萬法即心，修何閡心？

注釋

❶**無所得**：意謂體悟無相之眞理，內心無所執著、無所分別。指眞如實相、無分別智等。

《大智度論》卷十八：「諸法實相中，決定相不可得故，名無所得。」（大正二十五．頁一九七中）

❷**方便**：梵語意譯，或譯「善權」、「變謀」等。指因人施教、靈活誘導，使衆生領悟、把握佛教眞理，獲得解脫。《法華文句》卷三上：「方便者，門也。門名能通，通於所通，方便權略，皆是導引，爲眞實作門。眞實得顯，功由方便。」（大正三十四．頁三十六中）爲度脫衆生，大乘佛教允許使用一切方便手法。

❸**實際**：指眞如、法性。因爲眞如、法性是一切「際」（邊、畔的意思）的至極，最爲眞實。《大乘義章》卷一：「實際者，理體不虛，目之爲實；實之畔齊，故稱爲際。」（大正四十四．頁四八七中）

❹**化門**：教化衆生的法門。「化」，教化、化度的意思。《法華經．方便品》：「化一切衆生，皆令入佛道。」（大正九．頁八中）

❺**心光**：佛的智慧光、慈悲心所發出的光明。《觀念法門》：「但有專念阿彌陀佛衆生，彼佛心光常照是人，攝護不捨，總不論照攝餘雜業行者。」（大正四十七．頁二十五中）

❻**慈門**：佛、菩薩由慈悲之心所流出的一切功德及其善巧方便。《華嚴經．世主妙嚴品》：「清淨慈門剎塵數，共生如來一妙相。」（大正十．頁十六中）

❼**安樂世界**：指西方極樂世界，是阿彌陀佛所居住的國土。《華嚴經》卷四十五：「此娑婆世界釋迦牟尼佛剎一劫，於極樂世界阿彌陀佛剎爲一日一夜。」（大正十．頁二四一上）《無量壽經》卷上：「無有三途苦難之名，但有自然快樂之音，是故其國名曰安樂。」（大正十二．頁二七一中）

❽**善男子**：信仰佛教的男子，包括出家的和在家的。

❾**佛剎**：指佛土、佛國。「剎」，意爲土。

❿**調伏**：調和身、口、意三業，以制伏諸惡。引申爲降伏的意思。《華嚴經探玄記》卷四：「調者調和，伏者制伏。謂調和控御身、口、意業，制伏除滅諸惡行故。」（大正三十五．頁一七一中、下）

⓫**善法**：順理益世及符合眞理、有助於衆生解脫的教義和修行。如五戒、十善是世間的善法，三學、六度是出世間的善法。

⓬**法水**：喻指佛法。因佛法能洗滌衆生心中的煩惱塵垢，獲得清淨。《金光明經》卷

四：「夏火熾然，惟願世尊賜我慈悲清涼法水，以滅是火。」

⓭**自在**：意爲心離煩惱的繫縛，通達無礙之境。《法華經·序品》：「盡諸有結，心得自在。」（大正九·頁一下）

⓮**十力**：指佛所具有的十種智力，即知覺處非處智力、知三世業報智力、知諸禪解脫三昧智力、知衆生上下根智力、知種種解智力、知種種界智力、知一切至處道智力、知天眼無礙智力、知宿命無漏智力、知永斷習氣智力。此外，菩薩也具有十種智力：深心力、增上深心力、方便力、智力、願力、行力、乘力、神變力、菩提力、轉法輪力。

⓯**古德**：佛教徒對德高望重的先輩僧侶的稱呼。《五燈會元》卷十：「既上來，我即事不獲已，便舉古德少許方便，抖擻些子龜毛兎角。」（卍續藏經第八十卷·頁二〇七上。）

⓰**佛果**：指成佛。佛由萬行修習而成，所以稱「佛果」。能夠使之成佛的萬行是因，而所修成的萬德便是果，這果就叫佛果。

⓱**塵勞**：指世俗事務的煩惱。《無量壽經》：「散諸塵勞，壞諸欲塹。」（大正十二·頁二六六上）

譯文

設問：禪宗祖師菩提達摩說：「你要是對善和惡都不作思慮分別，那麼自然會悟入心的本體。」《涅槃經》中說：「世間一切事物無不遷流變化，剎那不住，這是生滅之法。」爲什麼你卻要勸人展開修行，這不是故意違背祖師思想和經典教義嗎？

解答：祖師的思想，依據的是禪宗宗旨，而經典的教導，其要點是破除執著。如果從禪宗頓悟佛教的角度說，它主張泯絕一切事相，排斥心識對外物的一切作用，達到眞空和假有全部蕩然無存，本體和功用一起寂靜無爲的境界。倘若從華嚴圓融教義上說，它認爲一切功德同時具足，教理和踐行一齊實施，慈悲和智慧交相助成。因此，文殊菩薩善於以大乘玄理來印證修行，並非排斥各種具體的事相；而普賢菩薩則善於以各種修行來嚴飾大乘眞理，並非損害佛教的根本法門。宇宙本體和森羅萬象平等一際、無有差別，世俗凡夫和出世聖者同出一源。既不必破除世事而標舉眞理，也不用離開眞理而建立世事。具備智慧之眼而不沒溺於生死輪迴，運用悲愍衆生之心而不滯留於涅槃境界。世俗三界的幻有，卻可以爲成就涅槃的智慧所用；身處煩惱的苦海，卻正是通向解脫的津梁。

一切與善心相應的思想行爲，都是人們成佛作祖所要借助的手段；所有的修行，都是佛所安排的助人悟入的階梯。假如光有雙眼而沒有雙足，怎麼可能抵達涅槃淸涼境界？只知道追求究竟旨歸而忽視方便機宜，又怎能升入通達無礙的自在境域？所以，權宜方便的修行和般若智慧的運用，通常都相互配合；萬物本質的眞空和世俗現象的妙有，永遠互爲扶助。《法華經》提倡會三乘而歸於一佛乘，一切踐履統統匯入菩提智慧。《大品般若經》主張世界惟一實相，所有修行全都歸入佛的智慧。因此，《華嚴經》中說：「大乘菩薩修行的第七個階位是遠行地，在這遠行地上，應當修習十種非同尋常的善巧方便智慧。」

這十種方便智慧的修習，就是指：雖然善於修習能夠進入涅槃之門的空、無相、無願三種禪定，但內心仍存慈悲而不願捨棄衆生；雖然已經獲得衆生平等成佛的法門，但仍然樂於供養一切佛；雖然已經進入了觀照萬物空相的智慧之門，但仍然勤於積累世間的福田功德；雖然已經遠離生死輪迴的世俗世界，但還是要莊重嚴飾這世俗世界；雖然已經徹底寂滅了一切煩惱𦦨火，但爲了普度衆生，而再度生起和滅盡貪、瞋、癡三種根本煩惱欲火；雖然了知萬物如幻覺如迷夢，如影子如聲響，如欲火如幻化，如水中之月，如鏡中之像，無獨立的實體，但仍然隨順世俗而表現各種思想和行爲；雖然知道一切有情所住之處猶如虛空，但仍然能夠以身、口、意三種清淨之業去莊重嚴飾佛土；雖然知道佛的法身其本性無形無相、無生無滅，但仍然以應身的三十二相、八十種好進行嚴飾；雖然知道佛的音聲語言本性是空、寂滅而不可言說，但仍然能隨順一切衆生發出種種不同的清淨音聲；雖然依據佛的教導，知道過去、現在、未來三世只是刹那一念，但仍然隨順衆生的計度識別，以各種不同的形式，在任何情況下展開一切修行。

《維摩經》中說：「雖然達到了對世界本質空的認識，但仍然努力不懈培植善根，這就是菩薩行；雖然獲得了對萬物實相的體驗，但仍然不忘普度衆生，這就是菩薩行；雖然自心已無造作之念，但仍然顯現受用之身，這就是菩薩行；雖然已證得無生無滅，但仍然生起一切善行，這就是菩薩行。」

古代高僧設問道：「一切修行可以統歸爲符合眞如的正念。現在有的人卻又是談善又是論惡，在志求成佛的過程中思前顧後，嚴重地勞累了自己的身心，這怎麼能成就佛道呢？」

回答是：「即使離開妄念而去求取正念，尚且未能獲得眞正的正念，更何況還去談論什麼各種念頭與正念都沒有隔閡了！再說，正念只是各種修行之一，怎知道一念便能頓時圓融一切呢？」通過以上引證，佛的教旨已經十分淸楚。所以，怎麼可以空腹而高心，以量少爲充實，想要像井蛙那樣厭惡大海，或像螢蟲那樣遮掩日光呢？

原典

問曰：祖師❶云：「善惡都莫思量，自然得入心體。」《涅槃經》云：「諸行無常❷，是生滅法。」如何勸修，故違祖教？

答：祖意❸據宗，教文破著。若禪宗頓教，泯相離緣❹，空有俱亡，體用雙寂。若華嚴圓旨，具德❺同時，理行❻齊敷，悲智❼交濟。是以文殊以理印行，差別❽之義不虧；普賢以行嚴理，根本之門靡廢。本末一際，凡聖同源。不壞俗而標眞，不離眞而立俗。具智眼❾而不沒生死❿，運悲心⓫而不滯涅槃⓬。以三界⓭之有，爲菩提⓮之用；處煩惱⓯之海，通涅槃之津。

夫萬善是菩薩入聖之資糧⑯，衆行乃諸佛助道之階漸。若有目而無足，豈到清涼之池⑰？得實而忘權，奚昇自在之域？是以方便般若⑱，常相輔翼；眞空妙有，恆共成持。《法華》會三歸一⑲，萬善悉向菩提；《大品》一切無二⑳，衆行咸歸種智㉑。故《華嚴經》云：「第七遠行地㉒，當修十種方便慧㉓殊勝道㉔。」

所謂雖善修空、無相、無願三昧㉕，而慈悲不捨衆生；雖得諸佛平等法，而樂常供養佛；雖入觀空智門㉖，而勤集福德；雖遠離三界，而莊嚴㉗三界；雖畢竟寂滅諸煩惱燄，而能爲一切衆生起滅貪、瞋、癡㉘煩惱燄；雖知諸法如幻如夢，如影如響，如燄如化，如水中月，如鏡中像，自性㉙無二，而隨心作業㉚無量差別；雖知一切國土㉛猶如虛空，而能以清淨妙行莊嚴佛土；雖知諸佛法身㉜本性無身，而以相好㉝莊嚴其身；雖知諸佛音聲性空㉞寂滅不可言說，而能隨一切衆生出種種差別清淨音聲；雖隨諸佛了知三世㉟惟是一念㊱，而隨衆生意解分別㊲，以種種相、種種時、種種劫數㊳而修諸行。

《維摩經》云：「菩薩雖行於空而植衆德本㊴，是菩薩行；雖行無相㊵而度衆生，是菩薩行；雖行無作㊶而現受身，是菩薩行；雖行無起㊷而起一切善行，是菩薩行。」

古德問云：「萬行統爲無念㊸。今見善見惡，願㊹離願成，疲役身心，豈當爲道？」答：「此離念而求無念，尚未得眞無念，況念㊺、無念而無閡乎？」又，無念但是行之一，豈知一念頓圓？」如上所引，佛旨煥然，何得空腹高心，以少爲足，擬欲蛙嗛海量，螢掩日光乎！

注釋

❶**祖師**：佛教各宗對創立本宗派的高僧的稱呼。禪宗建立後，往往用以特指禪宗初祖菩提達摩。因禪宗強調以心傳心，不立文字，祖祖相傳，以此以區別於其他各宗。

❷**無常**：指世間一切有爲法之事物生滅遷流，剎那不住。有兩種「無常」：一、剎那無常（念念無常），指事物有剎那剎那的迅速生、住、異、滅變化；二、相續無常，指一期相續之上有生、住、異、滅四個階段。

❸**祖意**：即祖師之意。從教禪相對的意義上説，教外別傳的禪宗祖師所傳佛法之意名爲「祖意」，而天台、華嚴等宗的教義則稱爲「教意」。

❹**緣**：攀緣、接觸的意思。指人的心識攀緣於一切外部境界而膠著不捨。如眼識攀緣於色境而見到事物，乃至身識攀緣於觸境而產生感覺。這裏，心識是能緣，境界是所緣，而心識對於外部境界的作用就是「緣」。

❺**具德**：意爲具足功德。華嚴宗「十玄門」中有「諸藏純雜具德門」。這裏的「純」，指踐行某一法門時，全是這一法門，更無他行；「雜」，指踐行不同法門時，具含一切差別。不論純、雜，都可自在具足。

❻**理行**：教理和踐行。「理」，指教理、教義，它闡述了佛教的眞理；「行」，指修行、踐行，根據教理而展開的修行。

❼**悲智**：慈悲和智慧。「悲」，指對衆生所受的苦難具有慈悲惻隱之心，從而給予援助、救度，屬於利他的方面；「智」，指求取菩提的智慧，屬於自利的方面。善導《法事讚》：「釋迦諸佛，皆乘弘誓，悲智雙行。」（大正四十七·頁四二四下）

❽**差別**：指各種具體的事相。與「平等」相對待。每一事都有各自的相貌，所以差別不等。

❾**智眼**：指智慧之眼，它不同於一般肉眼。唐譯《華嚴經》卷六十一：「善知識者，則

是趣向一切智眼。」

❿**生死**：衆生未解脫前的狀態。一切衆生因受惑業所招，生者死、死者生，輪迴不已。《楞嚴經》卷三：「生死死生，生生死死，如旋火輪。」（大正十九・頁一一七中）學佛的最終目的，就是要擺脫生死輪迴，進入涅槃境界。

⓫**悲心**：悲愍、救拔衆生之苦的心。《摩訶止觀》卷四下：「悲心徹骨，如母念子。」（大正四十六・頁四十八中）

⓬**涅槃**：本義爲寂滅、滅度，指佛教全部修習所要達到的最高精神境界。它意味著對衆生一切煩惱以及由此而來的生死諸苦的徹底斷除。大小乘佛教對此有不同的解釋。小乘以「灰身滅智」、「捐形絕慮」爲涅槃，大乘中觀學派以「實相」爲涅槃。

⓭**三界**：有情衆生存在的三種場所和環境。它們是：欲界（爲具有食欲和淫欲的衆生所居）、色界（爲已離開食、淫二欲的衆生所居）、無色界（爲無形色的衆生所居）。這「三界」指的是世俗世界，它們都處於生死輪迴的過程中。因此，只有超脫三界，才能達到涅槃。

⓮**菩提**：指能夠斷絕世間煩惱、覺悟佛教眞理、成就涅槃的智慧。《成唯識論述記》卷

一：「梵云菩提，此翻爲覺，覺法性故。」（大正四十三．頁二三五下）

⓯**煩惱**：衆生身心因受貪欲的擾亂、困惑而產生的迷惑、苦惱等精神狀態。它是「苦」的直接根源，也是造成輪迴果報的總因。《大智度論》卷七：「能令心煩，能作惱故，名爲煩惱。」（大正二十五．頁一一〇上）

⓰**資糧**：資助衆生，使衆生趨向菩提之資本。「資」，資助；「糧」，糧食。如人遠行，必須以糧食等爲資助，使其抵達目的地。《成唯識論》卷九：「爲趣無上正等菩提，修習種種勝資糧故。」（大正三十一．頁四十八中）

⓱**清涼之池**：指涅槃境界。清涼池中沒有一切熱惱，以此比喻涅槃境界。《大智度論》卷二十二：「人大熱悶，得入清涼池中，冷然清了，無復熱惱。」（大正二十五．頁二二一下）

⓲**般若**：梵語音譯。意譯爲「智慧」。但它不是指常人的智慧，而是指超越世俗認識，直接把握佛教眞理的特殊智慧。它的全稱應爲「般若波羅蜜」或「般若波羅蜜多」，是「六波羅蜜」之一。意爲通過這種智慧，可以到達涅槃彼岸。

⓳**會三歸一**：意爲會三乘而歸於一乘。這是《法華經》的中心思想。「三」，指聲聞、

緣覺、菩薩三乘；「一」指大乘，或即佛乘（菩薩乘）。經中反復說明，佛的教法惟有一乘，只是爲了引導衆生而分別說三乘。《法華經．方便品》：「如來但以一佛乘故，爲衆生說法，無有餘乘，若二若三。」、「諸佛以方便力，於一佛乘分別說三。」（大正九．頁七中）

⑳**一切無二**：《大品般若經》認爲，一切事物都屬因緣和合，虛假而不實；通過般若智慧，能達到對世界本質「眞空」的認識。這一「般若實相」說是該經的中心思想。世界萬物（一切）都可歸於實相，在此基礎上，中觀學派建立起不執著於「空」、「有」二邊（無二）的中道學說。

㉑**種智**：「一切種智」的略稱。佛教智慧的一種。「三智」（一切智、道種智、一切種智）之一，指佛所具備的智慧，它能盡知一切事物。《大智度論》卷二十七：「一切種智是佛事。聲聞、辟支佛但有總一切智，無有一切種智。」、「一切種智者，觀種種法門，破諸無明。」（大正二十五．頁二五九上）

㉒**遠行地**：大乘菩薩修行的十個階位（十地）中的第七個階位。又名「深行地」、「深入地」。在這一階位上的菩薩住於無相行（在禪定中悟得空寂無相的道理），遠離世

間二乘。

㉓**十種方便慧**：指修習菩薩行的十種善巧方便的智慧。十種方便是：布施、持戒、忍辱、精進、禪定、智慧、大慈、大悲、覺悟、轉不退法輪。

㉔**殊勝道**：超乎一般、非同尋常的修行方法。

㉕**空、無相、無願三昧**：又名「三三昧」、「三解脫門」，是禪定的一種。其中，「空三昧」，是觀我、法二空的三昧；「無相三昧」，是觀諸法無相、本無差別的三昧；「無願三昧」，是觀生死可厭、不可願求的三昧。三昧，意爲定；這三三昧被視爲入涅槃之門。《無量壽經》卷上：「超越聲聞、緣覺之地，得空、無相、無願三昧。」（大正十二·頁二六六中）

㉖**觀空智門**：意爲觀照諸法空相的智慧之門。

㉗**莊嚴**：意爲莊重嚴飾。《華嚴經探玄記》卷三：「莊嚴亦二義：一是具德義，二、交飾義。」（大正三十五·頁一六三中）所謂「功德莊嚴」就是具德義；而國土、宮殿、衣飾等事相上的莊嚴，則屬交飾義。

㉘**貪瞋癡**：又名「三毒」，是三種根本煩惱。在所有煩惱中，貪欲、瞋恚、愚癡三者被

認爲是最能毒害衆生，成爲產生其他煩惱的根本。《大乘義章》卷五：「然此三毒，通攝三界一切煩惱。」（大正四十四．頁五六五上）

㉙**自性**：一切事物各有不變不滅的性，這不變不滅的性，就叫自性。這是小乘有部的主要觀點。大乘般若思想則主張「自性空」、諸法「無自性」，即認爲一切事物的本質是空，無獨立的實體。

㉚**作業**：指衆生的一切身心活動。「業」，意爲造作，通常分身業（行爲）、口業（言語）、意業（思想活動）三類。

㉛**國土**：即指土地、領域或一切有情衆生的所住之處，有淨土、穢土等區別。

㉜**法身**：又作「法身佛」，是佛的「三身」（法身、報身、應身）之一。指以佛法成身，或身具一切佛法。《大乘義章》卷十八：「言法身者，解有二義：一、顯本法性以成其身，名爲法身；二、以一切諸功德法而成身，故名爲法身。」（大正四十四．頁八二〇下）大乘有宗和空宗把「唯識眞如」和如來藏自性清淨心當作法身。此法身本性無身、無相、無生、無滅。

㉝**相好**：佛不同於凡俗，具有特殊容貌、形貌，其顯著的爲「相」，其細微難見的爲

「好」，合稱爲「相好」。相有三十二相，好有八十種。

㉞**性空**：又名「自性空」，與「假有」相對。指一切事物都由因緣而生，沒有獨立存在的主體與不變性、實在性。《大智度論》卷三十一：「衆生空、法空，終歸一義，是名性空。」（大正二十五·頁二九二中）

㉟**三世**：「世」的意思是遷流，用於因果輪迴，指個體一生的存在時間。「三世」指過去世（前世、前生）、現在世（現世、今生）、未來世（來世、來生）。《增一阿含經》卷四十八：「沙門瞿曇恆說三世。云何爲三？所謂過去、將來、現在。」（大正二·頁八一三中）就衆生來說，現在的生存爲今生，前世的生存叫前生，命終之後的生存叫來生。是業報輪迴說的理論依據之一。

㊱**一念**：相當於「剎那」，指心念活動的最短時刻。

㊲**意解分別**：意爲對事物從不同角度進行分析思考、計度識別。《解深密經》卷一：「惟除種種意解、別異意解、變異意解。」（大正十六·頁六八九下）

㊳**劫數**：意爲厄運、災難。「劫」，時間單位，通常把從天地的形成到毀滅稱爲一劫。《釋迦氏譜》：「劫是何名？此云時也。若依西梵，名曰劫波。此土譯之，名大時也。

此一大時，其年無數。」（大正五十・頁八十四下）歷經多劫，便成劫數，所以「劫數」意味著「在劫難逃」。

㊴**德本**：相當於善根。「德」的意思是善，「本」的意思是根。德本，意爲諸善萬行的功德乃是佛果菩提的根本。《法華經・序品》：「於諸佛所植衆德本」。（大正九・頁二上）

㊵**無相**：指擺脱世俗的有相認識而獲得的眞如實相。這眞如實相又名法性、涅槃。「相」，指現象的相狀和性質，也指認識中的表象和概念，即名相；無相則指向事物的本質。《壇經》：「外離一切相，名爲無相；能離於相，即法體清淨。」（大正四十八・頁三五三上）

㊶**無作**：指心無造作之念。（按：無作亦有其他方面的意思，非僅此義而已）《無量壽經》卷上：「無作無起，觀法如化。」（大正十二・頁二六九下）

㊷**無起**：又作「無生」。眞如法性，無生無滅，無因可生，所以名「無起」。所有存在之諸法無實體。《無量壽經》卷上：「無作無起，觀法如化。」（大正十二・頁二六九下）

㊸**無念**：意爲無妄念，即「八正道」中的「正念」。指排斥世俗世界的憶念分別，保持符合眞如的念頭。所以，它又是「眞如」的別名。《禪源諸詮集都序》卷二：「覺諸相空，心自無念。念起即覺，覺之即無。修行妙門，唯在此也。故雖備修萬行，唯以無念爲宗。」（大正四十八．頁四〇三上）

㊹**願**：意爲志求滿足。指心中欲成就所期盼之目的之決意。

㊺**念**：指對事物記憶不忘。《大乘義章》卷十二：「守境名念」。（大正四十四．頁七一〇下）對事物的思慮也叫做「念」，如《法華經．信解品》：「即作是念，我財物庫藏，今有所付。」（大正九．頁十六下）此外，心的發動以及遷流於三世，也名「念」，如前念、後念、念念等。

譯文

設問：萬法如同幻夢，自心無所寄託，能觀想的心和所觀想的對象都屬空寂。這是佛菩薩的基本旨趣，也是聖賢的立教原則。如果從現象界的生滅角度看，心體和境界歷歷然分明。既然如此，你又根據什麼教典文字，廣泛宣傳修習一切善的思想和行爲呢？

解答：對於釋迦牟尼佛從成道到滅度的一代時日中，所宣說的大小乘所有教法，自古至今，由於理解上的不一，出現了許多宗派的分歧。但從大的方面來看，無非是以下三宗之別：一是「相宗」，二是「空宗」，三是「性宗」。其中，相宗喜歡從肯定的角度宣說佛法，空宗則喜歡從否定的角度宣說佛法；而性宗只說直指心性，相當於曹溪惠能禪宗的「見性成佛」。現在的佛教界，既不談見性成佛，也不懂得佛祖所傳正宗，或者執著於肯定，或者執著於否定，紛紛然諍論不息。他們實際上都並不理解佛法的深層含義，而只是曲從於現存的語言文字。

教典中凡是以肯定方式表述的，就是屬於依法性而說事相；凡是以否定方式表述的，就是屬於破除事相而顯示法性。惟有性宗這一派，顯示直指心性的特色，既不說「是」也不說「非」。如今人們卻重視「非心非佛」、「非理非事」之說，把萬法如夢、忘情喪己的理論當作玄妙的佛法。他們不知道，那些都只是一種否定的表述，想以此破除衆生執著的錯誤。把那種方便權宜的言說當作自己追求的目標，卻不相信以肯定方式直指衆生心性的教義，於是，這種人便頓時失去如實境地，不明金剛不壞的眞心。這就好比楚國愚昧無知的人，把公雞當作鳳凰；又如同池邊玩樂的小孩，把卵石當作珍珠。他們只喜歡從淺近容易的角度考慮問題，而不願認眞探索佛法的深旨密意。如果沉迷於空宗有關世界本質空寂的方便之說，這將怎麼識取佛法的眞實歸趣呢？

原典

問：泯絕無寄❶，境智❷俱空，是祖佛指歸，聖賢要路。若論有作，心境❸宛然。憑何教文，廣陳萬善？

答：諸佛如來❹，一代時教❺，自古及今，分宗甚衆。撮其大約，不出三宗：一相宗❻，二空宗❼，三性宗❽。若相宗多說是，空宗多說非，性宗惟論直指，即同曹溪見性成佛也。如今不論見性，罔識正宗；多執是非，紛然諍競。皆不了祖佛密意❾，但徇言詮❿。

如教中或說是者，即依性⓫說相⓬；或言非者，是破相顯性。惟性宗一門，顯了直指，不說是非。如今多重非心非佛，非理非事，泯絕之言，以爲玄妙，不知但是遮詮⓭治病之文。執此方便，認爲標的，卻不信表詮⓮直指之教，頓遺實地⓯，昧卻眞心⓰。

如楚國愚人，認雞作鳳；猶春池小兒，執石爲珠。但任淺近之情，不探深密之旨。迷空方便，豈識眞歸？

注釋

❶**泯絕無寄**：意爲萬法如同夢幻，本來空寂，因此，只要喪己忘情，自心無所寄託，就能獲得解脱。宗密曾將禪宗牛頭和石頭兩個系統歸入「禪三宗」中的「泯絕無寄宗」，認爲該宗的特點是：「説凡聖等法，皆如夢幻，都無所有，本來空寂，非今始無……如此了達本來無事，心無所寄，方免顛倒，始名解脱。」（《禪源諸詮集都序》卷上之二，大正四十八・頁四〇二下）

❷**境智**：「境」，指客體、對象，即所觀想的對象；「智」，指主體、心的能動作用，即指能觀想的智慧。

❸**心境**：指心體（內在）和境界（外在）兩個方面。

❹**如來**：佛的十種名號之一。「如」，意爲如實，即眞如，指佛所説的絕對眞理，循此眞理可以達到佛果的正覺。《成實論》卷一：「如來者，乘如實道來成正覺。」（大

正三十二．頁二四二上）

❺**一代時教**：指釋迦如來從成道到滅度的一代時日中，所宣說的大、小乘所有教法。「一代」，指人的一生。

❻**相宗**：也名「法相宗」，又名「法相唯識宗」。該宗繼承印度瑜伽行派學說，將萬法的生起歸結爲阿賴耶識，以阿賴耶識爲一切染淨、因果的根本。因注重事物名相的分析，所以名「法相宗」；又因主張「唯識無境」、「萬法唯識」，所以又名「唯識宗」。

❼**空宗**：佛教學說的一個派別。因以空理爲宗旨，主張「緣起性空」，宣傳「一切皆空」、萬物本無自性、虛幻不實的思想而得名。小乘的成實論學、大乘的中觀學派以及中國的三論宗等屬於這一派別。與稱爲「相宗」的法相唯識宗相對。

❽**性宗**：又名「法性宗」。佛教學說的一個派別。主張以眞如（或法性、佛性）爲世界的本源，重在顯示眞性空寂的道理。與法相唯識宗等「相宗」相對。有以華嚴宗、天台宗、禪宗爲性宗的，也有以中觀學派、三論宗爲性宗的。

❾**密意**：意爲佛所說之法，其意義深密，並非常人所能測知。

❿**言詮**：以語言文字來表達義旨，又作「言筌」。因爲言語是顯示（詮釋）義理的工具，猶如筌是捕魚的工具。

⓫**性**：即法性、眞如，指現象所固有的，永不可變的本質、本體、本源。《大智度論》卷三十一：「性名自有，不待因緣。」（大正二十五・頁二九二中）

⓬**相**：即法相，重點指呈現於人們面前，可以分別認識的現象。《成唯識論述記》卷一：「相謂相狀。」（大正四十三・頁二三九下）《大智度論》卷三十一：「性言其體，相言可識。」（大正二十五・頁二九三中）

⓭**遮詮**：指從反面作否定的表述，排除對象不具有的屬性以詮釋事物之義者。

⓮**表詮**：與「遮詮」一起構成語言的表達方式。指從正面作肯定的表述，顯示事物自身的屬性而詮釋其義者。

⓯**實地**：意爲如實境地。「實」，實際，指眞如法性；「地」，境地。

⓰**眞心**：眞實不妄之心，正信無疑之心。《楞伽經》以海水與波浪比喻眞、妄二心：海水常住不變，是爲眞；波浪起滅無常，是爲妄。衆生之心，對境妄動，起滅無常，因此都屬妄心；獲得金剛不壞眞心的，惟有佛。

譯文

設問：如來宣說的三乘教法，只是同一種關於衆生解脫成佛的法門，爲什麼還要大量陳述有關世間一切事物生滅變化的道理？要知道，一旦對心性進行擬議計較，就將遺落心性，不能隨順眞如佛性；一旦起心動念，就會背離眞實，與一切事物的性體相違。

解答：要是說到衆生心體等同眞如實相，如來教法顯示同一眞理，這是三乘佛教中的權宜方便教說。如果從理體上說，就得把產生一切事物的因緣條件當作禍害。我這裏所集錄的內容，全都是表現圓融、圓滿的「圓宗」思想。根據「圓宗」的思想，萬物既依「法界緣起」原理而存在，也就全然等同於眞如法界。在這意義上，萬物既不成立也不破壞，既不斷滅也不恆常，乃至既非神通變現也非他力施爲。這是因爲萬物本來就是如此，並非借助於佛菩薩的神通力，暫時表現爲這種形態。因此說，才有一事物生起，便具有由眞如法性緣起的功德。

《華嚴經》中說：「在釋迦如來眞身毘盧遮那佛所在的淨土世界中，不論是山脈還是河流，乃至樹林、微塵、毛髮等處，所有處所無不體現眞如法界，具足無邊無際的功德。」

原典

問：諸佛如來三乘教典，惟有一味解脫法門，云何廣說世間生滅緣起❶？擬心即失，不順眞如；動念即乖，違於法體。

答：若論一相一味❷，此乃三乘權教❸。約理而言，即以一切因緣而為過患。今所集者，惟顯圓宗❹。一一緣起，皆是法界實德❺。不成不破，非斷非常，乃至神變施為，皆法如是故，非假神力❻，暫時如斯。才有一法緣生，無非性起❼功德。

《華嚴經》云：「此華藏世界海❽中，無問若山若河，乃至樹林塵毛等處，一一無不皆是稱眞如❾法界，具無邊德。」

注釋

❶緣起：意為一切事物均處於因果聯繫之中，依一定條件生起變化，以此解釋世界、社

會、人生以及各種精神現象產生的根源。佛教各種經論和各個宗派，均以「緣起」說作爲自己全部世界觀和宗教實踐的基礎理論；成就菩提覺悟，達到佛的境界，也依賴於對緣起的認識。華嚴宗結合判教，歸納「緣起」有四種，它們是：小乘教的「業感緣起」、大乘始教的「阿賴耶緣起」、大乘終教的「如來藏緣起」、《華嚴經》圓教的「法界緣起」。

❷**一相一味**：「一相」，指衆生的心體，等同於眞如實相；「一味」，指如來的教法，顯示同一眞理。《法華文句》卷七上：「一相者，衆生之心同一眞如相，是一地也；一味者，一乘之法同詮一理，是一雨也。」（大正三十四．頁九十四上）

❸**權教**：佛法有權、實二教，「權」，權宜方便；「實」，究竟眞實。天台宗等判法相唯識宗、三論宗等爲權教，意思是它們只爲凡夫小乘說法；又判天台宗爲實教，意思是它爲大乘菩薩說法。華嚴宗也有類似判教。

❹**圓宗**：或名「圓教」，指華嚴宗、天台宗。「圓」，具有圓融、圓滿兩層意思。華嚴宗、天台宗認爲，他們所奉的經典，貫通各類不同經典的思想，因而能夠調和各宗學說，圓滿無缺，不偏不倚。《四教義》卷一：「圓以不偏爲義，此教明不思議因緣。

二諦中道，事理具足，不偏不別，但化最上利根之人，故名圓教也。」（大正四十六・頁七二二中）

❺**實德**：指以智慧領悟眞如法界。「德」，功德。

❻**神力**：又名「神通力」，指佛、菩薩所具備的各種神秘莫測的能力。「神」，妙用不測，融通自在；「力」，力用。《法華經・序品》：「諸佛神力、智慧希有。」（大正九・頁三下）

❼**性起**：意爲一切現象都由眞如法性生起。屬華嚴宗的重要教義。據《華嚴經・如來性起品》和《大乘起信論》的「眞如緣起」說，以爲世間法依眞如、法性而起，出世間佛法則與眞如、法性相稱而起。「眞如」、「法性」是一心的本質，或稱之爲「如來藏」、「善心」，它能派生一切現象。「性起」說屬於佛教中的「性善」派。至華嚴四祖澄觀，受天台宗學說影響，逐漸與「性具」善惡的主張接近。

❽**華藏世界海**：釋迦如來眞身毘盧遮那佛所在的淨土，名「華藏世界」。其最下爲風輪，風輪之上有香水海，香水海中生大蓮華。蓮華中包藏著無數的世界。

❾**眞如**：指絶對不變的永恆眞理或本體。《成唯識論》卷九：「眞謂眞實，顯非虛妄；

如謂如常，表無變易。謂此眞實，於一切位，常如其性，故曰眞如。」（大正三十一・頁四十八上）它不能用語言、思維表達，是唯一眞實的精神本體。

譯文

設問：佛經上說：「所有凡夫俗子，總是貪著於世間事物。」又說：「對於執著於事相的世人，需要根據具體情況爲他們說法。如果一旦證悟本體之理，那麼一切修習也就圓融自在了。」既然如此，又何須談及事物跡象，興起各種造作活動？

解答：上述所引的經典文字，是用來破除衆生對外物的貪著和執取的，它們並不關係到事物由因緣和合而生這一原理。《維摩詰經》上說：「只是消除執著外物的病根，而不必破除存在的事物本身。」《金剛三昧經》中說：「有兩種悟入佛道的方法。一是從性理上悟入，二是從修行中悟入。」這就是說，衆生深信自己本有的理性，以性理指導修行，同時又以修行來圓滿性理。

此外，所謂「菩提」，也就是指通過修行，引導衆生獲取無上智慧。各種修行和實踐，與符合眞理、有助於解脫的一切「善法」相聯繫；而無所造作和修行，也就是已取得無上智慧，所以不再與一切「善法」相聯繫了。因此，怎麼可以滯留於性理而忽視修行，或偏執於修行而違背了性理呢？祖師馬鳴菩薩的《大乘起信論》說：「人們由對佛法的牢固信仰而發起求取無上菩提的心。所發之心有三種。第一種是正直的心、誠實不欺的心，因爲這種心能夠正確直接地憶念『眞如』；第二種是求取佛法的深廣之心，因爲這種心能夠樂於聚集一切善行當作自己的功德；第三種是大慈大悲的心，因爲這種心力圖拔除一切衆生的苦難。」

《起信論》設問道：「前面說到，作爲萬物本源的法界，一切事相平等無二，佛的本體沒有任何差別。那麼，爲什麼不專一於憶念眞如佛性，卻還要憑藉各種各樣符合教義的『善法』修行？」《起信論》自答道：「好比有一顆大摩尼寶珠，它自身本質十分明淨，但因受礦土穢垢的污染，表面上看起來並不清淨。如果人們只是想念它的清淨寶性，卻不採取有效方法予以揩磨清洗，那它終究不能顯現清淨本性。衆生也是這樣。衆生本有眞如佛性，眞如之體空寂明淨，但爲無量的煩惱污垢所覆蓋。倘若人們只是憶念眞如體性，而不採取種種方法，持戒修習，培植功德，那麼它也不會顯露出明淨。正因爲煩惱污垢無邊無量，所以要修持一切善行，以作根治。假如人們能夠修行一切有助於解脫的善法，那麼他們也就會自然而然地歸順於眞如了。

所以，這裏簡略介紹四種方便修行、去除汚垢的方法。第一、履行佛教根本原理的方法。就是說，觀察一切現象，它們的本質是無生無滅，由此而拋棄虛妄不實的錯誤認識，脫離生死輪迴；觀察一切現象，它們都由因緣和合而成，都受『業報』法則的支配，由此而生起對於衆生的大悲之心，修習各種可以獲取福報的功德，攝受並化導衆生，而不執著於涅槃之域。這一方法是爲了隨順現象的本體，而不凝住於現象自身。

第二、能夠制止惡事惡行的方法。就是說，通過慚愧知恥、悔過不犯，能夠制止一切不符合佛法的思想行爲，使之不再增長。這一方法是爲了隨順事物的本體，遠離各種過失。

第三、使得致善的根基得到增長、不再退失的方法。就是說，勤修供養和禮拜佛、法、僧『三寶』，讚歎佛的功德，贊助佛事活動，勸請諸佛說法住世。如此等等，由於出自愛敬『三寶』的淳厚之心，所以使得信心增長，從而立志求取至高無上的『菩提道』。此外，因爲有佛、法、僧『三寶』之力的佑護，故而能夠消除阻礙衆生趨善的一切惡行，使得固有的善根不再退失。這一方法是爲了隨順事物的本體，遠離愚癡無知的障礙。

第四、發大誓願、使全體衆生獲得解脫的方法。就是說，發起這樣的誓願：直至永遠，教化並度脫一切衆生，一無剩餘，使他們都能徹底進入永無輪迴之苦的『無餘涅槃』境界。這一方法是爲了隨順事物的本體，永無斷絕。因爲現象的本體廣大無邊，普遍存在於一切衆生，絕對平等、無所差別，沒有彼此高下之分，是一種至極的寂滅狀態。」

牛頭禪系統的法融大師問道：「一切現象的本質是空寂，終究不可得。既是這樣，還有菩薩修習大乘『六度』法門以及所有行持嗎？」

回答是：「這種看法出於衆生的有見和無見兩種錯誤認識。如果能觀察思惟到心性本來空寂，這就是般若智慧，就是見到了佛的眞實法身。但是，佛的法身並不住於空寂，所以，也可以運用覺知事物的功能來通達，這就是權宜方便智慧。實際上，方便智慧也不可得，也是空，它等同於般若智慧。因此，般若智慧與方便智慧永不脫離，前念與後念相續不斷，都由這兩種智慧所引發。所以說：『智慧解脫是菩薩之母，權宜方便爲菩薩之父；一切指引衆生解脫的導師，無不由此而產生。』」

有古代高僧問道：「既然自心就是佛，又何必要借助於修行？」回答是這樣的：「只因爲如此之故，所以要修行。比如鐵中不含金，即使久經鍛鍊，也不能鍊成金。」

賢首大師法藏說過：「佛的法身、報身、應身這『三身』，以及布施等十種將衆生送往彼岸的『十波羅蜜』，乃至菩薩施益於他人的種種行爲，都是根據衆生之心而展開。就是說，衆生心中本來具有眞如本體大，所以現在通過修行能引出法身；衆生心中本來具有眞如相狀大，所以現在通過修行能引出報身；衆生心中本來具有眞如功用大，所以現在通過修行能引出化身。同時，衆生心中本來具有眞如法性，此眞如法性沒有吝嗇，沒有貪欲，所以現在修行隨順法性的無慳，就能引出『檀波羅蜜』等。」

要知道，即使經歷無限久遠年月的修道生活，也未曾於心外獲得一點佛法，作過任何修行。這是爲什麼？因爲衆生不過是以自心的清淨修行而感應佛果，然後再作具體修行罷了！由此可以得知，摩尼寶珠沉於污泥，不能落下珍寶；明鏡積滿塵垢，又怎麼能照人呢？雖然衆生心性圓滿清淨，本來具足一切，但，如果不以善的思想行爲予以顯發，不以所有修行琢磨清洗，不以權宜方便加以引導，使它發揮奇妙功用，那麼衆生的心性就將永遠爲世間煩惱所障蔽，始終沉淪於藏識之海，導致生死流轉不已，阻礙清淨菩提智慧。所以，祖師的教導歷然分明，就要我們懂得理體與事相之間「相即」的道理，既不能偏於理，也不可偏於事，以免沉溺於錯誤的見解之中。

原典

問：經云：「但凡夫之人，貪著其事。」又云：「取相凡夫，隨宜爲說。若得理本，萬行俱圓。」何須事跡，而興造作乎？

答：此是破貪著執取之文，非干因緣事相之法。《淨名經》云：「但除其病，而不除法。」《金剛三昧經》云：「有二入。一、理入；二、行入。」以理導行，以行圓理。

又菩提者，以行入無行。以行者，緣一切善法；無行者，不得一切善法。豈可滯理虧行，執行違理？祖師馬鳴《大乘起信論》云：「信成就發心❶有三。一、直心❷，正念眞如法故；二、深心❸，樂集一切諸善行故；三、大悲心❹，欲拔一切衆生苦故。」

《論》問：「上說法界一相❺，佛體無二，何故不唯念眞如，復假求學諸善法之行？」《論》答：「譬如大摩尼[6]寶，體性明淨，而有礦穢之垢。若人雖念寶性[7]，不以方便種種磨治，終無得淨。如是衆生，眞如之法，體性空淨，而有無量煩惱垢染。若人雖念眞如，不以方便種種熏修[8]，亦無得淨。以垢無量，遍修一切善行以爲對治。若人修行一切善法，自然歸順眞如法。

故略說方便，有四種。一者，行根本方便[9]。謂觀一切法自性無生，離於妄見，不住生死；觀一切法因緣和合，業果[10]不失，起於大悲[11]，修諸福德[12]，攝化衆生，不住涅槃，以隨順法性[13]、無住[14]故。

二者，能止方便[15]。謂慚愧[16]、悔過，能止一切惡法[17]，令不增長，以隨順法性、離諸過故。

三者，發起善根增長方便[18]。謂勤修供養、禮拜三寶[19]，讚歎、隨喜[20]、勸請諸佛，以愛敬三寶淳厚心故，信得增長，乃能志求無上之道[21]。又因佛、法、僧力所護故，能消業障[22]，善根不退，以隨順法性、離癡障故。

四者，大願平等方便[23]。所謂發願盡於未來，化度一切衆生，使無有餘，皆令究竟[24]無餘涅槃[25]，以隨順法性、無斷絕故。法性廣大，遍一切衆生，平等無二，不念彼此，究竟寂滅故。」

牛頭融大師問：「諸法畢竟空，有菩薩行六度㉖、萬行否？」

答：「此是三乘㉗二見㉘心。若觀心本空，即是實慧㉙，即是見眞法身。法身不住此空，謂有運用覺知，即是方便慧㉚。方便慧亦不可得㉛，即是實慧。恆不相離，前念後念，皆由二慧發。故云：『智度㉜菩薩母，方便以爲父；一切衆導師，無不由是生。』」

先德㉝問云：「即心是佛，何假修行？」答：「祇爲是故，所以修行。如鐵無金，雖經鍛鍊，不成金用。」

賢首國師云：「今佛之三身㉞、十波羅蜜㉟，及至菩薩利他等行，並依自法融轉而行。即衆生心中有眞如體大，今日修行引出法身；由心中有眞如相大，今日修行引出報身㊱；由心中有眞如用大，今日修行引出化身㊲。由心中有眞如法性，自無慳貪，今日修行順法性無慳，引出檀波羅蜜㊳等。」

當知三祇㊴修道，不曾心外得一法，行一行。何以故？但是自心引出自淨行性㊵，而起修之。故知摩尼沈泥，不能雨寶；古鏡積垢，焉能鑒人？雖心性圓明，本來具足，若不眾善顯發，萬行磨治，方便引出，成其妙用，則永翳客塵㊶，長淪識海㊷，成妄生死，障淨菩提。是以祖教分明，理事相即，不可偏據，而溺見河㊸。

注釋

❶**信成就發心**：《大乘起信論》所說「三種發心」（信成就發心、解行發心、證發心）之一，意爲確立對佛教的牢固信仰而發菩提心。「信」，對佛法的信心、信仰。《大乘義章》卷二：「於三寶等淨心不疑，名信。」（大正四十四．頁四九二中）「成就」，圓滿、具足的意思。「發心」，指發菩提心，即發起求取無上菩提的心。

❷**直心**：指正直而無諂曲之心、誠實不欺之心，它是一切修行的根本。《維摩詰所說經》卷上：「直心是菩薩淨土」（大正十四．頁五三八中）、「直心是道場」（大正十四．頁五四二下）。這裏指遠離各種偏見的「正見」、「正念」。

❸**深心**：深廣的求取佛法之心。《維摩詰所說經》：「深心是道場，增益功德故。」（大正十四．頁五四二下）這裏指能夠修習一切善行，爲自已積累功德的用心。

❹**大悲心**：指希望拔除衆生之苦的大慈大悲之心。悲，慈悲。

❺**一相**：意爲平等無二，無所謂差別，統歸於法界。

❻**摩尼**：梵語意譯，也作「末尼」。即珍珠、珠寶、如意，用以譬喻「離垢」、「光淨」、「滿足」等。

❼**寶性**：又名「如來藏」。如來藏性在衆生煩惱之中，卻不失眞如清淨本性，故名「寶性」。「如來藏」，意爲一切衆生藏有本來清淨的如來法身，即佛性。

❽**熏修**：也作「薰修」，意爲焚香持戒、修習善法，以培植功德。「熏」，熏習（薰染），如通過熏香於衣物而使衣物保持香氣；「修」，修行。唐譯《華嚴經》卷二十五：「恆普熏修一切善法。」（大正十・頁一三七上）

❾**行根本方便**：謂觀一切法無自性而起大智，離於妄見，不住於生死；及觀一切法之因緣和合，業果不失，而起大悲心攝化衆生，不住於涅槃。以此二者爲行，則能生一切善法。

❿**業果**：指因自己所作的業，而接受該業的果報。「業」，指各種善惡思想行爲，是產生果報的因；「果」，指由業所感的果報。《梁高僧傳・序》：「考業果之幽微，則循復三世；言至理之高妙，則貫絕百靈。」（大正五十・頁四一八中）

⓫**大悲**：廣大的慈悲之心。「悲」，慈悲，指拔濟他人苦難的心。佛、菩薩希望衆生脱離苦海，悲心廣大，所以名「大悲」。《涅槃經》卷十一：「三世諸世尊，大悲爲根本。」（大正十二・頁四二九下）

⓬**福德**：指能爲自己造福，求得上好果報的品德和行爲。

⓭**法性**：與眞如、涅槃、實相等概念屬同等性質，著重指現象的本質。但佛教各派對它往往從不同角度進行解釋。般若學以「性空」爲諸法法性；唯識宗以「唯識實性」爲諸法法性；華嚴宗以「眞如」爲諸法法性。《大乘起信論》則將法性與眞如並稱。

⓮**無住**：意爲一切事物都處於因緣聯繫和生滅變化之中，而人的認識也就不應以固定的概念當作事物固有的本質。大乘般若學視之爲諸法性空的重要內容，在具體運用時，「無住」通常被視爲一切現象的本源，相當於「眞如」、「法性」。

⓯**能止方便**：「四種方便」之一，指能夠制止一切惡事，使之不再增長的方法（按：常用的方法爲慚愧及悔過）。

⓰**慚愧**：指「慚」和「愧」兩種，傳統佛教認爲能滋生一切善法的基本品格。「慚」，反省自己，對自己所造的罪過感到羞恥之心；「愧」，以自己所造之罪面對他人時引

以爲恥之心爲「愧」。

⑰**惡法**：一切惡的思想或行爲，包括兩個方面，一是指不符合佛教道德觀念和戒律規範的思想行爲；二是指不符合佛教價值觀念、不隨順佛理的思想行爲。

⑱**發起善根增長方便**：使善的根基得到增長，不再退失的方法。「善根」，指衆生爲善的根性。

⑲**三寶**：佛教的三個基本組成部分，它們是：佛（指釋迦牟尼佛，或泛指一切佛）、法（指佛教教義）、僧（指僧衆、僧團）。以上三者威德至高無上、希有、莊嚴、妙勝，如世間之寶，故稱三寶。

⑳**隨喜**：意爲見到他人做了善事，隨之而生起歡喜之心。或指隨己所喜，贊助、參與他人的行善、布施等佛事活動。《勝鬘經》：「爾時，世尊於勝鬘所說攝受正法大精進力，起隨喜心。」（大正十二·頁二二一九上）

㉑**無上之道**：即「無上道」。如來所得的智慧，是最高最勝的智慧，所以名「無上道」。「道」，又名「菩提」，指斷絕世間煩惱而成就涅槃的最高智慧。《法華經·方便品》：「正直捨方便，但說無上道。」（大正九·頁十上）

㉒**業障**：指一切惡的身心活動對佛教正道的障礙。「業」，意爲造作，泛指衆生的一切身心活動，這裏特指惡的思想行爲；「障」，障礙。唐譯《華嚴經》卷二：「若有衆生一見佛，必使淨除諸業障。」（大正十・頁九上）

㉓**大願平等方便**：發出宏大誓願，要使衆生徹底獲得解脫的方法。「大願」，即宏大誓願；「平等」，平等不二，指涅槃境界。

㉔**究竟**：意爲最高、徹底，事理的至極。《三藏法數》卷六：「究竟，猶至極之義。」

㉕**無餘涅槃**：又作「無餘依涅槃」。與「有餘涅槃」相對，指生死的因果已盡，不再受生於世間三界，永無輪迴之苦。《大智度論》卷三十一：「愛等諸煩惱斷，是名有餘涅槃。聖人今世所受五衆（即五蘊）盡，更不復受，是名無餘涅槃。」（大正二十五・頁二八八下）

㉖**六度**：即「六波羅蜜」。指六種使衆生獲得解脫、從生死此岸抵達涅槃彼岸的方法或途徑。係大乘佛教修習的主要內容。它們是：布施、持戒、忍辱、精進、禪定、智慧（般若）。

㉗**三乘**：衆生接受佛法、達到解脫的三種方法和途徑。一般指聲聞乘、緣覺乘、菩薩乘

（或佛乘）。

㉘**二見**：指「有見」和「無見」（或「常見」和「斷見」）兩種錯誤認識。「見」，意爲對事物的見解，相當於思想、觀點、主張。

㉙**實慧**：或名「實智」，指達到佛菩薩一乘眞實理體的智慧，即般若智慧。「實」，實際、眞實不妄；「慧」，智慧，能通達事理，有決斷作用，通常與「智」互用。《大乘義章》卷十九：「知於一乘眞實之法，名爲實智。」（大正四十四・頁八四六中）

㉚**方便慧**：或名「方便智」、「權智」，指通達於佛菩薩的權宜方便智慧。《大乘義章》卷十九：「了知三乘權化之法，名方便智。」（大正四十四・頁八四六中）

㉛**不可得**：與「空」意義相等。意爲一切事物的本性是空、無所得。《涅槃經・德王菩薩品》：「一切諸法，性本自空。何以故？一切法性不可得故。」（大正十二・頁七六五上）

㉜**智度**：即「般若波羅蜜」，大乘「六度」之一。指通過修習般若智慧，獲得解脫。

㉝**先德**：對古代高僧大德的尊稱。

㉞**三身**：三種佛身。有多種不同說法，一種指法身、報身、應身（按：《十地經論》等

所採用）；另一種指自性身、受用身、變化身（按：爲《宗鏡錄》所採用）；再一種指法身、應身、化身（按：爲《金光明經》所採用）。說法雖不一，但含義差別不大。

㉟**十波羅蜜**：十種由生死此岸到達涅槃彼岸的方法或途徑。它們是：布施、持戒、忍辱、精進、禪定、智慧、方便善巧、願、力、智。

㊱**報身**：或稱「報身佛」、「報佛」，佛的「三身」之一。指酬報因行功德而顯現相好莊嚴之身。亦即菩薩初發心修習，至十地之行滿足，酬報此等願行之果身，稱爲報身。分爲證知和享受所謂佛的境界的報身，以及爲適應十地菩薩需要而呈現出來的報身。

㊲**化身**：佛的「三身」之一。指佛爲度脫衆生，隨順三界、六道的不同情況和需要而顯現的身形，有人說釋迦牟尼佛是化身佛。

㊳**檀波羅蜜**：即「檀那波羅蜜」。「六波羅蜜」之一，有財施、法施、無畏施（除去衆生恐怖，使其安心）三種，能對治慳貪，消除貧窮。「檀」，檀那，意爲布施。

㊴**三祇**：即「三大阿僧祇劫」。指菩薩修行至佛果位所須經歷之時間。「阿僧祇」，意譯爲「無量數」。

㊵**自淨行性**：意爲以自己的清淨修行而感受佛果。「自淨」指「八正道」中的「正

念」、「正定」兩類修行；「行性」，指依據佛性而發大行，感佛果。

❹❶**客塵**：指煩惱。煩惱並非心性所固有，而是衆生因不明眞理而起，故名。僧肇注《維摩經．問疾品》：「心遇外緣，煩惱橫起，故名客塵。」（大正三十八．頁三七八中）

❹❷**識海**：藏識（如來藏）之海。如來藏隨緣而起，顯現萬物，如大海的波濤，故名。《楞伽經》卷一：「譬如巨海浪，斯由猛風起；洪波鼓冥壑，無有斷絕時；藏識海常住，境界風所動；種種諸識浪，騰躍而轉生。」（大正十六．頁四八四中）

❹❸**見河**：錯誤認識的大河。「見」，意爲思想、觀點、主張，分正見、邪見、惡見等，但佛教在泛用時，往往指錯誤的認識。

譯文

設問：爲什麼不能無拘無束、自由任運，讓擺脫妄念的眞心與佛教眞理自然冥合呢？爲什麼要作種種修行，這豈不是處處與心發生關係了嗎？

解答：古代高僧認爲，有三種途徑可以感得佛果。它們是：第一、不依賴語言文字，放棄一切修行，獲得不假身、口、意三業造作的法身佛果；第二、注重漸次修行，經過三大阿僧祇劫而成佛果；第三、一開始就達到智慧與眞如的冥合，證得自在圓融的佛果。此是具有最上根機的人，能圓滿作一切修行，圓滿證取涅槃。這種「圓修圓證」，雖然於一念中頓時具足佛果，但並不妨礙各種修行；雖然展開各種修行，但又並未脫離刹那的心念。當然，如果通過遺卻世情而與眞如冥合，也是一種成佛途徑。總之，證取涅槃的速度是快是慢，這要取決於各人不同的根機，就佛法本身而言，平等一如，沒有前後差別。

原典

問：何以不任運騰騰，無心合道❶？豈須萬行，動作關心？

答：古德顯佛果有三。一、亡言絕行，獨明法身無作❷果；二、從行漸修，位滿三祇果；三、從初理智❸，自在圓融果。此是上上根人❹，圓修圓證。雖一念頓具，不妨萬行施爲；雖萬行施爲，不離一念。若亡情冥合，各是一門。遲速任機，法無前後。

注釋

❶**無心合道**：意爲脫離妄念的眞心，自然與佛道相合。「無心」，指離開妄念的眞心；「道」，指佛道，因佛道能顯示最高眞理，通向涅槃。《宗鏡錄》卷八十三：「若不起妄心，則能順覺，所以云無心是道。」（大正四十八．頁八七五下）

❷**無作**：意爲無因緣造作，或不假身、口、意三業的造作。

❸**理智**：眞理和智慧。「理」，指所證的眞如之理；「智」，指能證眞如的智慧。理智冥合，便是覺悟。

❹**上上根人**：意爲具有最上根機的人。「根」，根機、根性，指接受佛法的能力。《摩訶止觀》卷一：「爲上根性說圓滿修多羅，二乘多聾如啞。」

譯文

設問：眼前所見的無非是菩提之智，舉手投足全都是佛教眞理。那麼，又何必另外建立事相道場、勸人作各種修行呢？這種驅動雜念、勞累形體的做法，怎麼能與佛法的玄妙宗旨相統一呢？

解答：有兩種修行所依的道場。一是「理道場」，二是「事道場」。所謂「理道場」，它遍布無數國土，到處都是；所謂「事道場」，指的是莊嚴修飾的清淨之地。然而，依據事相而顯示理體，憑藉理體而成就事相。事相雖虛妄卻持有理體，不存在不具理體的事相；理體雖眞實卻隨緣生起事相，並不存在有礙於事相的理體。所以，通過事相去把握理體，必須借助於莊重嚴飾；由世俗之見導入對眞理的認識，完全依賴於施設法門。這是歸敬佛法的根本，也是促進修行的門戶；既面對萬物又清淨心性，既有益於他人又有利於自己。

《摩訶止觀》中說：「信仰圓教的人，在初發菩提之心時，雖對佛理的觀察思惟已接近眞實不虛，但尚未達到深信不疑。所以還必須於清淨之地，建立嚴格修習佛法的道場。具體做法是：於晝夜六時之中，修行五種懺悔方法；通過懺悔六根之罪，進入從凡夫至佛的第三個修行階次；同時重視智慧觀照和戒律實踐，使理體和事相都無所損傷；由於受諸佛神力的加被，眞實的智慧頓時顯發，直至發起住於佛地的『十住心』，圓滿成就一心，此生也就有所依憑了。」

《上都儀》中說：「歸依於佛、法、僧這『三寶』的人，如果指定西方，建立阿彌陀佛的相好，安住於自心或執著於外境，那也就不能認識眞如實相，脫離虛妄雜念。」佛早已對世俗凡夫有所預知，教他們繫念於一心尙且都不可能，何況還要想讓他們脫離事相呢？這正好比那些沒有多少法術的旁門外道，想要建造空中樓閣一樣。因此，毫無疑問應該把佛像等作爲對象，進行空、假、中三方面的觀察思惟。

佛曾經說：「在我滅盡煩惱、入般涅槃之後，凡能觀想我形像的人，就與我沒有什麼區別。」《大智度論》中說：「大乘菩薩只有對以下三件事永遠不會感到厭煩：一是盡心供養佛；二是虔誠接受佛法；三是全力施捨供養出家人。」

天台智顗大師問道：「世間有修行空法的人，他們執著於愚癡之空，這與佛經所說並不相符。他們得知天台宗的觀心法門，便加以爲難說：如果觀察思惟心性，能獲得法身平等的認識，那麼就應該隨時隨處體現平等，但爲什麼人們只對佛經和佛像表示恭敬，而對能書寫佛經的紙張和能雕造佛像的木頭加以怠慢呢？既然有恭敬有怠慢，則表明仍然存在著不平等。正因爲存在著不平等，所以法身平等這一說法並不能成立。」

回答是：「我這只是從凡夫的角度出發，對這類形相進行觀察，以探究其中的實相罷了！爲了顯示這一實相，就得恭敬佛經和佛像，使智慧不受繫縛；爲了使無數世人趨善避惡，就得採用種種權宜手法。這怎麼能與你的觀點一致呢？除了恭敬佛經、佛像，另外如廣泛興辦各類法會、建立壇場說法授戒、依仗佛力佑護衆生、嚴淨一切勝妙之事，由此而獲得現證妙果，受諸佛威力的加被，這些都是佛所垂現的慈悲，顯示佛教的根本原則。

「有的人因見到香花美好的形相，從而嚴守戒律，刻苦修行；有的人因見到普賢菩薩的形相，因而消除一切罪源，自性清淨。由於各種法事圓滿具備，故而佛教事業經久不衰，這是兩者之間相互感通的表現，也是我們應當尊崇三寶、恭敬經像的理由。所以，必須遵循古代聖賢的教導，將眼前事相與佛教典章加以印證；不應該單憑虛空之說，以個人的臆測揣度爲依據。毀壞功德和善業，定將墮入輪迴之苦；遣除事相之有、滯於本性之空，徒然自投邪僞之網。」

原典

問：觸目菩提，舉足皆道。何須別立事相道場❶？役念勞形，豈諧妙旨？

答：道場有二。一、理道場；二、事道場。理道場者，周遍剎塵❷；事道場者，淨地❸嚴飾。然因事顯理，藉理成事。事虛攬理，無不理之事；理實應緣，無閡事之理。故即事明理，須假莊嚴；從俗入眞，唯憑建立❹。爲歸敬之本，作策發之門；睹相嚴心，自他兼利。

《止觀》云：「圓教❺初心❻，理觀雖諦❼，法忍❽未成。須於淨地，嚴建道場。晝夜六時❾，修行五悔❿；懺六根⓫罪，入觀行即⓬；乘戒兼急⓭，理事無瑕；諸佛威加，眞明⓮頓發；直至初住⓯，一生可階。」

《上都儀》云：「夫歸命⓰三寶者，要指方立相⓱，住心取境⓲，不明無相、離念也。」佛懸知凡夫，繫心尚乃不得，況離相耶？如無術通人⓳，居空造舍也。依寶像等三觀⓴，必得不疑。

佛言：「我滅度㉑後，能觀像者，與我無異。」《大智論》云：「菩薩唯以三事無厭。一、供養佛無厭；二、聞法無厭；三、供給僧無厭。」

天台智者問云：「世間有空行人㉒，執其癡空，不與修多羅㉓合。聞此觀心㉔，而作難言：若觀心是法身等，應觸處平等，何故經像生敬，紙木生慢？敬慢異故，則非平等。非平等故，法身義不成。」

答：「我以凡夫位中，觀如是相耳。爲欲開顯此實相，恭敬經像，令慧不縛；使無量人崇善去惡，令方便不縛，豈與汝同耶？乃至廣興法會㉕，建立壇儀㉖，手決加持㉗，嚴其勝事，遂得道場現證，諸佛威加，皆是大聖㉘垂慈，示其要軌。

「或睹香華之相，戒德㉙重清；或見普賢之身，罪源畢淨。因茲法事㉚圓備，佛道㉛遐隆。現斯感通，歸憑有據。是以須遵往聖，事印典章；不可憑虛，出於胸臆。毀德壞善，翻墮邪輪；撥有凝空，枉投邪罥。」

注釋

❶**道場**：有多種含義。或指供佛祭祀之處，或指修行學道之處，或指法會活動等。此處指衆生修行所依據的佛法。《維摩詰所說經．菩薩品》：「直心是道場」（大正十

四·頁五四二下）、「三十七品是道場」（大正十四·頁五四二下）。

❷**刹塵**：意爲無數國土，到處。「刹」，梵語「刹多羅」的簡略，意譯土田、國土、處處；「塵」，微塵，形容無限數量。唐譯《華嚴經·世主妙嚴品》：「清淨慈門刹塵數，共生如來一妙相。」（大正十·頁十六中）

❸**淨地**：指比丘所住的地方。該地方爲清淨之地，所以稱「淨地」。

❹**建立**：指施設法門。修築佛像、寺塔等也名「建立」。

❺**圓教**：或名「圓宗」。「圓」，意爲圓融、圓滿。天台宗、華嚴宗都以本宗爲圓教。參見前「圓宗」條注釋。

❻**初心**：初發求菩提之心。

❼**諦**：眞實不虛的意思。或可譯爲「眞理」。指佛教所闡述的教義、教理。

❽**法忍**：意爲對佛教眞理的深信不疑。「法」，佛法，佛教教義；「忍」，忍許，認可，信而不惑，是「智」的別稱。

❾**六時**：白天三時和夜晚三時合爲六時。白天三時指晨朝、日中、日沒，夜晚三時指初夜、中夜、後夜。《大唐西域記》卷二：「六時合成一日一夜（晝三夜三）。」（大

正五十一．頁八七五下）

❿**五悔**：指五種懺悔方法。天台智顗所創。具體指：一、懺悔；二、勸請；三、隨喜；四、回向；五、發願。五種方法都有悔罪滅惡的意義，所以名爲「五悔」。又因爲需要於晝夜六時修習，所以合稱「六時五悔」。《摩訶止觀》卷七下：「唯法華懺，別約六時五悔，重作方便。」（大正四十六．頁九十八上）

⓫**六根**：又名「六情」，是衆生迷妄顚倒的根源。指眼、耳、鼻、舌、身、意。它們具有攝取各自相應外境（色、聲、香、味、觸、法）的功能。

⓬**觀行即**：即「觀行即佛」，是天台宗所立「六即佛」之一。「六即佛」，指從凡夫到成佛之間修行的依據以及修行的六個階次。「觀行即」是其中第三階次，意爲依圓教而起圓修，即從性起修，以修合性，達到「心觀明了，理慧相應」。

⓭**乘戒兼急**：即「乘戒俱急」。意爲對智慧的追求和戒律的實行同等重視。「乘」，指開悟實相的智慧；「戒」，指制止三業之惡的戒法。唯有大乘菩薩，乘戒俱急。

⓮**眞明**：眞實的智慧。「明」，智慧。

⓯**初住**：菩薩乘五十二位修行之中「十住」的第一位，名「發心住」。「住」，意爲獲

得佛教信仰後進而住於佛地；「發心住」，指以眞實方便發起十住心，進入十信之用，圓成一心。

⑯**歸命**：梵語「南無」的意譯。有兩層含義：一、身命投歸於佛；二、歸順佛的教導。《起信論義記》卷上：「歸者是趣向義，命謂己身性命。」（大正四十四・頁二四六下）、「歸是敬順義，命謂諸佛教命。」（大正四十四・頁二四七上）

⑰**指方立相**：「指方」，意爲指定西方；「立相」，意爲建立阿彌陀佛的相好。這是《觀無量壽經》的重要思想。

⑱**住心取境**：意爲安住於心、執取外境。

⑲**通人**：有神通力的人。「通」，意爲自在無礙、通達一切，轉意爲神通、通力。此處「無術通人」似指外道。

⑳**三觀**：各家有不同說法，但以天台宗爲典型。指三種觀法，即從三個不同角度認識世界。一、空觀，觀事物虛假不實，本質是空；二、假觀，觀事物爲因緣所生，所以是假有；三、中觀，觀空、假不可分離，世界既空既假、非空非假。

㉑**滅度**：梵語「涅槃」、「泥洹」的意譯。意爲滅盡煩惱、度脱生死苦海。《大般涅槃

經・師子吼菩薩品》：「滅生死故，名為滅度。」（大正十二・頁五三六上）

㉒**空行人**：修行空法的人。

㉓**修多羅**：梵語音譯，或作「修妒路」、「素怛覽」。意為「契經」，即佛經，用以特指「三藏」之中的「經藏」部分。《翻譯名義集》卷四：「以此方周孔之教名為《五經》，故以『經』字翻修多羅。」（大正五十四・頁一一一〇中）

㉔**觀心**：意為觀察思惟心性。心是萬法之主，觀察心性也就是思惟一切事理。天台宗所立「一心三觀」便是重要的觀心法門。《十不二門指要鈔》：「一切教行，皆以觀心為要。」（大正四十六・頁七〇五下）

㉕**法會**：佛教為說法、供佛、施僧而舉行的儀式、集會。《法華經・隨喜功德品》：「若人於法會，得聞是經典，……」（大正九・頁四十七上）

㉖**壇儀**：壇場授戒儀式。「壇」，壇場、戒壇，用以授戒；有時也指法壇，用以說法。

㉗**加持**：原義為「站立」、「住處」。指以佛力佑護眾生。《大日經義釋演密鈔》卷二：「加謂加被，持謂任持。佛以上神力，加被任持現前大眾，得見如是不思議莊嚴境界。」

㉘**大聖**：佛的尊號。有時也指著名的菩薩。

㉙**戒德**：意爲戒律所具的功德，此功德能化度衆生。

㉚**法事**：又名「佛事」。指念經、供佛、施僧、拜懺、講說、爲人追福等宗教活動及儀式。

㉛**佛道**：或名「聖道」，指成就佛果的一切修行。《大乘義章》卷十八：「道者是因，修行此道，能到聖處，名爲聖道。」（大正四十四．頁八二八下）或泛指佛教事業。

譯文

設問：既然自心就是佛，那麼又何必要外向求取呢？如果承認在自心之外還有別的東西，自心也就消失了。

解答：諸佛施設的法門，並非整齊劃一，都是既靠自力，又依靠他力；既承認自相，又承認共相。華嚴宗「十玄緣起」法門統攝宇宙萬物，「六相圓融」法門融會一切現象。隨順外部條件的作用，萬物似有差別對待；但從事物的性理上看，則完全圓融一體。由自心顯現外物，外物便是自心；將認識對象回歸認識主體，對象就是自體。

古代高僧說：「若是把自心與外物看作兩個東西，那麼就應該使用統一的否定性表述，因爲自心之外並不存在任何事物；如果把自心與外物看作一個東西，那麼應當使用各種不同的否定性表述，因爲確實存在著因緣條件。」《維摩詰經》說：「一切都由諸佛的威力神通建立。」天台智顗大師說：「全然以萬物無生無滅理論，觀察現實世界的人，只相信自己的心，而不相信諸佛由外給予的加被。」佛經又說：「既非出自內部，也非來自外部；既出自內部，又來自外部。」說是出自內部，意爲諸佛所說的解脫，應該從自心的流遷變化之中求取；說是來自外部，則是指佛的保護憶念。這樣說來，有什麼理由不相信外部的助力呢？

佛教有關萬物生起的理論，以及衆生修行成佛的法門，都依賴於各種條件和合而成立；這些條件相互緊密聯繫，沒有一種是絕對獨立的。衆生修習佛道，倘若自力充足完備，就不用借助於其他條件；但如果自力不夠，那就必須依賴外部力量。比方說，有人正受到官府的追查、責難，假如他自己沒有能力擺脫，那就有必要請求強有力的人幫助，使他因此而獲得解救。又比方說，有人牽拉重物，單憑他一人之力無濟於事，這時就得借助衆人之力，使重物得以移動。所以，一方面你度量自己的實際能力，另一方面又不能由此而拒絕他人的幫助。再則，如果片面談論內力，這就是「自性」；如果片面談論外力，便成爲「他性」。如果說到衆生的善根機緣與佛感應相合，這就是「共性」；如果說到既非因又非緣，便成爲「無因性」。所有上述四種情況，都落入了偏頗的執著，未能達到成就圓滿的境界；倘若實現了對眞心的了悟，就再也不會有所執著了。

原典

問：即心是佛，何須外求？若認他塵，自法即隱。

答：諸佛法門，亦不一向❶，皆有自力❷、他力❸，自相❹、共相❺。十玄門❻之該攝，六相義❼之融通。隨緣❽似分，約性常合。從心現境，境即是心；攝所歸能，他即是自。

古德云：「若執心境爲二，遮言不二，以心外無別塵故；若執爲一，遮言不一，以非無緣故。」《淨名經》云：「諸佛威神之所建立。」智者大師云：「夫一向無生❾觀人，但信心益，不信外佛威加益。」經云：「非內非外，而內而外。」而內故，諸佛解脫，於心行❿中求；而外故，諸佛護念。云何不信外益耶？

夫因緣之道，進修之門，皆衆緣所成，無一獨立。若自力充備，即不假緣；若自力未堪，須憑他勢。譬如世間之人在官難中，若自無力得脫，須假有力之人救拔。又如牽拽重物，自力不任，須假衆他之力，方能移動。但可內量實德，終不以自妨人。又若執言內力，即是自性；若言外力，即成他性。若云機感⓫相投，即是共性；若云非因非緣，即無因性。皆滯鬩執，未了圓成⓬；若了眞心，即無所住⓭。

注釋

❶**一向**：完全、齊整、專一的意思。《藥師本願經》：「彼佛國土，一向清淨，無有女人。」（大正十四·頁四〇五下）

❷**自力**：指自己所修的善根，或指發現衆生本來具有的與佛平等的心性。凡主張通過自力而獲得解脫的佛教教義和方法，稱爲「自力佛教」。

❸**他力**：指佛的本願力、加被力。特指阿彌陀佛的本願力，意爲若有人誦念阿彌陀佛名號，便爲該佛接引，得到解脫。

❹**自相**：指局限於某事物自體的相狀。與「共相」相對。

❺**共相**：指一事物所具有的與他事物共通的相狀。與「自相」相對。

❻**十玄門**：又名「十玄緣起」。華嚴宗的重要教義，與「六相圓融」會通而構成「法界緣起」的中心内容。《華嚴經》曾用教義、事理、境智、行位、因果、依正、體用、人法、逆順、感應等十對名目，説明世界萬物相即相入、互爲條件、互相包含的圓融無礙關係。智儼和法藏在此基礎上，提出完善的「十玄門」理論。

❼**六相義**：即「六相圓融」、「六相緣起」。華嚴宗的重要教義，與「十玄門」會通而構成「法界緣起」的中心内容。「六相」指：總相、別相，同相、異相，成相、壞相。三對範疇從六個方面説明，一切現象雖然各有自性，但又都可以融合無礙，完全没有差別。

❽**隨緣**：外界事物對自體產生作用，叫做「緣」；應受這緣而自體發生變化，便是「隨緣」，如水應受風這一緣而有波浪生起。

❾**無生**：與涅槃、實相、法性等概念含義相同。意爲一切現象的生滅變化，都是世間衆生虛妄分別的產物，其本質是「無生」也即「無滅」。《圓覺經》：「一切衆生於無

生中妄見生滅，是故說名輪轉生死。」（大正十七・頁九一三下）以這種「無生」理論觀察事物，便名「無生觀」。

❿**心行**：指心的作用流遷不息。《法華經・方便品》：「佛知彼心行，故為說大乘。」（大正九・頁八上）

⓫**機感**：眾生所具的善根機緣與佛相互感應。「機」，機緣；「感」，感應。

⓬**圓成**：意為成就、圓滿、具足。《楞嚴經》卷一：「發意圓成一切眾生無量功德。」（大正十九・頁一〇六下）

⓭**無所住**：意為無所執著。因為一切事物都處於因緣聯繫和生滅變化之中，所以人的認識也就不應以固定的概念，當作事物固有的本質。

譯文

設問：經中說：「觀察自身，無非是一實相，觀察佛也是這樣。如果不起絲毫心念，眞理必定頓時明白顯現。」既是這樣，又何須唱念諸佛名號，廣泛誦讀經典呢？念佛和誦經只會使心念高下輪迴不已、前後生滅無常，其結果不僅有礙於禪定修習，而且還令人曲從於聲音。這好比靜水攪動而寶珠不明，怎麼能達到心性與眞如實相的冥合呢？

解答：聲音是所有道理的藏納之處，文字是通往解脫的門戶。衆生所往的一切國土都是聲音，聲音就是法界。經中說：「每一具體事物之中，含有其他一切事物。」一由此可以知道，就在一個字、一個聲音之中，已經包羅了世界的一切，具足了六凡四聖，圓融了空、假、中「三諦」之理。爲什麼要排斥念佛誦經、注重實相原理，脫離事相而追求眞如呢？這豈非由於未能窮究動靜的根源，從而導致語言文字或沉默無言的過失呢？所以經文上說：「當一個念頭初起之時，便不存在最初事相，這是眞正的保護憶念，使外惡不侵，內善得生。並非一定要滅息心念和聲音，才算是眞正與實相冥合。」所以，在莊重修飾佛教的各種法門中，任何修行都不能缺少；在眞如法性的海洋中，一切事相都不必捨棄。

就拿稱名念佛來說，教典中有明確說明。念一聲佛號能消除無數罪惡，念佛滿十遍便可往生淨土。通過稱名念佛，拯救艱危、拔除苦難，斷絕煩惱、消滅業惑，非但於人生一期中得以暫時拔除苦痛，而且能藉此機緣最終達到徹底覺悟。因此經文中說：

「若有人心處煩惱、心思散亂，只要他來到塔廟之中，口中稱念『南無佛』，就已經成就了佛道。」又有經文說：「凡對於佛的名號久持不忘的人，都將受到一切佛的保護憶念。」

《寶積經》中說：「大聲稱名念佛，邪魔便迅速潰敗。」《文殊般若經》中說：「衆生愚昧遲鈍，不能通過觀察思惟得到解脫，這時只要讓他不斷口念佛名，便自然能夠往生佛國。」《大智度論》說：「比方說，有人剛出生落地，就能日行千里，歷經一千餘年，獲得大量七種珍寶，用以布施諸佛。即使如此，他也還是不如後來有人在濁惡之世稱名念佛一聲，其福德更爲廣大。」《大品般若經》說：「倘若有人以散亂放逸之心念佛，乃至畢其一生勞苦，也會獲取無量的福德。」《增一阿含經》說：「如果有人以衣服、飲食、臥具、湯藥等供養東方各國一切衆生，必將有無量的功德。但如果有人善心相續，一無間斷地誦念佛的名號，在大約取一次牛乳的時間內，其所獲得的功德也要超過上述以衣物等供養衆生的人。這種功德眞是不可思議，無法加以估量。」

《華嚴經》上說：「倘若安住於如意自在之想的念佛法門，就能了知隨順自心的所有五欲之樂，這是由於諸佛都示現了他們形像的緣故。」飛錫和尚在他的《高聲念佛三昧寶王論》中說：「沐浴於大海的人，已經享用了百川之水；凡是稱名念佛的人，必定能成就正定。」

這就好比清珠放入渾濁之水，渾濁之水不得不清澄；念佛投於散亂之心，散亂之心不得不與佛相通。而當心與佛契合之後，心和佛便都不復存在。心佛都不復存在，這就是禪定；同時，心和佛又都產生妙用，這就是智慧。禪定和智慧既然平等並舉，那麼，還有什麼樣的心不就是佛，什麼樣的佛不就是心呢？心與佛既然具有這樣的關係，那麼，一切事物、一切外部條件也都無非是正定了。誰還會對起心動念、高聲念佛感到憂患呢？所以，《業報差別經》中說：「高聲念佛誦經，有十種功德。第一，能消除睡眠；第二，能使天魔怖畏；第三，使聲音遍於十方世界；第四，能息滅三惡道的苦難；第五，使其他聲音不得侵入；第六，使心不致於散亂；第七，能夠勇猛精進；第八，能使諸佛歡喜；第九，使正定獲得實現；第十，能夠往生極樂淨土。」

《釋淨土羣疑論》寫道：「問：『名相文字等概念其體性虛空，不能用它來闡明各種事相的本質。為此，如果教人專門稱名念佛，這不是等於說食而充飢嗎？』答：

『倘若說名相文字等概念一無用處，不能述說各類事物的本質，那就召喚水火過來，在你身上嘗試看看。由此可以知道，正因爲捕魚工具筌和捕兎工具蹄並非是空，所以才能捕獲魚和兎。於是，也就產生了這樣的故事：當釋迦成道之時，大梵天王出現在他面前，啓請他宣說佛法；佛陀則應順機緣，向大衆宣講了自己所悟的玄妙佛法。無論是人類還是天神、凡人還是聖賢，都稟受了佛的宗旨；不管是五道衆生還是四種形態的衆生，全遵循了佛的遺訓。凡聽聞和讀誦佛的言教的，都能獲得廣大深遠的利益；凡稱念佛的名字的，全部往生西方淨土。因此，怎麼能說名字是虛假不實的、名字不能闡述事物的本質呢？』」

《羣疑論》又寫道：「問：『爲什麼依賴念佛的力量，能夠斷絕一切煩惱呢？』答：『這好比一株香味純正的旃檀樹，能使大片伊蘭樹林的惡臭之味改變而爲檀香之味。又好比有人用師子筋製作琴弦，當這琴弦彈奏之時，所有其餘的琴弦都崩斷損壞。假如有人在他的求取覺悟的心中，修習以念佛爲觀想對象的禪定，那麼，一切的煩惱，一切的業惑，都將全部斷滅無存。』」《大方等大集經》說：「或者於一晝夜中，或者於七晝夜中，不作其他身心活動，唯有專心一意念佛。這樣，因爲用心的強弱與佛的感應大小就有差別。」

此外，《般若經》中說：「文殊菩薩問佛：『怎樣才能迅速獲得無上正等正覺？』佛的回答是：『可修習一行三昧法門。』想要入一行三昧法門，應當於空閒之處，排除所有散亂之念，不取一切事物相貌；集中心念於某一個佛，專心稱念該佛的名號；隨順該佛所處方位，相向恭敬端坐。假如有人專心稱念某一尊佛名號，念念相續不斷，就能於念中見到過去佛、未來佛、現在佛。此人也就能不分晝夜，恆常宣說佛法；就能充分發揮自己的般若智慧和辯解才能，始終如此，不會斷絕。」

由此可見，佛的功力廣大無比，不可思議；深奧通達，難以探測。這好比是磁石吸鐵，細水歸流，無人可以阻擋。導人慈善的力量「五根」、「五力」，將保證這種稱名念佛修行的方法，可以使有志於這種修行的，必然有明明白白的靈驗感應。

原典

問：經云：「觀身實相，觀佛亦然。一念不生，天眞❶頓朗。」何得唱他佛號，廣誦餘經？高下輪迴，前後生滅，既妨禪定，但徇音聲。水動珠昏，寧當冥合？

答：夫聲爲衆義之府，言皆解脫之門。一切趣❷聲，聲爲法界。經云：「一一諸法中，皆含一切法。」故知一言音中，包羅無外；十界❸具足，三諦❹理圓。何得非此重彼，離相求眞，不窮動靜之源，遂致語默之失？故經云：「一念初起，無有初相，是眞護念。未必息念消聲，方冥實相。」是以莊嚴門❺內，萬行無虧；眞如海❻中，一毫不捨。

且如課念尊號，教有明文。唱一聲而罪滅塵沙，具十念而形棲淨土。拯危拔難，殄障消冤，非但一期❼，暫拔苦津，託此因緣，終投覺海。故經云：「若人散亂心❽，入於塔廟中，一稱南無佛❾，皆已成佛道。」又經云：「受持❿佛名者，皆爲一切諸佛共所護念。」

《寶積經》云：「高聲念佛，魔軍⓫退散。」《文殊般若經》云：「衆生愚鈍，觀⓬不能解，但念念聲相續，自得往生⓭佛國⓮。」《智論》云：「譬如有人，初生墮地，即得日行千里，足一千年，滿中七寶⓯以用施佛。不如有人，於後惡世，稱一佛聲，其福過彼。」《大品經》云：「若人散心⓰念佛，乃至畢苦，其福不盡。」《增一阿含經》云：「四事⓱供養一閻浮提⓲一切衆生，功德無量。若有衆生，善心相續，稱佛名號，如一穀牛乳頃，所得功德過上，不可思議，無能量者。」

《華嚴經》云：「住自在心[19]念佛門，知隨自心所有欲樂，一切諸佛現其像故。」

飛錫和尚《高聲念佛三昧寶王論》云：「浴大海者，已用於百川；念佛名者，必成於三昧[20]。」

亦猶清珠下於濁水，濁水不得不清；念佛投於亂心，亂心不得不佛。既契之後，心佛雙亡。雙亡，定也；雙照，慧也。定慧既均，亦何心而不佛，何佛而不心？心佛既然，則萬境、萬緣無非三昧也。誰復患之於起心動念、高聲稱佛哉！故《業報差別經》云：「高聲念佛誦經，有十種功德。一、能排睡眠；二、天魔[21]驚怖；三、聲遍十方；四、三塗[22]息苦；五、外聲不入；六、令心不散；七、勇猛精進；八、諸佛歡喜；九、三昧現前；十、生於淨土。」

《羣疑論》云：「問：『名字性空，不能詮說諸法。教人專稱佛號，何異說食充飢乎？』答：『若言名字無用，不能詮諸法體[23]，亦應喚火水來。故知筌蹄[24]不空，魚兎斯得。故使梵王[25]啓請，轉正法輪[26]；大聖應機，弘宣妙旨。人天凡聖，咸禀正言；五道[27]四生[28]，並遵遺訓。聽聞讀誦，利益弘深；稱念佛名，往生淨土。亦不得唯言名字虛假，不有詮說者乎？』」

《論》云：「問：『何因一念佛之力，能斷一切諸障？』答：『如一香旃檀㉙，改四十由旬㉚伊蘭㉛林悉香。又譬如有人，用師子筋以爲琴弦，其聲一奏，一切餘弦，悉皆斷壞。若人菩提心㉜中，行念佛三昧㉝者，一切煩惱，一切諸障，皆悉斷滅。』」《大集經》云：「或一日夜，或七日夜，不作餘業，志心念佛。小念見小，大念見大。」

又《般若經》云：「文殊問佛：『云何速得阿耨菩提㉞？』佛答：『有一行三昧㉟。』欲入一行三昧者，應須於空閑處，捨諸亂意，不取相貌；繫念一佛，專稱名字；隨佛方所，端身正向。能於一佛念念相續，即是念中能見過去、未來、現在諸佛。晝夜常說，智慧辯才，終不斷絕。」

是知佛力難思，玄通罕測，如石吸鐵，似水投河。慈善根力㊱，見如是事；志心歸者，靈感昭然。

注釋

❶**天眞**：指眞如、法性等。《安樂集》卷上：「理出天眞，不假修成，名爲法身。」（大

正四十七・頁七中）

❷**一切趣**：衆生轉生所往的一切國土。「趣」，指衆生所往的國土。衆生因自己所作的善惡行爲（業）不同，死後趣向不同之處轉生，或說「五趣」，或說「六趣」。《大毘婆沙論》卷一百七十二：「趣是何義？答：所往義是趣義。是諸有情所應往，所應生，結生處。」（大正二十七・頁八六五中）

❸**十界**：即「六凡四聖」。是把佛和衆生分爲十大類的總稱，它們是：地獄、餓鬼、畜生、阿修羅、人、天、聲聞、緣覺、菩薩、佛。前六界稱「凡夫」，簡稱「六凡」；後四界屬已獲解脱的「聖者」，簡稱「四聖」。

❹**三諦**：三種眞理。「諦」，眞實不虛。「三諦」指：一、空諦，又名「眞諦」，意爲因緣和合所生的事物，其本體空無自性；二、假諦，又名「俗諦」，指萬物雖空無自性，但並非純無所有，而仍有假相的存在；三、中諦，又名「中道第一義諦」，指既看到現象空的一面，又看到假有的一面，這非空非假便是「中道」。《中論・觀四諦品》：「衆因緣生法，我說即是空，亦爲是假名，亦是中道義。」（大正三〇・頁三十三中）天台宗據此而立「三諦圓融」教義。《摩訶止觀》卷一：此三諦「雖三而

一，雖一而三，不相妨礙」、「一念心起，即空、即假、即中。」（大正四十六．頁八下）

❺**莊嚴門**：莊重修飾佛法的法門。意爲六度萬行、持戒持齋等各種修行，屬於對佛法的外部修飾，本身並非佛法。《臨濟錄》：「秖（按：秖，音ㄓ，與衹通。秖，適也，但也）如諸方說六度萬行以爲佛法，我道是莊嚴門、佛事門，非是佛法。」（大正四十七．頁五〇二上）

❻**眞如海**：意爲眞如法性具有無量無邊功德，猶如大海。《大乘起信論》：「法性眞如海，無量功德藏。」（大正三十二．頁五七五中）

❼**一期**：指人的一生。

❽**散亂心**：煩惱之心。「散亂」，指貪、瞋、癡等煩惱所造成的精神散亂的作用。《大乘廣五蘊論》：「云何散亂？謂貪、瞋、癡分，令心、心法流散爲性，能障離欲爲業。」（大正三十一．頁八五三下）

❾**南無佛**：意爲歸命於佛。「南無」，梵語音譯，意爲「致敬」、「歸敬」、「歸命」，表示對佛和佛法的尊敬、虔信。《法華經．方便品》：「一稱南無佛，皆已成佛道。」

（大正九．頁九上）

❿**受持**：意爲領受於心、久持而不忘。「受」，領受；「持」，憶持。指對佛和佛法的牢固信仰和信心。《勝鬘寶窟》卷上本：「始則領受在心，曰受；終則憶而不忘，曰持。」（大正三十七．頁十一下）

⓫**魔軍**：惡魔的軍隊。「魔」，梵語「魔羅」音譯的簡略，意爲擾亂、破壞、障礙，指一切擾亂身心、破壞好事、障礙善法的心理活動，如煩惱、疑惑、迷戀等。《大智度論》卷五：「何以名魔？答曰：奪慧命，壞道法功德善本，是故名爲魔。」釋迦成道之時，欲界第六天魔王率領魔軍，試圖阻礙釋迦成道，但佛以神通力予以一一降服。《法華經．化城喻品》：「其佛本坐道場，破魔軍已，……」（大正九．頁二十二中）

⓬**觀**：泛指一切思惟觀察活動，特指在佛教「正智」指導下，對特定對象或義理的觀察思惟活動。「觀」的種類極多，按對治的煩惱、希望獲得的功德、以及成就「智慧」的不同，其方法也千差萬別。

⓭**往生**：意爲通過特定修行而進入西方極樂世界。「往」，指脫離世俗世界，去往阿彌陀佛的極樂淨土；「生」，指化生於極樂淨土的七寶蓮花之中。《法華經．藥王菩薩

本事品》：「即往安樂世界阿彌陀佛、大菩薩衆圍繞住處，生蓮華中寶座之上。」（大正九・頁五十四下）

⑭**佛國**：指佛所住的國土以及所化的國土。不僅指淨土，也包括穢土，如世俗世界就是釋迦如來的佛國。

⑮**七寶**：七種珍寶。各種經典所說不一。《法華經》以金、銀、琉璃、硨磲、瑪瑙、眞珠、玫瑰爲七寶；《無量壽經》以金、銀、琉璃、玻璃、珊瑚、瑪瑙、硨磲爲七寶；《阿彌陀經》、《大智度論》以金、銀、琉璃、玻璃、硨磲、赤珠、瑪瑙爲七寶；《般若經》以金、銀、琉璃、硨磲、瑪瑙、琥珀、珊瑚爲七寶。

⑯**散心**：相對定心而言，指散亂之心、放逸之心。

⑰**四事**：一般指衣服、飲食、臥具、湯藥四項基本生活條件。或指房舍、衣服、飲食、湯藥四項。

⑱**閻浮提**：又作「南閻浮提」，即「南贍部洲」。「四大部洲」（東勝身洲、南贍部洲、西牛貨洲、北俱盧洲）之一。「閻浮」，樹名；「提」，意爲洲。此洲盛產閻浮樹，位於須彌山南面鹹海裏，故名。通常以爲此洲指中國及東方各國，實則據佛經所言，

當專指印度。

⑲**自在心**：指能作一切如意自在之想的心。

⑳**三昧**：也作「三摩地」。意爲「定」或「正定」，即排除一切雜念，使心平靜。轉義爲去除纏縛、獲得自在。

㉑**天魔**：「天子魔」的簡稱，是欲界第六天的魔王。擁有無數部屬，憎嫉一切聖賢涅槃之道，釋迦成道時曾極力予以阻擾。

㉒**三塗**：又名「三惡道」、「三惡趣」。指衆生根據自己所造的惡業而墮入的三惡處，它們是：地獄、餓鬼、畜生。

㉓**法體**：一切現象的體性。「法」，此處泛指一切事物和現象，包括物質的和精神的，存在的和不存在的，過去的、現在的、未來的。

㉔**筌蹄**：「筌」，捕魚的工具；「蹄」，捕兎的工具。《莊子·外物》：「筌者所以在魚，得魚而忘筌。」、「蹄者所以在兎，得兎而忘蹄。」

㉕**梵王**：「大梵天王」的簡稱。梵天是三界中色界諸天的第三天，梵天之王即名「大梵天王」。

㉖**轉正法輪**：簡稱「轉法輪」，比喻釋迦牟尼佛宣說佛法。「轉」，轉動，比喻宣說；「法輪」，比喻佛法（之寶輪）。《大智度論》卷二十五：「佛轉法輪，如轉輪聖王轉寶輪……一切邪見、疑悔、災害，皆悉消滅。」（大正二十五．頁二四四下——二四五上）

㉗**五道**：即「五趣」，指衆生根據生前善惡行爲，有五種輪迴轉生的趨向。它們是：地獄、餓鬼、畜生、人、天。

㉘**四生**：指六道（地獄、餓鬼、畜生、阿修羅、人、天）衆生的四種形態，它們是：卵生，指從卵殼而生，如雞、雀等；胎生，指從母胎而生，如人等；濕生，指從濕氣而生，如蚊、蠅等；化生，指無所依託而藉業力顯現，如諸天神、餓鬼等。

㉙**旃檀**：梵語「旃檀那」的簡略。一種香木。玄應《一切經音義》：「旃檀那，外國香木也，有赤、白、紫等諸種。」

㉚**由旬**：古印度計算距離的單位。以帝王一日內行進的路程爲一「由旬」，大約合三十里或四十里。

㉛**伊蘭**：樹名。產於印度。花呈紅色，頗爲可愛，但氣味極惡，其臭可播及數十里。佛

經中常以伊蘭比喻煩惱，而以旃檀比喻菩提。

㉜**菩提心**：意爲求取正覺的心。「菩提」，指對佛教眞理的覺悟。《大智度論》卷四十一：「菩薩初發心，緣無上道，我當作佛，是名菩提心。」（大正二十五・頁三六二下）

㉝**念佛三昧**：衆多禪觀中的一種，指以念佛爲觀想內容的禪定。認爲通過專心念佛（或稱名念佛，或觀想念佛，或兩者結合），可以見到佛的形相，死後可往生佛國。《觀無量壽經》說，專心繫念一處，觀想阿彌陀佛形相，「作是觀者，除無量億劫生死之罪，於現身中得念佛三昧」、「即見十方一切諸佛，以見諸佛故，名念佛三昧。」（大正十二・頁三四三中）

㉞**阿耨菩提**：即「阿耨多羅三藐三菩提」的簡略。梵語音譯，意譯爲「無上正等正覺」。指能夠覺知一切眞理、如實了知一切事物，從而達到無所不知的一種智慧。大乘菩薩行的全部內容，就在於成就這種覺悟。《大智度論》卷八十五：「唯佛一人智慧名阿耨多羅三藐三菩提。」（大正二十五・頁六五六中）

㉟**一行三昧**：又名「一相三昧」、「一相莊嚴三摩地」。指以法界（眞如、實相）爲觀

想對象的禪定。《文殊般若經》：「法界一相，繫緣法界，是名一行三昧。」（大正八・頁七三一上）、「應處空閑，捨諸亂意，不取相貌，繫心一佛，專稱名字。」（大正八・頁七三一中）在修習這種禪定時，必須與念佛相結合。

㊱**根力**：指五根和五力。「五根」，佛教修行所依靠的五種內在條件，它們是：信根、精進根、念根、定根、慧根；「五力」，由五根的增長所產生的五種維持修行，達到解脫的力量，它們是：信力、精進力、念力、定力、慧力。

譯文

設問：想要眞正受持佛經，就應該憶念眞如實相。眞如實相既無主體和客體的分別，那麼這誦經者又是誰呢？如果說誦經是心和口的作用，但心和口也是實相，根本無法求得。推論下去，歸根結底，這誦經的道理該如何解釋？

解答：雖然說能誦的主體和所誦的客體都是空，但是這「空」並非斷滅空，它並不阻礙能誦的主體。同時，雖然受持的經典是有，但這「有」並非眞實有。既不空又不有，從而中道原理清晰地表現於其中。若是執著於無，則墮入方廣道人的大虛空謬論；若是執著於有，則成就其偏於假相的失誤。因此，人們能於一心中同時觀察到空、假、中三種眞理，而空、假、中三種眞理也可同時歸於一心。一心就是三種眞理，只是表現爲不同的相狀；而三種眞理也就是一心，在理體上沒有差別。它們之間的關係是既非合也非散，既非縱也非橫；它們既不能爲存在和泯絕所束縛，又怎麼能爲肯定和否定所局限！所以，持經念誦常與三種眞理冥合，最終統攝於一佛乘；一切修行和全部濟度法門，都將歸入眞如實相。

此外，對於念誦有礙禪定的責難，回答是這樣的：禪定方法，是菩薩說法時的四種智慧辯解能力以及三乘聖者所得六種神通的依據，是脫離凡俗而成爲聖者的原因。因坐禪而能獲得解脫，不失爲修行的一種有效方法。但是必須知道，坐禪時往往會有昏沉和掉舉兩種偏差，要時時注意防止和糾正偏差。佛經上說：「坐禪時如偏於昏昧，應該站起來，右繞佛像合掌行走，同時稱名念佛。或以誠摯之心懺悔自己的罪過，以便消除各種煩惱，使身心保持清淨。不應當固執某一法門以爲修行的至極。」

所以，慧日慈愍三藏說：「佛教經典所謂眞正的禪定，是指制止心的散亂，使之心念專一，念念相續不斷；遠離昏沉和掉舉兩個極端，於心平等一如，不作差別之想。

一旦出現心意識的昏闇，障蔽正確的觀察思惟，就應該展開各種具體修行，如稱名念佛、讀誦經典、向佛致敬、繞佛行走、宣說佛法、講解經論。只要於教化衆生有益，一切的修行都應當受到重視。要以身、口、意所有善的思想行爲，以及由此而產生的全部功德，回向衆生，使衆生一起往生西方淨土。如果能這樣修習禪定，那就是佛的禪定，與佛經所說完全一致；同時這也是衆生修行的關鍵，爲諸佛所許可。所有一切佛法，平等而無差別，都可證悟眞如，獲取最高智慧。」上述所引，都說念佛是產生智慧的依據，不應該再有各種錯誤的認識。所以，天台宗實行常坐、常行、半行半坐、非行非坐這四種「三昧」，小乘則以五種觀法來對治衆生煩惱，也有的採取「常行三昧」或「半行半坐三昧」。總之，佛教修習的形式多種多樣，不能一味局限於坐禪。

《金剛三昧經》中說：「既不活動也不禪坐，就是脫離生死和一切禪想。」《法句經》中說：「如果說要學習各種禪定，那只能是學習動作而並非眞正的禪定。既然自心追隨外部事相，生起各種思想活動，怎麼能說這是禪定呢？」《大乘起信論》也說：「假若人們只修行禪定，那麼就會引起精神不振、意識模糊，或者導致懶散怠惰，不願意修行各種善事，遠離菩薩大慈大悲的宗旨。」乃至說到「於一切時候、一切處所，所有善的思想行為，都應該根據自身能力所及，孜孜不倦地予以修學，思想上沒有絲毫的懈怠。只有在坐禪之時，才專心一意於禪定上，其餘一切時間，都得按照上述道理觀察思惟，那些應當做，那些不應當做。或是行步，或是止住；或是臥倒，或是起身。日常生活中的這一舉一動，都要貫徹禪定與智慧並行的原則。」因此，如果能通達各種修習法門，那麼，無論是正定還是散亂，都將悟入佛道；相反，如果不能融會各種法門，則不管是行走還是坐念，都會導致錯誤。

南嶽慧思的《法華懺》說：「衆生修習各種禪定，獲得諸佛三昧，使六根之性清淨，菩薩學習《法華經》，圓滿具足兩種修行：一是有形相的修行，二是無形相的修行。無形相的修行指的是無相安樂行，它使人於極其深妙的禪定之中，觀察思惟有情六根的實相本質。有形相的修行指的是有相安樂行，它依〈普賢菩薩勸發品〉而立。它的方法是：以散亂之心誦讀《法華經》，不必進入甚深的禪定；或坐或立都一心一意誦念《法華經》的語言文字。這種方法如果能獲得成功，就會親眼見到普賢菩薩。」

所以，當智顗修習《法華懺》，讀到《法華經》的〈藥王焚身品〉時，說道：「藥王焚身是眞正的精進，這才稱得上是以眞實無妄之法供養如來。」頓悟如來在靈鷲山宣講佛法的意義，就好像親自參加了當年的盛會。不僅如此，乃至秘密受持各種咒語，也會清楚地得到靈驗的感應，可以維護公正、防止奸邪，降服惡魔、驅除外道。還能制止令人迷妄的煩惱，醫治好已入膏肓的頑疾；表現出玄妙不可測的神通，顯示那難以想像的感應。其結果，既扶植了各類佛教修行，又殄滅了所有危害的因素。正由於依仗這種難以想像的法力，才使修行者安然悟入佛道。」所以，有人因為念佛而證得正定，有人通過坐禪而開發智慧，有人專一誦經而見到法身，有人惟以實踐佛法而入於聖者境界。修行的法門很多，但以獲取佛果為目的，總不能死抱住某一固定法門。重要的是，必須樹立對佛教的真誠堅定的信仰，不去輕信那些虛妄怪誕的邪說。

原典

問：欲真持經，應念實相。既忘能所，誦者何人？若云心口所為，求之了不可得。究竟推檢，理出何門？

答：雖觀能念、所誦皆空，空非斷空，不閡能誦。所持為有，有非實有。不空不有，中理❶皎然。執無，則墮其邪空❷；沒有，則成其偏假。是以一心三觀❸、三觀一心，即一而三相不同，即三而一體無異。非合非散，不縱不橫；存泯莫羈，是非焉局！常冥三諦，總合一乘❹；萬行度門，咸歸實相。

又，所難念誦有妨禪定者，且禪定一法，乃四辯❺、六通❻之本，是革凡蹈聖之因。攝念少時，故稱上善。然須明沉❼、掉❽，消息知時。經云：「如坐禪昏昧，須起行道❾念佛。或志誠洗懺，以除重障，策發身心。不可確執一門以為究竟。」

故慈愍三藏云：「聖教所說正禪定者，制心一處，念念相續；離於昏❿、掉，平等持心。若睡眠⓫覆障，即須策動念佛誦經，禮拜⓬行道，講經說法。教化眾生，萬行無廢。所修行業⓭，迴向⓮往生西方淨土。若能如是修習禪定者，是佛禪定，與聖教⓯合；是眾生眼目⓰，諸佛印可⓱。一切佛法，等無差別，皆乘一如，成最正覺⓲。」皆云念佛是菩提因，何得妄生邪見！故台教行四種三昧⓳，小乘具五觀⓴對治，亦有常行㉑、半行㉒種種三昧，終不一向而局坐禪。

《金剛三昧經》云：「不動不禪，離生禪想。」《法句經》云：「若學諸三昧，是動非是禪。心隨境界㉓生，云何名為定？」《起信論》云：「若人唯修於止㉔，則心沈沒，或起懈怠，不樂眾善，遠離大悲。」乃至「於一切時、一切處，所有眾善，隨己堪能，不捨修學，心無懈怠。惟除坐時，專念於止，若餘一切，悉當觀察應作、不應作。若行若住，若臥若起，皆應止觀㉕俱行」。是以若能通達，定、散俱得入道；若生滯閡，行、坐皆即成非。

南嶽《法華懺》云：「修習諸禪定，得諸佛三昧，六根性清淨。菩薩學《法華》，具足二種行：一者有相行，二者無相行。無相安樂行㉖，甚深妙禪定，觀察六情根㉗。有相安樂行㉘，此依〈勸發品〉。散心誦《法華》，不入禪三昧；坐立行一心，念《法華》文字。行若成就者，即見普賢身。」

是以智者修《法華懺》，誦至〈藥王焚身品〉，云：「是眞精進，是名眞法供養如來。頓悟靈山㉙，如同即席。乃至密持神咒㉚，靈貺昭然，護正防邪，降魔去外。制重昏之巨障，滅積劫之深痾；現不測之神通，示難思之感應。扶其廣業，殄彼餘殃。仰憑法力難思，遂致安然入道。」是以或因念佛而證三昧，或從坐禪而發慧門，或專誦經而見法身，或但行道而入聖境。但以得道爲意，終不取定一門。惟憑專志之誠，非信虛誕之說。

注釋

❶**中理**：中道之理。指脱離兩個極端的不偏不倚的道路、觀點、方法。

❷**邪空**：指方廣道人（外道中的一種，惡執大乘方廣的空理，墮於空見）的大虛空觀念。《三論玄義》：「學大乘者，名方廣道人，執於邪空不知假有。」（大正四十五·頁六上）

❸**一心三觀**：天台宗的重要教義。意爲於一心中能同時觀察到空、假、中三諦。由慧文在《中論·觀四諦品》所説的「三是偈」（「衆因緣生法，我説即是空，亦爲是假名，亦是中道義」）的基礎上首創，後由智顗加以發揮完善，認爲空、假、中三諦交融不分，觀假之時即觀空、中，觀空之時即觀假、中，觀中之時即觀假、空，均可以一心中同時完成。

❹**一乘**：又名「一佛乘」、「佛乘」等。指引導、教化衆生成佛的唯一方法、途徑或教説。《法華經·方便品》：「十方佛土中，唯有一乘法，無二亦無三，除佛方便説。」（大正九·頁八上）意思是説，聲聞、緣覺、菩薩（或佛）「三乘」之説只是「方便

說」，達到解脫的唯有「一乘」。

❺**四辯**：即「四無礙解」、「四無礙辯」，意爲諸菩薩說法時候的四種智辯能力。它們是：一、法無礙，指對教法的通達；二、義無礙，指對義理的通達；三、辭無礙，指對言辭的通達；四、樂說無礙，指以上述三種智辯爲大衆樂說自在。其中，第四樂說無礙又名辯說無礙，指契合眞理而生起自在無礙的言說。

❻**六通**：三乘聖者（佛、菩薩、阿羅漢）所得的六種神通。它們是：一、神足通，能飛天入地，出入三界，變化自在；二、天眼通，能見六道衆生的生死苦樂以及世間的種種形色；三、天耳通，能聞見六道衆生苦樂憂喜語言以及世間的種種聲音；四、他心通，能知六道衆生心中所思念的事；五、宿命通，能知自己和六道衆生的宿命以及所作的事；六、漏盡通，能斷絶一切煩惱，擺脫生死輪迴。

❼**沉**：即「昏沉」。是二十種「隨惑」（隨根本煩惱而起的煩惱）之一。意爲精神不振，不能深入觀察世間眞實道理。

❽**掉**：即「掉舉」。是二十種「隨惑」之一。意爲心情不安定，經常浮動，並懷念過去貪欲之事。

❾**行道**：禮敬佛的一種儀式。方法是由禮敬者圍繞著佛像、佛塔等合掌右向行走。《南海寄歸內法傳》卷三：「諸經應云旋右三匝。若云佛邊行道者，非也。經云右繞三匝者，正順其儀。」「行道念佛」，指在行道禮佛的同時，稱名念佛。

❿**昏**：即「昏沉」，見「沉」條注。

⓫**睡眠**：八種「纏」（屬煩惱）之一。意爲使心意識昏闇，失去辨別認識作用。

⓬**禮拜**：梵語「和南」的意譯，意爲致敬。有九種禮拜形式。《大唐西域記》卷二：「致敬之式，其儀九等：一、發言慰問；二、俯首示敬；三、舉手高揖；四、合掌平拱；五、屈膝；六、長跪；七、手膝踞地；八、五輪俱屈；九、五體投地。」（大正五十二·頁八七七下）

⓭**行業**：指身、口、意所作的業。《法華經·提婆達多品》：「善知衆生諸根行業」。（大正九·頁三十五中）

⓮**迴向**：也作「回向」。把自己所修的功德施向衆生，使衆生同歸佛道。《大乘義章》卷九：「言迴向者，迴己善法有所趣向。」（大正四十四·頁六三六下）有多種迴向。如「菩提迴向」（把所修功德當作覺悟的業因）、「衆生迴向」（把所修功德施向

衆生）、「實際迴向」（把所修功德轉向平等之理，認識一切善行都是眞如實相顯現）。

⑮**聖教**：指佛教經典。「聖」，正，與正理相合。佛教經典爲聖人所説，故名「聖教」。《圓覺經》：「聞此聖教，隨順開悟。」（大正十七·頁九一七上）

⑯**眼目**：譬喻事物的要點、關鍵。《圓覺經》：「是經十二部經清淨眼目。」（大正十七·頁九二一下）

⑰**印可**：意爲印證、許可。《維摩詰經·弟子品》：「若能如是坐者，佛所印可。」（大正十四·頁五三九下）高僧對弟子得法的承認，也稱「印可」。

⑱**最正覺**：即「阿耨三菩提」。指洞明佛教眞理，達到大徹大悟境界的智慧。因爲這種智慧唯有佛才具有，所以成最正覺也就是成佛。

⑲**四種三昧**：四種正定。「三昧」，定，正定。它們是：一、常坐三昧，又名「一行三昧」；二、常行三昧，又名「般舟三昧」；三、半行半坐三昧，其中又分出「方等三昧」和「法華三昧」兩種；四、非行非坐三昧，又名「覺意三昧」、「隨自意三昧」。

⑳**五觀**：五種觀法。它們是：眞觀、清淨觀、廣大智慧觀、悲觀、慈觀。以此五觀，對

治衆生煩惱業惑，拔除苦難。

㉑**常行**：指「常行三昧」，「四種三昧」之一。出自《般舟三昧經》。方法是：行旋繞步，口唱阿彌陀佛名號，心念阿彌陀佛形相，「或唱念俱運，或先念後唱，或先唱後念，唱念相繼無休息時」。

㉒**半行**：指「半行半坐三昧」。「四種三昧」之一。分「方等三昧」和「法華三昧」兩種。「方等三昧」依《大方等陀羅尼經》，係密教修行法；「法華三昧」出自《法華經》，方法是：以二十一日爲期，或行或坐，誦讀《法華經》，思惟《法華經》。

㉓**境界**：指修行後所達到的果報的狀態；或指與心相對的外部事相，即「境界相」。

㉔**止**：止息、止寂、寂靜的意思，即「禪定」。《大乘義章》卷十三：「攝心住緣，目之爲止。」（大正四十四·頁七一八上）在佛教修習中，通常與「觀」相應而言。參見「止觀」條注釋。

㉕**止觀**：「止」，止寂、禪定；「觀」，觀察思惟、智慧。「止觀」，即禪定和智慧的並稱，是佛教修習的重要方法。天台宗主張「止觀雙修」，智顗《修習止觀坐禪法要》云：「若夫泥洹之法，入乃多途，論其急要，不出止觀二法。」（大正四十八·

頁四六二中）

㉖**無相安樂行**：於禪定中觀察萬物本質無相的身心安樂修行。「無相」，與「有相」相對，指空相、眞如實相；「安樂行」，安樂修行。據《法華經・安樂行品》載，五濁惡世有四種安樂行，它們是：身安樂行、口安樂行、意安樂行、誓願安樂行。南嶽慧思在此基礎上，另立「有相安樂行」和「無相安樂行」兩門。

㉗**六情根**：即「六根」。因爲根有情識，所以「六根」也名「六情」，合而言之，便名「六情根」。《金光明經》：「心處六情，如鳥投網，其心在在，常處諸根，隨逐諸塵。」（大正十六・頁三四〇上）

㉘**有相安樂行**：不入禪定、散心念誦《法華經》的身心安樂修行。「有相」，與「無相」相對，指有造作、虛假的形相。

㉙**靈山**：「靈鷲山」的簡稱。在古印度摩揭陀國王舍城的東北部。相傳釋迦牟尼佛曾在這裏傳播佛法多年，宣說《法華經》、《無量壽經》等許多重要經典。

㉚**神咒**：指含有深奧教法之秘密語句。

譯文

設問：繞佛右旋行走禮拜，並非眞正的修行。六祖惠能曾在弘忍門下有踏碓舂米的過失，佛陀也曾受到譏誚，說他只會勞苦身形。所以，《大智度論》中說：「釋迦十大弟子之一的須菩提，於石室領悟一切事物空性的道理之後，首先向佛表示禮敬。」《四十二章經》中說：「人們如果能於心中修習佛道，又何必要繞佛行走禮拜呢？既然心中豁然明白佛法宗旨，那爲什麼反而要違背呢？」

解答：如果在繞佛行走禮拜之時，不生殷重切切之心，那麼就既無觀察思惟的智慧，也不具備專一不捨的精神；身體雖然處於道場之中，但是自心攀緣於外物。執著於生滅變幻的形相，不明其性空的本質；生起能夠造作的心，妄執虛假之「我」而傲慢自負。同時也不懂得萬物平等不二的原理，以及主體和客體一概歸於虛空的宗旨。倘若陷入上述這一類的錯誤，確實應當作一番自我反省了。

南泉普願大師說：「佛的微妙清淨法身，具有三十二種大人相，只是不能以分別之心加以思量。如果沒有這樣一種分別思量之心，那麼，一切的佛教修行，乃至彈指合掌，都將是成佛的重要條件。認識到所有為善的思想和行為，都等同於斷滅煩惱的修行，這樣才能獲取眞如涅槃。」百丈懷海和尚說：「右旋繞佛禮拜，大慈大悲、喜捨財物，乃是出家人的本分之事。這種修行依據佛的教旨，只是不許予以執著。」《法華懺》中說：「有兩種修行。第一、於事相中修行。比如說禮拜、念佛，繞佛致敬，都應本於一心，排除散亂的意識。第二、於理體中修行。這種修行，是指凡是身、口、意三業所造作的心相，與體性不二不異。因此，觀察思惟所得的一切，其實都是心的本體，並無具體心相可得。」

《普賢觀經》中說：「假如有人能於晝夜六時之中，禮敬十方如來，誦讀大乘經典，思惟最高最深的萬法性空的原理，便能在極其短促的時間內，除滅無限久遠年代以來的無量生死輪迴之罪。」修行這種佛法的人，是眞正的佛弟子，由諸佛所生。十方世界的一切佛以及所有菩薩，將成為他的親教師。他們被稱做圓滿具足菩薩戒的人，這類人不必參加各種僧團活動，自然成就一切功德，應接受所有世人和天神的供養。再說，繞佛行走禮敬這一修行方法，在印度受到特殊重視，人們在右旋繞佛百千匝後，才作一次跪拜。佛經上說：「一日一夜之間不停息地繞佛行走致敬，志在報答四種恩德。凡是這樣的人，一定會迅速證悟佛道。」《繞塔功德經》說：「人們能夠勇猛勤苦精進，堅固不可破壞，所作一切圓滿成就，這些都是由於右旋繞塔而行。獲得絕妙上品之色以及形相莊嚴之身，現世便成天、人之師，這些也都是由於右旋繞塔而行。」《華嚴懺》說：「繞佛右旋，禮敬而行，步步都勝過無邊虛空世界，所有一切修行活動，都能見到眞實的我身。」

《南山行道儀》中說：「繞佛行走禮敬，只以煩惱斷滅爲目標，並未指定什麼具體的期限。一旦煩惱滅盡，所修佛果也就不復存在。而在繞佛禮敬時，內心卻要熾熱如燃燒之火，身體則要恭敬如踐履鋒刃。」佛教儀軌中也說：「若是從來就不作繞佛禮敬修行，那麼由無明而起的種種相狀也就自然出現。」佛經上說：「衆生就好比那富貴人家的盲孩，雖然家中擁有無數珍寶，但無法見到。如今衆生致力於繞佛行走致敬，從而清除汚垢、使心明淨。這就如同盲眼重新獲得光明，或是如同池水澄清、銅鏡明淨，一切事物都映現其中。又好比陽光照射火珠，火珠便放出明火。」

原典

問：行道禮拜，未具眞修。祖立客舂❶之怨，佛有磨牛❷之誚。故《智論》云：「須菩提於石室，悟了法空，得先禮佛。」《四十二章經》云：「心道若行，何用行道？豁然詮旨，何故非違？」

答：若行道禮拜時，不生殷重，既無觀慧，又不專精；雖身在道場，而心緣異境。著有爲❸之相，迷其性空；起能作之心，生諸我慢❹。不了自他平等，能所虛玄。儻涉茲倫，深當前責。

南泉大師云：「微妙淨法身，具相三十二，只是不許分劑心量。若無如是心，一切行處，乃至彈指合掌，皆是正因。萬善皆同無漏❺，始得自在。」百丈和尚云：「行道禮拜，慈悲喜捨，是沙門❻本事。宛然依佛敕，只是不許執著。」《法華懺》云：「有二種修。一、事中修，若禮念、行道，悉皆一心，無分散意。二、理中修，所作之心，心性不二；觀見一切，悉皆是心，不得心相。」

《普賢觀經》云：「若有晝夜六時，禮十方佛，誦大乘經，思第一義甚深空法，於一彈指頃，除百萬億那由他❼恆河沙❽劫生死之罪。」行此法者，是眞佛子，從諸佛生。十方諸佛，及諸菩薩，爲其和尚❾。是名具足菩薩戒❿者，不須羯磨⓫，自然成就，應受一切人天供養。且行道一法，西天偏重，繞百千匝，方施一拜。經云：「一日一夜行道，志心報四恩⓬。如是等人，得入道疾。」《繞塔功德經》云：「勇猛勤精進，堅固不可壞，所作速成就，斯由右繞塔。得妙紫金色⓭，相好莊嚴身，現作天人師⓮，斯由右繞塔。」《華嚴懺》云：「行道步步過於無邊世界，一一道場皆見我身。」

《南山行道儀》云：「夫行道，障盡爲期，無定日限。若論障盡，佛地⓯乃亡。心灼灼如火然，形翹翹如履刃。」儀云：「若從來不行道，業相⓰無因而現。」經云：「衆生如大富盲兒，雖有種種寶物，而不得見。今行道用功，垢除心淨。如翳眼開明，如水澄鏡淨，衆像皆現。亦如日照火珠⓱，於火便出。」

注釋

❶**客舂**：指六祖惠能曾在弘忍門下踏碓舂米，前後八個多月。敦煌本《壇經》：「遂遣惠能於碓房，踏碓八個餘月。」

❷**磨牛**：指挽臼石而勞作的牛。這種牛只會勞苦身形，而缺乏思想活動，以此比喻某些出家人，身雖繞佛禮敬，但心性脫離佛道。《四十二章經》：「佛言：沙門行道，無如磨牛；身雖行道，心道不行。心道若行，何用行道？」（卍續藏三十七．頁六六五中）

❸**有爲**：意爲「造作」、「有所作爲」。與「無爲」相對。泛指一切處於相互聯繫、生滅變化中的現象，以生、住、異、滅四種有爲相爲特徵，特指人的造作行爲。

❹**我慢**：執著於「我」而傲慢自負。「慢」，傲慢自矜。《成唯識論》卷四：「我慢者，謂倨傲恃所執我，令心高舉。」（大正三十一．頁二十二中）

❺**無漏**：梵語意譯，指所有能斷除三界煩惱的學說和方法，以及菩提、涅槃、眞如等能證之智和所證之果。「漏」，原意爲漏泄，轉義指煩惱。

❻**沙門**：梵語音譯。原爲古印度反婆羅門教思潮各個派別出家者的通稱，佛教盛行後專用以指佛教僧侶。

❼**那由他**：梵語音譯，又作「那由多」。數詞，相當於十萬。玄應《一切經音義》卷三：「那由他，正言那庾多，當中國十萬也。」

❽**恆河沙**：或作「恆沙」、「恆河沙數」。意爲數量極多，不可勝數。《金剛經》：「是諸恆河所有沙數，佛世界如是，寧爲多不？」（大正八・頁七五一中）

❾**和尚**：梵語音譯，或作「和上」。意譯爲「親教師」、「近誦」等。古印度學生對師父的俗稱。在中國佛教典籍中，是對佛教師長的尊稱，後來成爲僧人的通稱。

❿**菩薩戒**：大乘菩薩僧所持的戒律。分爲兩種。一是依《梵網經》所說，有十重禁、四十八輕戒；二是依《善戒經》所說，爲三聚淨戒，即攝律儀戒、攝善法戒、饒益有情戒。

⓫**羯磨**：梵語音譯，意譯爲「業」或「辦事」。指僧團按照戒律的規定，處理僧侶個人或僧團事務的各種活動，如受戒羯磨、懺悔羯磨等。

⓬**四恩**：指四種恩德。據《釋氏要覽》卷中，有兩種說法。一、指父母恩、衆生恩、國主恩、三寶恩；二、指父母恩、師長恩、國主恩、施主恩。

⓭**紫金色**：即紫磨金色，一種最上等的色彩。「紫金」，紫磨金，又名紫磨黃金，是最上品的金。

⓮**天人師**：如來十種名號之一。如來既爲天神和人的教師，所以名「天人師」。

⑮**佛地**：菩薩修行達到的最後果位，即佛的階位。

⑯**業相**：依《大乘起信論》所說「三細相」（無明業相、能見相、境界相，統指分別根本無明的相狀）之一。意爲依根本無明而眞心發動時的相狀。《起信論》：「無明業相，以依不覺故心動，說名爲業。」（大正三十二．頁五七七上）

⑰**火珠**：即火齊珠，一種寶石。《隋唐嘉話》：「貞觀初，林邑獻火珠，狀如水精，云得於羅刹國。」據說，於中午時以艾草置於火珠下，火珠便會有火生起。

譯文

設問：論文中說到「於繞佛行走時稱名念佛」，試問這種修行方法與坐禪念佛相比，哪一種功德更大？

解答：比如逆水行舟，張開風帆，船照樣往前行駛，更何況順水行舟而又掛滿了帆，其行進之快可想而知。坐禪念佛一天，尚且能消除過去無量劫的罪，那麼，邊行走邊念佛，其功德又怎麼能加以估量呢？因此，有偈頌說：「繞佛行走五百遍，口念佛名一千聲，恆常如此作修行，西方淨土自然成。」若能向佛恭敬禮拜，則可以屈伏愚癡妄惑，達到與佛平等境地。禮拜致敬到了極處，如同樹倒山崩，其力無窮。

《業報差別經》上說：「倘若有人向佛作一跪拜之禮，便能從膝下至金剛際，每一微塵中都將含有轉輪聖王之位，獲取十種功德。這十種功德是：第一、得到微妙的物質之身；第二、說話爲人相信；第三、與衆生相處無所畏懼；第四、受諸佛的保護憶念；第五、行住坐臥具足威儀；第六、爲衆人所親近依附；第七、受諸天神的愛敬；第八、具有因善行而得的一切福德；第九、命終之時往生極樂淨土；第十、迅速證取涅槃。」

勒那摩提三藏說：「作智慧清淨禮拜的人，由於達到佛的境界，使智慧之心顯得明利；了悟眞如法界之中，一切都本無隔閡；從認識『無我』發端，可以隨順凡俗世相；既不產生萬物實有之想，也不阻隔萬物相閡之想。如今既已達到自心虛空無礙的境界，所以展開禮佛修行，從而隨順自心感受萬物。凡向一佛禮拜，也就是向一切佛禮拜；向一切佛禮拜，也就是向一佛禮拜。這是因爲佛的法身其體用融通無礙，所以只要向佛作一次禮拜，便能遍通眞如法界。再比如以種種香花供養於佛，其效果與此相同；六道衆生中的四種存在形態，都將由此而成就佛道。」

文殊菩薩說：「因為心性不生不滅，所以禮敬之時不作觀察思惟。內心處於平等一如的無差別狀態，對外則順應禮佛修行；這種內心與修行的冥合，被稱之為等無差別的敬禮。」《法華懺》中說：「正當禮拜之時，雖然不能得到能禮之心和所禮之佛，但是，萬物的影像顯現於法界，因此也就能於所有佛之前，見到自身所作之禮拜。」以上略引諸位菩薩的教示，其中所說，處處理事分明，所以切不可摧滅佛的意思、詆毀佛教經典，依據一己之偏見而損害佛的圓融教旨。

原典

問：論云「行道念佛」，與坐念功德如何？

答：譬如逆水張帆，猶云得往，更若張帆順水，速疾可知。坐念一日，尚乃八十億劫罪消，行念功德，豈知其量？故偈云：「行道五百遍，念佛一千聲。事業常如此，西方佛自成。」若禮拜，則屈伏無明❶，深投覺地。致敬之極，如樹倒山崩。

《業報差別經》云：「禮佛一拜，從其膝下至金剛際，一塵一轉輪王❷位，獲十種功德。一者、得妙色身❸；二、出言人信；三、處衆無畏；四、諸佛護念；五、具大威儀；六、衆人親附；七、諸天❹愛敬；八、具大福德；九、命終往生；十、速證涅槃。」

三藏勒那云：「發智清淨禮❺者，良由達佛境界，慧心明利；了知法界，本無有閡；由我無始，順於凡俗；非有有想，非閡閡想。今達自心虛通無閡，故行禮佛隨心現量❻。禮於一佛，即禮一切佛；禮一切佛，即是禮一佛。以佛法身，體用融通，故禮一拜，遍通法界。如是香華種種供養，例同於此；六道❼四生，同作佛想。」

文殊云：「心不生滅故，敬禮無所觀。內行平等，外順修敬；內外冥合，名平等禮❽。」《法華懺》云：「當禮拜時，雖不得能禮所禮，然影現法界，一一佛前皆見自身禮拜。」略引祖教，理事分明，不可滅佛意而毀金文❾，據偏見而傷圓旨❿。

注釋

❶**無明**：又作「癡」、「愚癡」，有時與「惑」通用，稱爲「愚惑」。泛指無智、愚昧，特指不明佛教道理的世俗認識。

❷**轉輪王**：又作「轉輪聖王」、「輪王」，因手持輪寶而得名。古印度神話中的聖王，

該王即位，自天感得輪寶，他便轉動輪寶而降伏四方。

❸**色身**：三種身之一。意爲由四大、五塵等色法（物質性因素）和合而成。

❹**諸天**：各種天神。吉藏《金光明經疏》：「外國呼神亦名爲天」（大正三十九·頁一六八上）。

❺**智清淨禮**：即「智淨禮」。勒那摩提所立「七種禮佛」之一。「智」，智慧。這一禮佛的特點，是以智慧通達佛的境界。

❻**現量**：即感覺。是感覺器官對於「自相」（事物的個別屬性）的直接反映，尚未加入概念的思惟分別活動，不能用語言表述。

❼**六道**：即「六趣」，指衆生根據生前善惡行爲，有六種輪迴轉生的趣向。它們是：地獄、餓鬼、畜生、阿修羅、人、天。

❽**平等禮**：等無差別的敬禮。「平等」，意爲無差別，或等同。指一切現象在共空或空性、唯識性、心眞如性等上沒有差別。

❾**金文**：指佛經。如來之口爲金口，如來所說的經便是金文。

❿**圓旨**：圓融之旨。

譯文

設問：《首楞嚴經》中說：「嚴守戒律就應當制約自身，然而自身並非實有，所以制約也無從說起。」《法句經》上也說：「戒律的本性如同虛空，守持戒律的人實屬迷妄顛倒。」既是這樣，又何苦要執著事相，管束自己的思想行爲？爲什麼不放曠自在、縱橫任運，清虛胸懷、踐行佛道呢？

解答：這是用以破除執著的說法，並非教人擺脫戒律所具的功德。一些人基於自己持戒而他人犯戒，因深感困擾而產生對戒律的譏毀之心。戒律本來爲防止過錯而設立，如今卻反而因此增添了過錯。像這類情況，實在是一種迷妄顛倒。《維摩詰經》中說：「既非清淨修行，也非汚濁修行，這才叫做菩薩修行。因此，既不執著於守持戒律，又不執著於違犯戒律，這才叫做眞正的受持戒律。」《大般若經》中說：「守持戒律的比丘，不升入天堂；違反戒律的比丘，也不墮入地獄。爲什麼？因爲眞如法界中不存在守持或違犯戒律。」這種說法，也是用以破除執著，以便人們懂得諸法性空的道理，從而做到同時持受事相和理體，身體和內心一樣清淨。

再說到所謂縱橫自在，則只有佛才保持清淨戒行，其餘的人都只能稱作破戒比丘。帶有煩惱餘習的人尚且要受外物牽掛，那麼，煩惱一旦成為事實，又怎麼能逃脫外物的束縛？由身、口、意所生的一切思想行為難以守護，散漫不拘、根深蒂固，這就好比醉象無鐵鉤不能制伏，癡猿上樹後為所欲為；波濤前後相擁，飛鳥被囚禁於籠中。假如沒有湛然的禪定之心和廣大的戒律功德，智慧的火炬也無法與眞如的體用契合。所以，菩薩稟受戒律，以戒為師，嚴格遵循佛的教誨。他們即使在修行中出現細微的過失，也會因此而極感畏懼；他們謹慎行事，清淨自身，無所違犯，常於禪定中平等持受；他們努力平息世人的譏諷不滿，以免引起對佛法的懷疑誹謗。

戒律乃是一切善法的根本，所有善的思想和行為都源於戒律。如果沒有戒律，那麼一切善法的功德也就無從生起。《華嚴經》中說：「戒律能夠開發求取正覺的心，修學則是長養功德的要素；若能恆常持戒和修學，必為一切如來所讚歎。」《薩遮尼乾子經》中說：「如果不嚴守戒律，連極為可惡的疥癩野干之身也得不到，更別談要獲取如來功德法身了！」《月燈三昧經》中說：「雖出身高貴且聞多識廣，但如果不具戒法之智，則與禽獸沒有區別。雖地位卑賤且聞少識淺，但只要保持清淨戒行，則可尊稱他為『勝士』。」《大智度論》說：「倘使有人拋棄戒律，即使他於深山之中苦行，服食野果草藥，仍然與禽獸沒有多少差別。假若有人雖然身處高堂人殿，服飾豪華，食物精美，但是他能實行戒律，將來還是會轉生理想的處所，並且還能獲得涅槃之果。」

此外，對於劇惡之病來說，戒律是醫治的良藥；對於恐怖畏懼來說，戒律是堅強的守護；對於死寂昏暗來說，戒律是輝煌的明燈；對於處於三惡道中的衆生來說，戒律是濟度的橋樑；對於掙扎於生死之海的衆生來說，戒律是救生的大船。再說，如今在末代禪宗門下，修學大乘的人多半輕視戒律，宣稱嚴持戒律只是執著細瑣修行，容易造成對智慧解脫的忽視。所以，《大涅槃經》記載說，佛在接近入涅槃時，努力扶助戒律，宣說佛性常住的教義，給予戒律修持和智慧解脫以同等重視。因此，人們把這《大涅槃經》稱作維持佛教生命的至寶。為什麼？因為如果沒有該經的出現，那就徒然停留於口頭的解脫；全然不作修行，那就連大乘智慧和戒律也都一起喪失了。

所以經中又說：「如果戒律不清淨，禪定就無法實現。」從禪定發生智慧，由事相顯現理體，倘若缺少禪定，智慧怎麼能夠獲得？由此可知，因持戒而得禪定，又因禪定而得智慧，所以說《大涅槃經》是維護佛教生命的至寶。怎麼能滅滅佛教的壽命，破壞戒律儀則，甘願做那廣大僧衆之中的死屍，成爲須達長者給孤獨園中的毒樹呢？這樣做，只能受佛菩薩的譴責，遭諸天神的呵斥；既不爲善神所親近，就連惡鬼也匿跡。這種人居住於世俗國王的土地上，活著時不過是一具卑賤之身；死了以後去閻羅王掌管的地獄，充其量當一名獄卒。凡是有智慧頭腦的人，對此務必三思而行。

原典

問：《首楞嚴經》云：「持犯❶但束身，非身無所束。」《法句經》云：「戒性如虛空，持者爲迷倒。」何苦堅執事相，局念拘身？奚不放曠縱橫，虛懷履道？

答：此破執情，非祛戒德。苦見自持他犯，起譏毀心。戒爲防非，因防增過，如斯之類，實爲迷倒。《淨名經》云：「非淨行，非垢行，是菩薩行。故不著持、犯二邊，是眞持戒。」《大般若經》云：「持戒比丘❷，不昇天堂；破戒比丘，不墮地獄。何以故？法界中無持、犯故。」此亦破著，了諸法空，事理雙持，身心俱淨。

又若論縱橫自在，唯佛一人持淨戒，其餘皆名破戒者。帶習❸尚被境牽，現行❹豈逃緣縛？三業難護，放逸根深，猶醉象❺無鉤，痴猿得樹；奔波乍擁，生鳥被籠。若無定水❻戒香❼，慧炬無由照寂❽。是以菩薩稟戒爲師，明遵佛敕。雖行小罪，由懷大懼；謹潔無犯，輕重等持❾；息世譏嫌，恐生疑謗。

夫戒爲萬善之基，出必由戶。若無此戒，諸善功德，皆不得生。《華嚴經》云：「戒能開發菩提心，學是勤修功德地；於戒及學常順行，一切如來所稱美。」《薩遮尼乾子經》云：「若不持戒，乃至不得疥癩野干❿身，何況當得功德法身⓫？」《月燈三昧經》云：「雖有色族及多聞，若無戒智猶禽獸。雖處卑下少聞見，能持淨戒名勝士⓬。」《智論》云：「若人棄捨此戒，雖山居苦行，食果服藥，與禽獸無異。若有雖處高堂大殿，好衣美食，而能行此戒者，得生好處，及得道果⓭。」

又，大惡病中，戒爲良藥；大怖畏中，戒爲守護；死闇冥中，戒爲明燈；於惡道⓮中，戒爲橋梁；死海⓯水中，戒爲大船。又如今末代宗門⓰中，學大乘人多輕戒律，稱是執持小行，失於戒急⓱。所以《大涅槃經》佛臨涅槃時，扶律談常，則乘戒俱急⓲。故號此經爲贖常住命之重寶⓳。何以故？若無此教，但取口解脫；全不修行，則乘、戒俱失。

故經云：「尸羅⑳不清淨，三昧不現前。」從定發慧，因事顯理，若闕三昧，慧何由成？是知因戒得定，因定得慧，故云贖常住命之重寶。何得滅佛壽命，壞正律儀，爲和合海㉑內之死屍，作長者㉒園中之毒樹？衆聖所責，諸天所訶；善神不親，惡鬼削跡。居國王之地，生作賊身；處閻羅㉓之鄉，死爲獄卒。諸有智者，宜暫思焉。

注釋

❶**持犯**：保持戒律免受侵犯。「持」，持戒；「犯」，犯戒。因爲戒律有止惡、作善兩門，所以持和犯也各有兩門。持的兩門是止持和作持，犯的兩門，是作犯和止犯。

❷**比丘**：梵語音譯。又譯作「苾芻」。指出家後受過具足戒的男性僧侶。

❸**習**：即「習氣」。原指由煩惱相續在心中形成的餘習。《大智度論》卷二十七稱之爲「煩惱殘氣」、「殘習」。瑜伽行派和法相唯識宗用來指經過「七轉識」熏習而在阿賴耶識中新形成的種子。

❹**現行**：第八識「阿賴耶識」有生起一切法的功能，把這種功能轉變爲現實便名「現行」。

❺**醉象**：比喻惡毒兇殘之心難以制止。《涅槃經》卷二十五：「譬如醉象狂騃暴惡，多欲殺害，有調象師以大鐵鉤鉤斲其頂，即時調順，惡心都盡。一切衆生亦復如是。」（大正十二・頁五一二上）

❻**定水**：比喻禪定之心湛然，猶如靜止澄澈的水。

❼**戒香**：戒律所具的功德深遠廣大，如同以熏香傳於四方。或指宣說戒法時所熏點的香。

❽**照寂**：指眞如妙用與理體的契合。「照」，眞如的妙用，能遍照十方；「寂」，眞如的理體，寂靜無爲。

❾**等持**：即「定」、「三昧」。意爲在禪定中，心住於一境，平等維持。

❿**疥癩野干**：譬喻極可厭惡的事物。「野干」，獸名，與射干同。形狀似狐而略小，皮色青黃，如狗群行，夜鳴如狼。

⓫**功德法身**：五種法身之一。意爲由如來萬德所成之身，具足一切功德。

⓬**勝士**：對持戒者的尊稱。

⓭**道果**：指由菩提智慧所證的涅槃果。「道」，菩提；「果」，涅槃。《四十二章經

註》：「度憍陳如等五人而證道果」（卍續藏三十七．頁六六〇下）。

⑭**惡道**：衆生因所造的惡業而墮入的處所，主要指「三惡道」，即地獄道、餓鬼道、畜生道。

⑮**死海**：衆生輪迴於六道，生死無邊如處海水之中。

⑯**宗門**：原爲佛教各宗的通稱。禪宗興盛後，成爲對自宗的專稱，而稱其他各宗爲「教門」。

⑰**戒急**：指對戒法以特殊的重視，而忽視對智慧的發掘。

⑱**乘戒俱急**：「乘戒四句」之一。意爲智慧解脱和戒律修持同時展開、同等重視，沒有偏頗。「乘」，指開悟實相的智慧；「戒」，戒律、戒法。「乘戒四句」指：乘戒俱急、乘急戒緩、戒急乘緩、乘戒俱緩。

⑲**贖常住命之重寶**：即「贖命之重寶」。指《大涅槃經》。如世人積藏食物，以備災荒戰亂之用，名爲「贖命」，佛預知末法比丘多生惡見、忘卻慧命，於是演説《涅槃經》，以爲秘藏，贖佛法之慧命。「常住」，有兩種含義。一是指無生滅變化，如眞如、涅槃等；二是指寺院僧衆所擁有的財物，如寺舍、田園等。

⑳**尸羅**：梵語音譯，意譯爲「戒」。指爲出家和在家的佛教信徒所制定的戒規，用以防非止惡，消除煩惱及身、口、意三業之罪。

㉑**和合海**：指僧衆。僧衆和合相處，人數衆多，如同大海。

㉒**長者**：指既富有財產而又樂善好施、德行高尚的人。此處指古印度拘薩羅國舍衛城富商須達，他曾得祇陀太子的幫助而建立「給孤獨園」，贈送給釋迦，當作弘傳佛教的場所。

㉓**閻羅**：即閻羅王。司掌地獄之主。《法苑珠林》卷七：「閻羅王者，昔爲毘沙國王，經與維陀如生王共戰，兵力不敵，因立誓願爲地獄主。」（大正五十三・頁三二二七上）

譯文

設問：「空」就是罪業的本性，「業」原本是眞如佛性。求取事相只會增添成佛道路上的障礙，怎樣懺悔才有效果呢？

解答：若是煩惱，可以通過證悟實相原理加以排遣；對於苦和業，則應該修行事懺。其方法是：將自己交付佛教事業，歸敬佛法，竭誠懇切之至，從而感應佛的威力加被，使善根頓時萌發。這好比池中蓮花受陽光照耀而盛開，如同污垢之鏡因揩磨而光彩照人；成佛的三大障礙清除而十二因緣泯滅，所有罪業不復存在而人身歸於本來空寂。《最勝王經》中說：「想要獲取一切智、清淨智、不思議智、無生滅智、無上佛智，也應當實行懺悔，以滅除身、口、意所作的各種業障。為什麼？因為一切事物都是因緣和合而生。」

經中又說：「前面的心念生起罪業，好比浮雲覆蓋虛空；後面的心念滅卻罪業，如同火炬破除黑暗。要知道，火炬一旦熄滅，黑暗立刻重新籠罩，所以還得始終點燃這懺悔的火炬。」《彌勒所問本願經》上說：「彌勒菩薩實施善巧方便安樂修行，獲得無上佛道。他於晝夜六時之中，端正身心，約束舉止，兩膝著地，朝向十方，宣說如下偈頌：『我今懺悔一切罪過，勸助所有道德之士，歸順佛法、禮敬諸佛，使之獲得最高智慧。』」《大集經》中說：「百年之久的染垢之衣，可以在一日間浣洗清淨。同樣，於無限久遠年代以來，所有集聚的種種不善之業，也因為有諸佛的法力，人們只要善良隨順，時時刻刻憶念思惟著佛，各種不善之業，就能在一日間乃至一時間徹底消除。」

經中又說：「然而，在所有福田之中，懺悔所獲得的福田最多，它能破除煩惱，得到佛果。」論典中說：「菩薩在實施懺悔時，也都極盡對衆生的慈悲之心。那些不蒙受佛的教導、不修行懺法的人，當然也就只能固守罪業直至死亡，永遠爲六道輪迴所煎熬。」《大毘婆沙論》上說：「倘若有人在一時之間，面對十方世界一切佛，代爲所有衆生修行五種懺悔之法，其功德要是可以計量的話，那將連整個三千大千世界也難以全部顯示。」

《高僧傳》中記載說，曇策在道場內修習懺法，親眼看見過去七佛告訴他：「你的罪過已經消滅，在如今住劫中，你的名字就叫普明佛。」慧思大禪師在修方等三昧懺法時，曾夢見印度高僧四十九人，命他重新受戒。於是他加倍刻苦努力，精進不已，終於了見自己的三世。智顗大師在河南大蘇山修習法華懺時，證得旋轉自在的辯解能力。道超在道場內修習懺法時，獨自笑著說道：「無價的珠寶，如今已爲我所獲取啦！」

原典

問：空即罪性，業本眞如。取相增瑕，如何懺悔？

答：若煩惱道，理遣合宜；苦、業二道，須行事懺。投身歸命，雨淚翘誠，感佛威加，善根頓發。似池華得日敷榮，若塵鏡遇磨光耀；三障❶除而十二緣❷滅，衆罪消而五陰❸舍空。《最勝王經》云：「求一切智❹、淨智❺、不思議智❻、不動智❼、三藐三菩提正遍知❽者，亦應懺悔，滅除業障。何以故？一切諸法，從因緣生故。」

又經云：「前心起罪，如雲覆空；後心滅罪，如炬破暗。須知炬滅暗生，要須常然懺炬。」《彌勒所問本願經》云：「彌勒大士❾，善權方便安樂之行，得致無上正眞之道。晝夜六時，正衣束體，下膝著地，向於十方，說此偈言：『我悔一切過，勸助衆道德，歸命禮諸佛，令得無上慧。』」《大集經》云：「百年垢衣，可於一日浣令鮮淨。如是百劫中，所集諸不善業，以佛法力故，善順思惟，可於一日一時，盡能消滅。」

又經云：「然諸福中，懺悔爲最，除大障故，獲大善故。」論云：「菩薩懺悔，銜悲滿目。況不蒙大聖，立斯赦法，抱罪守死，長劫受殃。」《婆沙論》云：「若人於一時，對十方佛前，代爲一切衆生修行五悔，其功德若有形量者，三千大千世界⑩著不盡。」

《高僧傳》曇策於道場中行懺，見七佛⑪告曰：「汝罪已滅，於賢劫⑫中號普明佛。」思大禪師行方等懺⑬，夢梵僧四十九人，命重受戒。倍加精苦，了見三生⑭。智者大師於大蘇山修法華懺，證旋陀羅尼⑮辯。沙門道超於道場中修懺，獨言笑曰：「無價寶珠，我今得矣。」

注釋

❶**三障**：指妨礙佛教修行的三大障礙。它們是：煩惱障，即貪、瞋、癡等一切煩惱；業障，即由身、口、意所造作的思想行爲；報障，即地獄、餓鬼、畜生等惡報。

❷**十二緣**：即「十二因緣」。指支配衆生生死流轉以及現實差別的十二個相互聯繫的條件。它們是：無明、行、識、名色、六處、觸、受、愛、取、有、生、老死。

❸**五陰**：即「五蘊」。是對一切有爲法所作的分類。它們是：色、受、想、行、識。

❹**一切智**：廣義上指無所不知的「佛智」。相對「一切種智」，特指對於現象的共性認識。《大智度論》卷二十七：「總相是一切智……，一切智者，總破一切法中無明闇。」（大正二十五・頁二五八下——二五九上）

❺**淨智**：清淨智慧，指佛的智慧。

❻**不思議智**：深廣而不可思議的智慧，即佛的智慧。

❼**不動智**：無變動，永恆的智慧，即佛的智慧。

❽**三藐三菩提正遍知**：能覺知一切眞理，並能如實了知一切事物，從而達到無所不知的智慧。「三藐三菩提」，即「正遍知」，指佛的智慧。

❾**大士**：對菩薩的稱呼。《四教儀集解》卷上：「運心廣大，能建佛事，故云大士。」（卍續藏五十七・頁五四三上）

❿**三千大千世界**：據《長阿含經》卷十八等，以須彌山爲中心，以鐵圍山爲外廓，同一日月所照的四天下爲一「小世界」；一千「小世界」爲一「小千世界」；一千「小千世界」爲一「中千世界」；一千「中千世界」爲一「大千世界」。這樣，「大千世界」中包含小、中、大三種「千世界」，所以名「三千大千世界」。

⓫**七佛**：指過去七佛。據《長阿含經》卷一云，釋迦牟尼佛之前有六佛，他們是：毗婆尸佛、尸棄佛、毗舍婆佛、拘樓孫佛、拘那含佛、迦葉佛，加上釋迦牟尼佛，通稱「過去七佛」。

⓬**賢劫**：又名「善劫」。指現在的住劫。因爲在現在的住劫中有千佛出世，所以譽作「賢劫」。

⓭**方等懺**：方等三昧的懺法。「方等三昧」，依《大方等陀羅尼經》而制立，與「法華三昧」同屬四種三昧中的半行半坐三昧。

⓮**三生**：指前生、今生、來生，即過去世、現在世、未來世。

⓯**旋陀羅尼**：《法華經》所說「三陀羅尼」之一。意爲於法門得旋轉自在之力。吉藏《法華義疏》卷十：「得無量旋陀羅尼，於法門中圓滿具足，出沒無礙」（大正三十四・頁六一一上）。「陀羅尼」，意爲總持，指菩薩不可思議的密語。

譯文

設問：一切善惡之業就是解脫的根源，罪惡染污之身並不停留於前、後、中「三際」。爲什麼不去認識萬物無生無滅、空寂無爲的本質，卻要隨順世俗之見而作各類繁瑣的修行？

解答：罪惡的本性沒有理體可言，一切善惡之業出自對外界的攀緣。衆生雖不願染著但實際染著，因爲煩惱汚垢客觀上存在；雖然染著但實際並不染著，因爲自心本來恆常清淨。善惡之業的本性就是這樣，既難以去除又難以取得。所有衆生，他們所作的業都通達過去、現在、未來「三世」。眞實的智慧不能顯發，是因爲受煩惱障和所知障的纏縛；玄妙的禪定不得成就，是因爲被五種不善的思想行爲所覆蓋。

佛乘的圓滿無闕教法，要求人們於清淨之處嚴整建立道場，以懇切至誠的心情，代爲一切有情刻苦修習懺法。對衆生來說，內部憑藉自己的力量，外部仰仗佛的力量，通過內外兩種力量的結合，便可消滅所有煩惱，使智慧得到顯發，這好比霧散日現雲開月朗。所以，如果既無內力又無外力，那麼懺悔的主體和客體都不存在；如果既有內力又有外力，那麼，性罪和遮罪都清清楚楚地顯示出來。

爲此，大乘菩薩都遵循佛的至極教說，宣說對以往罪過的懺悔，而不說入於過去之世。況且，即使登入菩薩階位，也還得洗滌自身的汚垢，消除各種缺點；而那些根性愚鈍的凡夫，他們持有散亂之心，卻反而談空說虛、拱手無爲，不作懺悔，這豈不是太荒謬了嗎？

原典

問：結業❶即解脫眞源，罪垢不住三際❷。何不了無生而直滅，隨有作而勞功乎？

答：夫罪性❸無體，業道❹從緣。不染而染，習垢非無；染而不染，本來常淨。業性❺如是，去取尤難。一切衆生，業通三世。眞慧不發，被二障❻之所纏；妙定不成，爲五蓋❼之所覆。

唯圓乘❽佛旨，須於淨處嚴建道場，苦到懇誠，普代有情勤行懺法。內則唯憑自力，外則全仰佛加，遂得障盡智明，雲開月朗。是以非內非外，能悔所懺俱空；而內而外，性罪❾遮愆❿宛爾。

故菩薩皆遵至教⓫，說悔先罪，而不說入過去。且登地入位⓬，尚洗垢以除瑕；毛道⓭散心，卻談虛而拱手。

注釋

❶**結業**：結集由身、口、意所作的種種善惡之業。「結」，有結集、繫縛、煩惱等意思；「業」，意為造作，泛指一切身心活動。《大寶積經》卷第百十二：「百千萬劫，久習結業，以一實觀，即皆消滅。」（大正十一．頁三六四中）

❷**三際**：相當於「三世」。指：前際（過去世）、中際（現在世）、後際（未來世）。

❸**罪性**：罪惡的本性，此本性空而不可得。《摩訶止觀》卷四：「觀罪性空者，了達貪欲、瞋癡之心皆是寂靜門。」（大正四十六．頁四〇中）

❹**業道**：「三道」（煩惱、業、苦）之一，由一切善惡思想和行為所作，使眾生於六趣中輪迴。

❺**業性**：又名「業體」，意為業的自體。《華嚴經》卷二：「業性廣大無窮盡」（大正十．頁九上）。

❻**二障**：對於成就佛果的兩種障礙。它們是：「煩惱障」，指以「我執」為首的各種煩惱，有障礙涅槃的功能；「所知障」，指以「法執」為首的各種煩惱，有障礙菩提

（覺悟）的作用。

❼**五蓋**：五種能覆蓋心性的思想行爲。「蓋」，意爲覆蓋，即覆蓋清淨心性，使不能開發。「五蓋」是：貪欲蓋、瞋恚蓋、睡眠蓋、掉悔蓋、疑法蓋。

❽**圓乘**：圓滿無闕的教法。指三乘之中的佛乘。

❾**性罪**：「二罪」（性罪、遮罪）之一。指殺、盜、淫、妄之類行爲，其自性是惡，不待戒律加以制止。凡有此類行爲者，必定受到罪報。

❿**遮愆**：即「遮罪」，「二罪」之一。指飲酒等行爲，其自性並非惡，但佛爲保護其餘戒律而加以遮止。凡有這類行爲，則獲違犯佛制的罪。「遮」，阻遏；「愆」，罪咎。

⓫**至教**：至實、至極的教說。

⓬**登地入位**：登菩薩的階地、入菩薩的階位。菩薩的階位有十信、十住、十行、十迴向、十地、等覺、妙覺五十二位，登至其中十地之位即名「登地」。

⓭**毛道**：喻指凡夫衆生。意爲凡夫根性愚鈍，且對佛法無堅定的信心，猶如毛髮爲風吹動，無有定所。

譯文

設問：衆生的心就是淨土，這種淨土周遍十方世界。既然如此，爲什麼卻要承託於蓮花臺座，將自身寄住於西方極樂淨土？要是興起獲取或棄捨的念頭，怎麼能達到對事物本質無生無滅的認識？一旦生起欣喜和厭惡的感情，又怎麼能進入平等一如的涅槃境界？

解答：說到衆生之心便是佛土，這種佛土要在了達自心後才會出現。《如來不思議境界經》中說：「過去、現在、未來三世所有的佛，都並非眞實的存在，只是依賴於自心而存在。菩薩倘若能夠徹悟諸佛以及一切事物都只是自心度量作用的結果，就會隨順於萬法而信受認可。或者初證聖果，悟得『我』、『法』二空，捨卻自身，迅速投生於維摩居士的國土，或者投生於西方極樂淨土之中。」由此可知，只有認識了自心，才能投生唯心淨土；如果染著於外物，那只會墮入所攀緣的事物之中。既然懂得了因與果沒有差別的道理，也就知道了心外別無它物這一事實。

此外，人們對於平等無差別的法門，無生無滅的要旨，雖然可以仰仗教義而生起信心，但是力量畢竟不夠充足，所以思想淺薄、心念浮躁、物質欲望強烈、煩惱餘習沉重。這樣，人們也就有必要生長於佛的國土，以便借助佛的特殊力量，在佛力的支持下，忍受所有苦難和恥辱，加速實行自利利他的菩薩之道。

《大乘起信論》說：「衆生初學大乘佛法，希望求取正確的信仰，這表明他們的內心怯弱畏懼。因爲生活在這個充滿痛苦的世界上，所以害怕自己不能經常遇見佛，親自承事供養佛；又害怕自己成佛的信心難以成就，想要倒退回去。對於這樣的衆生，他們應當知道，如來有極其殊勝方便的方法，能夠攝持保護他們的信心，不使退失。這就是『專意念佛』。通過專意念佛，就能根據各人的願望而投身於他方佛土，經常遇見佛，永遠脫離地獄等惡道的輪迴。譬如佛經上說，假若有人專意憶想西方極樂世界的阿彌陀佛，由此而修得善根，然後將這功德轉而施向衆生，發願求生西方淨土。這樣，凡希望降生於極樂世界的，都可即刻往生。由於經常見到佛，所以終究也不會退墮。如果有人觀想諸佛的眞如法身，長期精勤修習，最後也一定能往生於極樂世界，這是由於他保持了眞正禪定的功夫。」

《往生論》中說：「能於地獄之門出入無礙、遊戲自娛的菩薩，就能生於西方淨土。在達到對世界本質無生無滅的確切認識之後，還要回到生死輪迴的現實世界，爲的是教化處於地獄之苦的衆生，濟度他們。要以這種精神爲前提，然後求生於西方淨土。」《淨土十疑論》中說：「智慧者熱切希求往生淨土，了達自己生命之體其實不可獲得，這就是眞正的無生無滅。由於自心清淨無爲，所以佛土也就相對清淨了。愚昧者則爲生命所繫縛，聽說有生就做有生理解，聽說無生便做無生理解，他們不知道生就是無生，無生就是生。因爲不能徹悟這一道理，所以總是橫相是非，這種人實在是謗法邪見之輩。」

《釋淨土羣疑論》中問道：「諸佛居住的國土，同樣也是空寂。觀察衆生，他們如果不執著於空無，那麼，爲何卻要取著有相、修習淨土，離開現實世界而往生極樂淨土？」回答是：「諸佛所說的教法，不離眞、俗二諦。以眞諦統一俗諦，世俗一切無不眞實；以俗諦會歸眞諦，萬事萬物宛然呈現。」經中說：「成就一切事物，而又遠離所有事物的相狀。」這裏所說的成就一切事物，是俗諦所立的一切事物；這裏所說的遠離一切事物，是眞諦所立的無相涅槃。又有佛經說：「雖然已經知道諸佛的國土，以及世間一切衆生，其本質都是空，但是爲了教化全體衆生，還是經常要做往生淨土的修行。」你只看見經論文字上說圓滿成就一切現象的如實空性，以及普遍計度思量而將現象執爲客觀實有，其實現象畢竟空無，卻不相信教典所說一切現象都由依託各種因緣而生起，那你就是不信因果規律的人，你只是片面強調事物的斷滅空無本質。

大乘經典中說：「菩薩不願遠離諸佛，並且還說了如下的話：我在修行佛道之時，遇上了邪惡的師友，於是誹謗般若智慧，墮入地獄等惡道。雖然歷經無限久遠年代，仍未能脫離惡道。但後來得一機會，依止於高明出衆的師友，教我修行念佛三昧。直到那個時候，才有可能遣除一切煩惱障蔽，獲得解脫。菩薩因爲曾親身獲取這種重大利益，所以不願離開佛。」因此，《華嚴經》有偈頌說：「寧可在無數劫難之中，備受一切苦痛的折磨，終究不願遠離如來一步，以免失去機會，親見如來自在無礙佛力。」

原典

問：唯心淨土❶，周遍十方。何得託質蓮臺❷，寄形安養❸？而興取捨之念，豈達

無生之門？欣厭情生，何成平等？

答：唯心佛土者，了心方生。《如來不思議境界經》云：「三世一切諸佛，皆無所有，唯依自心。菩薩若能了知諸佛及一切法，皆唯心量❹，得隨順忍❺。或入初地❻，捨身速生妙喜世界❼，或生極樂淨佛土中。」故知識心，方生唯心淨土；著境，祇墮所緣境中。既明因果無差，乃知心外無法。

又，平等之門，無生之旨，雖即仰教生信，其乃力量未充，觀淺心浮，境強習重。須生佛國，以仗勝緣。忍力❽易成，速行菩薩道。

《起信論》云：「衆生初學是法，欲求正信，其心怯弱。以住於此娑婆世界❾，自畏不能常值諸佛，親承供養；懼謂信心難可成就，意欲退者。當知如來有勝方便，攝護信心。謂以專意念佛❿因緣，隨願得生他方佛土，常見於佛，永離惡道。如修多羅說，若人專念西方極樂世界阿彌陀佛，所修善根回向，願求生彼世界，即得往生。常見佛故，終無有退。若觀彼佛眞如法身，常勤修習，畢竟得生，住正定故。」

《往生論》云：「遊戲⓫地獄門者，生彼國土。得無生忍⓬已，還入生死國，教化地獄，救苦衆生。以此因緣，求生淨土。」《十疑論》云：「智者熾然求生淨土，達生體不可得，即眞無生。此謂心淨故，即佛土淨。愚者爲生所縛，聞生即作生解，聞無生即作無生解，不知生即無生，無生即生。不達此理，橫相是非，此是謗法邪見人也。」

《羣疑論》問云：「諸佛國土，亦復皆空。觀衆生如第五大[13]，何得取著有相，捨此生彼？」答：「諸佛說法，不離二諦。以眞統俗，無俗不眞；以俗會眞，萬法宛爾。」經云：「成就一切法，而離諸法相。」成就一切法者，世諦諸法也；而離諸法者，第一義諦無相也。又經云：「雖知諸佛國，及與衆生空，常修淨土行，教化諸群生。」汝但見說圓成實性[14]無相之教、破遍計所執[15]畢竟空無之文，不信說依他起性[16]因緣之教，即是不信因果之人，說於諸法斷滅相者。

摩訶衍云：「菩薩不離諸佛者，而作是言：我於因地[17]，遇惡知識，誹謗般若，墮於惡道。經無量劫，雖未得出。復於一時，依善知識，教行念佛三昧。其時即能併遣諸障，方得解脫。有斯大益，故不願離佛。」故《華嚴》偈云：「寧於無量劫，具受一切苦，終不遠如來，不睹自在力。」

注釋

❶**唯心淨土**：意爲萬法只是一心，所以淨土就是衆生內心的淨土。《觀無量壽經》：「是心作佛，是心是佛。」（大正十二．頁三四三上）

❷**蓮臺**：蓮花的臺座。是諸佛菩薩以及念佛往生彌陀淨土者所承託的臺座。

❸**安養**：即「安養國」。指西方極樂淨土。《無量壽經》卷下：「諸佛告菩薩，令覲安養佛。」（大正十二．頁二七三上）

❹**心量**：心的量度。凡夫的心量，以妄念之心而對外境起種種的度量。如來的心量，離一切所緣、能緣而安住於無心。《楞伽經》卷三：「觀諸有爲法，離攀緣所緣；無心之心量，我說爲心量。」（大正十六．頁五〇〇上、中）

❺**隨順忍**：隨順萬法而予以認可。「隨順」，順從的意思。《法華文句》卷二：「供養佛者，只是隨順佛語。」（大正三十四．頁二十二下）「忍」，忍受，認可，泛指對一切事物的信受認可，屬於「智」的一類。

❻**初地**：菩薩乘五十二位修行之中「十地」的第一地，名「歡喜地」。意爲初證聖果，

悟得「我」、「法」二空，能利益自己和他人，生起大歡喜。

❼**妙喜世界**：維摩詰居士的國土。《維摩經·見阿閦佛品》：「有國名妙喜，佛號無動，是維摩詰於彼國沒而來生此。」（大正十四·頁五五五中）

❽**忍力**：忍辱之力，安於苦難和恥辱的力量。

❾**娑婆世界**：衆生所居的現實世界。「娑婆」，梵語音譯，意譯「堪忍」，意爲現實世界充滿不堪忍受的苦難，衆生罪孽深重，而佛、菩薩爲教化衆生，忍受種種怨嫉勞累。

❿**專意念佛**：即念佛三昧。或稱念佛名，或想念佛相。係禪定的一種。

⓫**遊戲**：指佛、菩薩遊歷於神通，自在無礙地教化衆生，並以此而自娛。

⓬**無生忍**：又名「無生法忍」，指大乘菩薩在佛教修習的一定階段，對「無生」這一實相眞如所獲得的認識。「無生」，無生無滅；「忍」，對佛教眞理的認可。《大智度論》卷五十：「無生法忍者，於無生滅諸法實相中信受，通達、無礙、不退。」（大正二十五·頁四一七下）

⓭**第五大**：喻指不存在、空無的事物。一切事物都由地、水、火、風「四大」和合而成，此外並無第五大。《維摩經·觀衆生品》：「如第五大，如第六陰……菩薩觀衆生爲

若此。」（大正十四．頁五四七中）

⑭**圓成實性**：瑜伽行派和法相唯識宗所立「三自性」之一。意爲圓滿成就一切現象的如實之性。也就是說，在認識一切事物由各種因緣而起的基礎上，遠離普遍計度思量的錯誤，去掉各種虛妄分別，由此而獲得對一切事物的最完備、最眞實的認識。「圓」，圓滿；「成」，成就；「實」，眞實。

⑮**遍計所執**：即「遍計所執性」。瑜伽行派和法相唯識宗所立「三自性」之一。意爲把名言概念所表示的一切現象，看做各有差別自性的客觀實在，從而執爲實有。由於這種錯誤認識，而有種種顚倒產生。「遍計」，周遍計度、普遍觀察思量；「所執」，由遍計而有虛妄分別，執現象爲實有差別。

⑯**依他起性**：瑜伽行派和法相唯識宗所立「三自性」之一。意爲一切現象都是依託於各種因緣而生起的。這是針對人們的「遍計所執」而說，認爲人們一旦認識到現象由因緣而生，幻化不實，就會破除對自我以及外物的執著。「依他起」，依託衆緣而生起。

⑰**因地**：造作果實的原因。指修行佛道的地位。成佛之位爲果，則修行之位爲因。《楞

譯文

設問：衆生於一生之中染受煩惱習氣，其惡業積累至深，爲什麼在臨終時以十遍稱名念佛修行，便可頓時遣除所有煩惱惡業？

解答：《那先比丘經》上說：「國王問出家人那先，說：『人在世間爲非作惡，直至百歲，據說只要他臨終時念佛，就能在死後生於佛的國土。對此，我表示懷疑。』那先回答說：『打個比方，如在船上裝有一百塊大石頭，因爲船有浮力，所以不會沉沒。對於人來說，雖然有本性之惡，但由於在某時念佛修行，不會投生地獄。相反，石塊雖小，但也會沉入水底，這好比有人造作惡業，不知道念佛修行，於是死後便墮入地獄之苦。』」

此外，《大智度論》中說道：「臨死之時就那一會兒時間發心念佛，爲什麼反而勝過一生中所作的全部業力呢？」回答道：「所發念佛之心雖只有那麼一小會兒，但由於此時心力強勁有力，如火如荼，所以，即使時間短促也能成就大事。這一臨終之時的念佛之心，必然勇猛剛強，因而能夠勝過人生百年之中全部所作所爲。這樣的心，稱作『大心』。同時，由於一切善根緊急發動，從而如戰士衝入敵陣，不惜自家身命，這叫做『健』。」

由此可知，善與惡沒有定則，可以轉化，因緣和合而成的一切事物其體性空寂；但從跡象上說有升有降，從事相上看有優有劣。只需眞金一兩，便勝過百兩層疊之黃花；但有炬火微光，便能燒盡萬仞之高的草堆。

原典

問：一生習惡，積累因深，如何臨終，十念❶頓遣？

答：《那先經》云：「國王問那先沙門言：『人在世間作惡，至百歲，臨終時念佛，死後得生佛國。我不信是語。』那先言：『如持百枚大石置船上，因船故不沒。人雖有本惡，一時念佛，不入泥犁❷中。其小石沒者，如人作惡，不知念佛，便入泥犁中。』」

又《智論》問云：「臨死時少許時心，云何能勝終身行力？」答：「是心雖時頃少，而心力猛利，如火如毒，雖少，能作大事。是垂死時心，決定勇健，故勝百歲行力。是後心名爲大心。及諸根❸事急故，如人入陣，不惜身命，名爲健。」

故知善惡無定，因緣體空；跡有昇沈，事分優劣。眞金一兩，勝百兩之疊華，爝火微光，爇萬仞之積草。

注釋

❶**十念**：十遍稱名念佛。《觀無量壽經》：「具足十念，稱南無阿彌陀佛」（大正十二・頁三四六上）。

❷**泥犁**：梵語音譯，意譯爲「地獄」。是「十界」之中最爲惡劣的境界，其苦痛無比，爲至惡眾生所墮之處。

❸**諸根**：指信（信心）、勤（精進）、念（四念處）、定（四禪）、慧（四諦）五根以及其他一切善根。

譯文

設問：除了「心」之外，一切都非眞實存在；佛既不去，也不來，哪裏有什麼衆生見到佛以及佛迎接衆生之類的事？

解答：唯心念佛，因爲它以唯心來觀察思惟，所以能盡備一切事物。既然徹悟萬物唯是一心，一心也就是佛，那麼，隨心所念，無不全是佛。《般舟三昧經》上說：「如同有人夢見七種珍寶，以及周圍親屬，心生歡喜。但醒來追念求取，根本無法獲得。」以此比喻唯心念佛，這種念佛係唯心所作，所念的佛雖有，但實際是空，所以說既無來、也無去。

此外，如果從事物的虛幻而非實在的角度看，心和佛兩者都不是眞實存在；但如果從顯示事物假相的角度說，則心和佛都不應該破除。「空」和「有」之間並無隔閡，所以也就沒有佛的「去」和「來」。不妨普遍見到一切佛，而見到也就是什麼也未見到，這樣才恆常契合「中道」實相。因此，事實上佛並不來，心也並不去；衆生的機感與佛的應受相互交通，唯有自心才能得知。比如，造作惡業的衆生，就會感應地獄的苦難。

《釋淨土羣疑論》中說：「往生西方淨土，有三十種利益。它們是：一、受用清淨佛土；二、獲得巨大的佛法樂趣；三、親近佛的壽命；四、遊歷十方，供養諸佛；五、受諸佛預言，將來必當成佛；六、通過『六度』修行，迅速獲得解脫；七、迅速證得佛的智慧；八、與衆菩薩相聚於同一法會；九、所得之道長久不會退轉；十、一切心願和修行時刻增進；十一、連鸚鵡也能宣說美妙的法音；十二、清風吹動樹枝，如演奏各種音樂；十三、載有摩尼寶珠的流水回旋不息，宣說『苦』、『空』等教義；十四、各類樂器奏出美妙無比的音樂；十五、阿彌陀佛所發四十八種願，永遠斷絕三惡道的輪迴；十六、獲得眞金的肉身；十七、形像佳美，沒有醜陋；十八、具足不可思議的五種神通；十九、永遠安住於如來之位，不復退轉；二十、不再有各種不善的思想和行爲；二十一、壽命長遠；二十二、衣食自然滿足；二十三、沒有痛苦，只有可供享受的樂趣；二十四、顯示出三十二種大人相；二十五、了悟所有女人都是假相，無有實體；二十六、只有大乘，沒有小乘；二十七、遠離修行過程中的八大障礙；二十八、獲得三種『忍辱波羅蜜』；二十九、身上出現化身佛平常的光明；三十、得到那羅延力士一樣堅固不摧的身體。」

通過以上簡略的論述，可以看出，佛法的利益無邊無際；佛的境界並非虛無，佛的教說絕無謬誤。爲什麼人們卻要在愛欲之河的濁浪中沉溺，卻毫無憂慮；在火燄翻騰的家屋中焚燒，卻沒有恐懼的感覺？可見，對於經過嚴密編織而成的愚癡之網，淺薄的智慧之刃無法將它斬斷；虛妄之念既已深入衆生之心，僅憑一般的佛教信仰怎能予以拔除？因此，人們也就心甘情願，幸災樂禍，拒絕清淨樂土，留戀汚濁世界。這如同爇焦之蛾、敗爛之繭，自己甘處餘殃；好比籠中之鳥、鼎中之魚，反而聲稱快樂。由此可知，佛力不如善惡報應的業力，邪惡之因難以趣向成就佛道的正因。況且，衆生未能脫離業報之身，始終爲煩惱等三大障礙所纏繞；既然不喜歡寄託於蓮花之臺、往生彌陀淨土，就應該稟受形體於母胎之中。假如領受胎生肉身，便不免全身是苦；既然沉淪於世俗世界，又怎麼能逃脫這六道輪迴？

所以，《目連所問經》中說：「佛告訴目犍連：好比是江河競注，所有浮動的草木，都前不顧後，後不顧前，最終一齊匯入大海。世間的事也是這樣，雖然有的人生於富貴之家，腰纏萬貫，隨心所欲，但是誰也擺脫不了生、老、病、死這一基本規律。

由於對佛教經典沒有信仰，因而後世投胎爲人，只會處於更加困難境地，不能投生千佛國土。所以我說，無量壽佛的國土雖然容易往生、容易求取，可惜世人不能努力修行以求往生，反而師事九十六種外道。我把這種人稱作不見正道的人，不聞正道的人。」

《大集月藏經》中說：「在佛教的末法時期，雖有無數衆生發起佛道修行，但沒有一個人能獲取佛道。」如今正是末法時期，現實世界充滿煩惱痛苦，在這一環境下，唯有淨土法門的修行，才能實現解脫。要知道，僅以自力修行難以達成目的，而借助佛力則容易成就佛道。這就好比，平庸之輩依附轉輪王的勢力，得以飛遊無色界的「四天」；凡夫俗子借助仙藥的奇功，得以升騰蓬萊三島。念佛修行淨土，確實是容易修行的法門，它能夠迅速獲得感應。佛以慈悲之心所作的反復叮嚀，我們務必刻骨銘記。

原典

問：心外無法，佛不去來，何有見佛及來迎之事？

答：唯心念佛，以唯心觀，遍該萬法。既了境唯心，了心即佛，故隨所念，無非佛矣。《般舟三昧經》云：「如人夢見七寶、親屬歡喜，覺已追念，不知在何處。」

如是念佛，比喻唯心所作，即有而空，故無來去。

又如幻非實，則心佛兩亡；而不無幻相，則不壞心佛。空有無閡，即無去來。不妨普見，見即無見，常契中道。是以佛實不來，心亦不去；感應道交❶，唯心自見。如造罪衆生，感地獄相。

《羣疑論》云：「西方淨土，有三十種益。一、受用淸淨佛土益；二、得大法樂❷益；三、親近佛壽益；四、遊歷十方供佛益；五、於諸佛所聞授記❸益；六、福慧資糧❹疾得圓滿益；七；速證無上正等菩提益；八、諸大人等同集一會益；九、常無退轉益；十、無量行願❺念念增進益；十一、鸚鵡舍利❻宣揚法音❼益；十二、淸風動樹如衆樂益；十三、摩尼水漩宣說苦空益；十四、諸樂音聲奏衆妙音益；十五、四十八願❽永絕三塗益；十六、眞金色身益；十七、形無醜陋益；十八、具足五通❾益；十九、常住定聚❿益；二十、無諸不善益；二十一、壽命長遠益；二十二、衣食自然益；二十三、唯受衆樂益；二十四、三十二相益；二十五、無實⓫女人益；二十六、無有小乘益；二十七、離於八難⓬益；二十八、得三法忍⓭益；二十九、身有常光益；三十、得那羅延身⓮益。」

如上略述，法利無邊；聖境非虛，眞談匪謬。何乃愛河浪底，沉溺無憂；火宅燄中，焚燒不懼？密織癡網，淺智之刃莫能揮；深種疑根，汎信之力焉能拔？遂即甘心伏意，幸禍樂災，卻非清淨之邦，顧戀恐畏之世。焦蛾爛繭，自處餘殃；籠鳥鼎魚，翻稱快樂。故知佛力不如業力，邪因難趣正因。且未脫業身，終縈三障；既不愛蓮臺化質，應須胎藏稟形。若受肉身，全身是苦；既沉三界，寧免輪迴？

故《目連所問經》云：「佛告目連：譬如萬川長注，有浮草木，前不顧後，後不顧前，都會大海。世間亦爾，雖有豪貴富樂自在，悉不得免生老病死。祇由不信佛經，後世爲人，更深困劇，不能得生千佛[15]國土。是故我說，無量壽佛國土易往易取，而人不能修行往生，反事九十六種邪道[16]。我說是人，名無眼人，名無耳人。」

《大集月藏經》云：「我末法時中，億億衆生，起行修道，未有一得者。」當今末法，現是五濁惡世[17]，唯有淨土一門，可通入路。當知自行難圓，他力易就。如劣士附輪王之勢，飛遊四天[18]；凡質假仙藥之功，昇騰三島。實爲易行之道，疾得相應。慈旨叮嚀，須銘肌骨。

注釋

❶**感應道交**：衆生的機感與如來的應受相互交通。衆生有善根感動的機緣，佛應之而來，稱作「感應」。「感」屬於衆生，「應」屬於佛。《法華文句》卷六：「始於今日，感應道交，故云忽於是間，會遇見之。」（大正三十四・頁八十七下）

❷**法樂**：聽聞和修習佛法的樂趣。與「欲樂」即貪欲之樂相對。《維摩經・菩薩品》：「有法樂可以自娛，不應復樂五欲樂也。天女即問：何謂法樂？答曰：樂常信佛，樂欲聽法，樂供養衆，……」（大正十四・頁五四三上、中）

❸**授記**：佛對發心修行的衆生所作的將來必當成佛的預言。

❹**福慧資糧**：《寶積經》所說的兩種資糧。「福」，福德資糧，指布施、持戒、忍辱、精進、禪定即「六度」中的前五度。「慧」，智德資糧，指「六度」中的「智慧度」。意爲通過福德資糧和智德資糧，即「六度」的修行，能夠獲得解脫。「資糧」，資助衆生使之抵達目的地的各種修行。

❺**行願**：指身體的修行實踐和內心的成佛之願。通過這兩者的互爲資助，方可獲得解

脱。《金剛頂發菩提心論私抄》卷第一：「凡人欲爲善之與惡，皆先標其心，而後成其志……所以求菩提者，發菩提心，修菩提行。」（大正七十·頁一〇下）

❻**鸚鵡舍利**：據《戒庵漫筆》載，韋南康鎭蜀時，有一聰慧鸚鵡，能明佛理，死後火化，得舍利若干。「舍利」，指佛的身骨，後來也可泛指佛法修行者死後火化所得的結晶物。

❼**法音**：宣說佛法的聲音。《法華經·譬喩品》：「聞此法音，心懷踴躍。」（大正九·頁一〇下）

❽**四十八願**：阿彌陀佛未成佛之前爲法藏比丘時，在世自在王前所發的四十八種大願。

❾**五通**：又名「五神通」。指五種不可思議的自在之用。它們是：天眼通、天耳通、他心通、宿命通、如意通。

❿**定聚**：即「正定聚」，又名「不退位」。意爲衆生努力修行，必得佛果，入如來不退轉之位。《無量壽經》卷上：「國中人天，不住定聚，必至滅度者，不取正覺。」（大正十二·頁二六八上）

⓫**無實**：意爲無實體。指世間事物只是假相，並無實體可得。《不眞空論》：「夫以名

求物，物無當名之實。」（大正四十五·頁一五二下）

⓬**八難**：又名「八無暇」。指修行佛法、成就佛道過程中的八種障礙。它們是：地獄、餓鬼、畜生、鬱單越、長壽天、聾盲瘖啞、世智辯聰、佛前佛後。《維摩經·佛國品》：「菩薩成佛時，國土無有三惡八難。」（大正十四·頁五三八中）八難之中，前三難即三惡道，由於惡業深重，所以難見佛道；「鬱單越難」，意爲有樂無苦，不思修道；「長壽天難」，指生長於長壽安樂之處，更不思修道；「聾」、「盲」、「瘖」、「啞」，因生理障礙，難於求道；「世智辯聰」，因自恃聰明才辯，故而不肯信仰佛法；生於「佛前佛後」，則無機緣見到佛。

⓭**三法忍**：指三種「忍辱波羅蜜」。它們是：一、耐怨害忍，即忍受怨敵的危害；二、安受苦忍，即安心忍耐各類苦痛；三、諦察法忍，指觀察眞理而安住於無生無滅的道理。這是法相唯識宗所說，另有其他各家的不同說法。

⓮**那羅延身**：指那羅延一樣的金剛堅固之身。「那羅延」，梵語音譯，天上力士的名字，或即梵天王的異名。

⓯**千佛**：據《千佛名經》記載，過去、現在、未來三劫中各有一千個佛出世。又單指現

在住劫中的千佛，釋迦牟尼佛爲其中第四佛。

⑯**九十六種邪道**：即「九十六種外道」。「外道」，指佛教之外的各種宗教哲學派別。釋迦牟尼佛在世時，據說古印度有九十六種外道，它們的觀點與佛教不同，所以被佛教視爲「邪道」。

⑰**五濁惡世**：意爲現實世界充滿煩惱痛苦，爲五種渾濁不淨的處所。這五種渾濁是：一、命濁，指衆生因作惡業，故壽命短促；二、煩惱濁，指衆生具有各種煩惱；三、劫濁，指整個世代災難不斷，如戰爭、饑饉、疾疫等；四、衆生濁，指衆生不信善惡業報，不持禁戒，故而備受衆苦；五、見濁，指衆生持有錯誤見解，從而使正法衰替。

⑱**四天**：指修習「四無色定」而獲得的果報。它們是：空無邊處天、識無邊處天、無所有處天、非想非非想處天。總名爲「無色界」。以「無色」（無任何物質因素）爲特點，既無自然國土和居處宮室，也無色礙的肉身。

譯文

設問：《觀無量壽經》闡明十六種往生西方極樂世界的法門，它們都是爲了收攝衆生散亂之心，令他們修習禪定。只有觀察佛的形相非同凡俗，徹悟佛的教說圓明湛然，才能達到清淨的境域。怎麼能夠說，即使散亂之心也能受化而往生淨土呢？

解答：《觀無量壽經》中所說的九品往生，其中自有升降。雖然上品和下品同時攝取，但是不外乎兩種心。這兩種心是：第一、定心，比如修禪定、習觀法，獲得上品往生；第二、專心，只是誦念佛的名號，接受一切善行的熏習，然後以此功德回向發願，則可獲得下品往生。在成就下品之後，仍須一生禮敬佛，盡此報身精進修行。無論坐時還是臥時，總要面向西方。每當繞佛行走禮敬之際，以及念佛發願之時，至誠刻苦，專心一意，不存任何雜念。這就如同正要接受刑戮，好比身處牢獄之中；又如同正爲怨賊所逼迫，被水火所圍困。此時便會專心尋求解救，發願脫離輪迴之苦；迅速證取無上智慧，廣泛濟度有情衆生；繼承和發展佛教事業，決意報答四種恩德。假若有如此堅定的意念，必然會達成目的。

相反，如果言行並不相符，信仰和信心缺乏，沒有對佛法的念念相續之心，卻有時時間斷之意，憑藉如此懈怠的態度，臨終時希望往生，那只會爲惡業所障蔽，難以遇見善行之友。由於深受世俗環境的影響，正確的思想也就難以形成。爲什麼？世俗生活是原因，臨終之時便是果報。唯有原因充實，才可使果報不虛。聲音和諧了，回響才能協調；形象筆直了，影子才能端正。如果想要在臨終時成就十遍稱名念佛，就應該預先早作準備，集合各種功德，並將功德回向臨終之時，不失正念，也就無所憂慮了。

善、惡兩種輪轉，苦、樂兩種報應，都由三種行爲所造，四項條件所生，六類原因所成，五種果報所收。倘使於一念心中，發起憤怒、怨恨、邪惡、淫欲之想，就是造下了墮入地獄的業；發起慳吝貪取不肯布施之想，就是造下了墮入餓鬼的業；發起愚癡、闇昧之想，就是造下了墮爲畜生的業；發起對「假我」的執著、傲慢自高之想，就是造下了成爲阿修羅的業；發起堅持「五戒」之想，就是造下了成爲人的業；發起精修「十善」之想，就是造下了成就天神的業；發起證悟「人無我」之想，就是造下了成就「聲聞」者的業；發起對「十二因緣」加以證悟之想，就是造下了成就「緣覺」者的業；發起「六度」齊修之想，就是造下了成就菩薩的業；發起大慈大悲、一際平等之想，就是造下了成就佛的業。如果自心清淨，那它就是香爐之臺、珍寶之樹，清淨佛國土自然而生；如果自心垢濁，那它就是丘陵、坑坎之處，世俗世界由此而現。

以上這些，凡是同列的果報，都能感應那些有助於事物產生的條件。所以，衆生離開自己的心性，再也沒有別的理體。

《維摩詰經》中說：「想要求得淨土，只要清淨自心。自心清淨，也就是佛土清淨。」經中又說：「由於心有汚垢，因此衆生汚垢；由於心中清淨，所以衆生清淨。」《華嚴經》中說：「譬如心的主宰『心王』，隨順心的活動而見到萬物。一旦衆生之心清淨無垢，就會見到清淨佛土。」《大集經》上說：「想要清淨外部境界，先須清淨自己的心。」由此可知，一切都得歸之於自心，萬物都由有「我」而生。要想得到清淨佛果，就應開展清淨修行。這猶如水往低處流淌，火朝高處騰躍，趨勢必然如此，難道還有什麼可以懷疑的嗎？

原典

問：《觀經》明十六觀門❶，皆是攝心修定。觀佛相好，諦了圓明，方階淨域。如何散心，而能化往？

答：九品經文❷，自有昇降。上下該攝，不出二心。一、定心，如修定、習觀，上品往生；二、專心，但念名號，衆善資熏，迴向發願，得成末品。仍須一生歸命，盡報精修。坐臥之間，常面西向。當行道禮敬之際，念佛發願之時，懇苦翹誠，無諸異念。如就形戮，若在狴牢；怨賊所迫，水火所逼。一心求救，願脫苦輪；速證無生，廣度含識❸；紹隆三寶，誓報四恩。如斯志誠，必不虛棄。

如或言行不稱，信力輕微，無念念相續之心，有數數間斷之意，恃此懈怠，臨終望生，但爲業障所遮，恐難值其善友❹。風火逼迫，正念❺不成。何以故？如今是因，臨終是果。應須因實，果則不虛。聲和則響順，形直則影端故也。如要臨終十念成就，但預辦津梁，合集功德，迴向此時，念念不虧，即無慮矣。

夫善惡二輪，苦樂二報，皆三業所造，四緣❻所生，六因❼所成，五果❽所攝。若一念心，瞋恚邪淫，即地獄業；慳貪不施，即餓鬼業；愚癡闇蔽，即畜生業；我慢貢高，即修羅❾業；堅持五戒，即人業；精修十善，即天業；證悟人空❿，即聲聞業；知緣性離，即緣覺⓫業；六度齊修，即菩薩⓬業；眞慈平等，即佛業。若心淨，即香臺⓭寶樹⓮，淨刹⓯化生；心垢，則丘陵坑坎，穢土⓰稟質，皆是等倫之果，能感增上之緣⓱。是以離自心源，更無別體。

《維摩經》云：「欲得淨土，但淨其心。隨其心淨，即佛土淨。」又經云：「心垢，故衆生垢；心淨，故衆生淨。」《華嚴經》云：「譬如心王⑱寶，隨心見衆色。衆生心淨故，得見淸淨刹。」《大集經》云：「欲淨汝界，但淨汝心。」故知一切歸心，萬法由我。欲得淨果，但行淨因。如水性趣下，火性騰上，勢數如是，何足疑焉！

注釋

❶**十六觀門**：《觀無量壽經》所說的十六種往生西方極樂世界的法門。它們是：日想觀、水想觀、地想觀、寶樹觀、八功德水想觀、總想觀、華座想觀、像想觀、佛眞身想觀、觀世音想觀、大勢至想觀、普想觀、雜想觀、上輩上生觀、中輩中生觀、下輩下生觀。

❷**九品經文**：出自《觀無量壽經》。「九品」，九種品類，指：上上、上中、上下，中上、中中、中下，下上、下中、下下。該經稱往生爲九品之往生，稱來迎爲九品之來迎，稱佛爲九品之彌陀，稱往生之土爲九品淨土。

❸**含識**：指六道有情衆生。「識」，情識、心識。

❹**善友**：指那些隨順善行的人。《華嚴探玄記》卷六：「起我行，故名善友。」

❺**正念**：正確的思想、憶念。《大乘起信論》：「心若馳散，即當攝來，住於正念。」

❻**四緣**：指一切生滅變化的現象所藉以生起的四類條件，概括了佛教所說的一切因緣。特別用以說明人的思想行爲和流轉輪迴所發生的條件。它們是：因緣、等無間緣、所緣緣、增上緣。

❼**六因**：六種關於事物生滅變化的原因。著重用於說明三世苦樂果報的各種條件及其實際作用，與「四緣」互有分合。它們是：能作因（無障因）、俱有因（共有因、共生因）、同類因（自分因、自種因）、相應因、遍行因（遍因）、異熟因（報因）。

❽**五果**：由各種不同條件而招致的五種不同果報。它們是：異熟果（報果），指由前生善惡等行爲所招致的苦樂等；等流果（依果），指果報與業因在性質上相同或相似；離繫果（解脫果），指斷絕煩惱而得最高果報；士用果（士夫果），指人們使用工具所造作的各類事物；增上果，指上述四果之外的一切果報。

❾**修羅**：「阿修羅」的略稱。意譯「不端正」、「非天」。係「天龍八部」之一，「六道」之一。原爲古印度神話中的一種惡神。好鬥，曾與帝釋爭權。本在天國，因失去

天的德性，被擯出天界。

❿**人空**：即「人無我」。意為人由「五蘊」和合而成，沒有常恆自在的實體。

⓫**緣覺**：又名「獨覺」。與「聲聞」、「菩薩」合稱「三乘」。指並非聽聞佛陀言教，而是通過獨自觀悟「十二因緣」之理而悟道的人。

⓬**菩薩**：梵語音譯「菩提薩埵」的簡略。意為「覺有情」。與「聲聞」、「緣覺」並稱為「三乘」。指修持大乘「六度」，求取無上菩提（覺悟），並且利益衆生，於未來成就佛果的修行者。

⓭**香臺**：香爐之臺。香爐是燒香用的器具，供於佛前。

⓮**寶樹**：珍寶之樹。指生長於西方淨土的草木。《法華經．如來壽量品》：「寶樹多華果，衆生所遊樂。」

⓯**淨剎**：清淨佛國。「剎」，土田、國土。《華嚴經》卷七：「廣大淨剎皆成就」。

⓰**穢土**：意為濁世。指凡夫所居住的世俗世界。與佛的「淨土」相對。

⓱**增上之緣**：即「增上緣」。「四緣」之一。指各種有助於、或無礙於現象發生的條件。「增上」，意為增進，具有強大的力用。

⑱**心王**：指精神作用的主體，能起緣慮、思量、了別、積累和保有經驗等能動作用。或即指阿賴耶識，因其爲心的主宰，故名「心王」。

2卷中

譯文

由法性生起菩提，由眞如化作萬行，終日造作而實際無所造作，雖無所修行而實際周遍修行。如果說有所造作，那便是惡魔的作爲，障礙佛道；如果執著無所修行，便歸於外道斷滅的邪見。由此可見，在自心之外，並不存在任何別的事物；佛的「十身」具足於自心，四種佛土圓滿收受於自心。雖然一心包含了世間所有現象，但又並不破除「內」「外」的對立；同時，既然內外又都統歸於一法界，那麼「有」、「無」的隔閡也就不復存在。於「空」中具足方便智慧，便不會執著於「有」，於「有」中運用至極的修行，便不會墮入於「無」。所以，在與性理相即的事相上修行，這種修行就將無所隔閡；在與事相相即的性理上修行，這種修行就將順應眞如。如果事相的作用不受損害，其中的體性也就表現出來了。

化度衆生的微妙修行，不外乎「十度」和「四攝」等法門；利益於自己的眞實修行，主要的當數「七覺支」和「八正道」等方法。「四念處」所要求的觀察思惟，可歸之於眞如實相；「四正勤」所規定的正確修行，不外乎一心支配。爲此，只有莊嚴清淨其修行所依賴的五種內在條件，才能成就達到解脫的五種力量。

說到施捨，則佛法、財物都要布施；說到持戒，則大乘、小乘的戒律都要奉持；說到精進，則應該身心同時展開；說到忍辱，則衆生忍、無生法忍都要具備；說到般若，則要達到主、客體平等不二；說到禪定，則要實現動、寂一致平等；說到方便，則普遍妙用世俗煩惱；說到發願，則這種誓願遍含法界；說到力用，則須精通佛的十種智力；說到智慧，則應圓滿成就「一切種智」；說到愛語，則要順應衆生根性，以善言慰喩；說到同事，則應當衆生同處，隨機教化；說到運慈，則寃仇和親近都應救度；說到說法，則應同時收攝利根和鈍根；說到七覺支，則要使昏沉和掉舉不得生起；說到八正道，則要破除邪惡，使惡念不再生起。

此外，乃至還要包容獲取三種堅固不壞事物的修行，具足達到七種聖位的佛法財寶，秉持大乘「三聚戒」的戒法，圓滿成就七種清淨的眞實精要。覺悟菩薩的妙行，則契合自然之理；修習清淨之法，則斷除煩惱的根源；顯示菩薩救治衆生之行，則暫息於聲聞乘的「化城」；示現孩兒般的幼稚行爲，則引導凡夫進入天界。

原典

夫性起菩提，眞如萬行，終日作而無作，雖無行而遍行。若云有作，即同魔事；或執無行，還歸斷滅。故知自心之外，無法建立；十身❶具足，四土❷圓收。雖總包含，不壞內外；皆稱法界，豈隔有無？空中具方便之慧，不著於有；有中運殊勝之行，不墮於無。是以即理之事，行成無閡；即事之理，行順眞如。相用無虧，體性斯在。

夫化他妙行，不出十度❸、四攝❹之門；利己眞修，無先七覺❺、八正❻之道。攝四念❼歸於一實❽，總四勤❾不出一心。嚴淨五根❿，成就五力⓫。

若論施，則內外咸捨；言戒，則大小兼持；修進，則身心並行；具忍，則生法⓬俱備；般若，則境智無二；禪定，則動寂皆平；方便，則普照塵勞；發願，則遍含法界；具力，則精通十力；了智，則種智圓成；愛語，則俯順機宜；同事，則能隨行業；運慈，則冤親普救；說法，則利鈍齊收；七覺，則沈掉靡生；八正，則邪倒不起。

乃至備收三堅⓭之妙行，具足七聖⓮之法財，秉持三聚⓯之律門，圓滿七淨⓰之眞要。悟天行⑰，契自然之本理；修梵行⑱，斷塵習⑲之根源；現病行⑳，憩聲聞之化城㉑；示兒行，引凡夫於天界㉒。

注釋

❶**十身**：指佛所具有的十種身體。通常指：菩提身、願身、化身、住持身、相好莊嚴身、勢力身、如意身、福德身、智身、法身。

❷**四土**：指四種佛土，它們是：凡聖同居土、方便有餘土、實報無障礙土、常寂光土。

❸**十度**：十種由生死此岸渡往涅槃彼岸的方法或途徑，即「十波羅蜜」。

❹**四攝**：指「四攝法」或「四攝事」。菩薩爲攝受衆生，使生起親愛之心，歸依佛道，而應該做的四件事。它們是：一、布施攝，指布施佛法或財物；二、愛語攝，指順應衆生的根性，以善言慰喻；三、利行攝，指做種種利益衆生的事；四、同事攝，指與衆生同處，隨機教化。

❺**七覺**：指「七覺支」。達到佛教覺悟的七種次第或組成部分。它們是：一、念覺支，指憶念佛法不忘；二、擇法覺支，根據佛法標準來分判善惡；三、精進覺支，即努力

不懈修行；四、喜覺支，由覺悟善法而心生喜悅；五、輕安覺支，指因斷除煩惱而身心安適；六、定覺支，心注一境，思悟佛法；七、捨覺支，平等待物，捨卻一切分別。

❻**八正**：指「八正道」。八種通向涅槃解脫的正確方法或途徑。它們是：一、正見，正確的知見；二、正思惟，正確的思惟；三、正語，語言符合佛理；四、正業，正確的行爲；五、正命，以正當的方法維持生活；六、正精進，勤修解脫之法；七、正念，正確的憶念；八、正定，正確的禪定修習。

❼**四念**：指「四念處」。意爲在精神專注的狀態下，根據佛教教義，從四個方面進行觀察思惟，破除四種顛倒認識。它們是：觀身不淨、觀受是苦、觀心無常、觀法無我。

❽**一實**：指眞如實相。「一」，平等的意思。眞如實相平等一如，無有虛妄顛倒。

❾**四勤**：指「四正勤」。四種正確的刻苦修行。包括：一、努力防止生惡；二、已經生惡，應當努力斷除；三、尚未生善，應當努力使之生善；四、已經生善，應當堅持到底，使其圓滿。

❿**五根**：佛教修行所依賴的五種內在條件。它們是：信根、精進根、念根、定根、慧根。

⓫**五力**：由「五根」的增長所產生的五種維持修行，達到解脫的力量。它們是：信力、

精進力、念力、定力、慧力。

⑫**生法**：此處指「生法二忍」。意爲兩種忍辱。它們是：一、衆生忍，安於苦難和恥辱，對衆生不瞋不惱；二、無生法忍，安於無生無滅的教義，契會眞如實相。

⑬**三堅**：三種堅固不壞的事物。指修道者所獲得的無極之身、無窮之命、無盡之財，三者是在破除世俗的身體、生命、財寶基礎上得到的，天地雖焚而不燒，劫數雖盡而不盡。《維摩經．菩薩品》：「當觀五欲無常，以求善本，於身、命、財，而修堅法。」

⑭**七聖**：七種聖位。「聖」，正，即以正智照見眞理。因根性利鈍有差別，故有七種位次。它們是：隨信行、隨法行、信解、見至、身證、慧解脫、俱解脫。

⑮**三聚**：即「三聚戒」。三種大乘戒的積聚。它們是：一、攝律儀戒，指受持一切戒律；二、攝善法戒，指修一切善法；三、攝衆生戒，指以饒益一切衆生爲戒。這三聚戒是道俗通行的戒，是所有大乘菩薩都受持的戒。

⑯**七淨**：七種清淨。它們是：戒淨、心淨、見淨、度疑淨、分別道淨、行斷知見淨、涅槃淨。

⑰**天行**：意爲菩薩依天然實相之理而成妙行。「天」，指第一義天，天然實相之理。

❶❽**梵行**：斷除淫欲的清淨修行法，即梵天的修行法。修梵行者，可得生梵天。「梵」，意爲清淨。《維摩經·方便品》：「示有妻子，常修梵行。」

❶❾**塵習**：意爲煩惱垢染。「塵」，指一切染污眞性的事物；「習」，指煩惱之餘氣。

❷⓿**病行**：指以菩薩的大悲，醫治衆生罪業的大行。「病」，比喻衆生的罪業。《大乘義章》卷十二：「言病行者，從所治爲名，罪業是病，治病之行故名病行。」

❷❶**化城**：意爲一時化作的城廓。比喻小乘的涅槃。據《法華經·化城喻品》，佛爲使衆生都能修得佛果，故先作方便，權說小乘涅槃，以使畏難怯弱的衆生暫時得以休息，然後再趣大乘寶所。這暫時休息之處，便名「化城」。

❷❷**天界**：即「天道」、「天趣」，「六趣」之一。

譯文

設問：如果安住於現在的事相，作出種種的布施，得到的將是生滅無常的果報。這無疑會增進人們有所作爲的心，而背離無生滅變化的眞如實相。如此，怎麼能比得上依據理體而作的觀察思惟，其福德之廣等同於虛空？所以佛經中說：「佛說，只有達到『無我』的認識，才能順應佛教眞理。」你爲什麼硬是執著事相、攀緣外物，而不去觀察內心、通達眞理呢？

解答：如果從觀察心性的角度說，凡所見的一切都是「有」。既然說是通達眞理，投手舉足哪一樣是「無」？大乘菩薩興舉一切修行，爲導引衆生而做了一切善事。所以不應該執著於「空」而破除「有」，固守於「一」而疑忌「多」。

《華嚴經》中說：「受持單一而否定其餘，這是惡魔的作爲。」因此，即使拋棄偏於兩邊的認識而趣向中道，仍然還是落入錯誤的認識。所以，不應當依據自己尊崇的主張，認同奇妙玄虛的言詞，對認識對象予以了別和知覺，使「五陰」、「十八界」生起造作行爲。而應該隨順機宜，對事相或予以破除、或予以保存，任憑般若之智卷舒自在，於「空」、「有」兩大法門，既不出離也不留住；於「眞」、「俗」兩種眞理，既非相即也非相離。活動與靜止並非矛盾，它們可以圓融無礙。

通常在諸佛菩薩的修習法門中，有正行和助行，有眞實和權宜；理體和事相同時修習，智慧和戒律平等重視；慈悲和般若一起運用，心性之悟和具體修行互爲資助。假如一定要建立獨斷而不正確的宗旨，那他便是魔王波旬的後代，容易造成滅盡一切事相、成就自己錯誤認識的愚昧之舉。所以《大集經》中說：「有兩種修行。一是緣慮萬物性空的本質而直入眞如，這叫做智慧修行；二是不廢事相、兼帶事相而修行，這叫做現象修行。」《菩提論》指出，有兩條通往涅槃的道路：一是方便的道路，要求知道並實踐一切善的修行；二是智慧的道路，要求證悟實相，否定具體事物。

又經中說：「有兩種眞如：一是原因之中的眞如，它如實而無染；二是果報之中的眞如，它如實而無垢。另有兩種心：一是自性淸淨心，這種心本來具有；二是離垢淸淨心，這種心就至極意義而言。」《大乘起信論》建立兩種相狀：一是共相，指的是一切事物都以眞如爲本性，平等無差別；二是別相，指的是從幻化之相的角度看，一切事物各有差別。天台宗說有兩種善：達到主體和客體都是空寂的認識，名爲「止善」，根據方便原則而勤苦修行，名爲「行善」。

原典

問：住相❶布施，果結無常，增有爲之心，背無爲❷之道。爭如理觀，福等虛空？故經云：「佛言，非我❸而能順理。」何堅執事緣塵，而不觀心達道乎？

答：若約觀心，寓目皆是，既云達道，舉足寧非？菩薩萬行齊興，四攝廣被，不可執空害有，守一疑諸。

《華嚴經》云：「受一非餘，魔所攝持。」是以捨邊趣中，還成邪見。不可據宗據令，認妙認玄，識想❹施爲，陰界❺造作。應須隨機遮照❻，任智卷舒，於空有二門，不出不在；眞俗二諦，非即非離。動止何乖，圓融無閡。

大凡諸佛菩薩修進之門，有正有助，有實有權；理事齊修，乘戒兼急；悲智雙運，內外相資。若定立一宗，是魔王❼之種，或亡泯一切，成己見之愚。故《大集經》云：「有二行❽：緣空直入，名爲慧行；帶事兼修，是行行。」《菩提論》有二道❾：一方便道，知諸善法；二智慧道，不得諸法。

又經云：「二如❿：因中如，如而無染；果中如，如而無垢。又二心：自性清淨心，本有之義；離垢清淨心，究竟之義。」《起信論》立二相：一同相，平等性義；二異相，幻差別義。台教有二善：達能所空，名止善；方便勤修，名行善。

注釋

❶**住相**：暫時安住現在的事相，使諸法各自引發果報。

❷**無爲**：指並非由因緣和合形成，係離生滅變化的絶對存在之法。

❸**非我**：即「無我」。指世界一切事物都無獨立的實在自體。分「人無我」（人空）和「法無我」（法空）兩類。

❹**識想**：指「五蘊」中的「識蘊」和「想蘊」。「識」，意爲了別，即對接觸的對象有了別作用。「想」，意爲知覺或表象，即對認識的對象取其相狀，定其名稱。

❺**陰界**：指「五陰」和「十八界」。「五陰」即「五蘊」，它們是：色、受、想、行、識五種有爲法。「十八界」包括：能發生認識功能的「六根」、作爲認識對象的「六境」以及由此生起的「六識」，是對世界一切現象所作的分類。

❻**遮照**：指對事相的破除和保存兩個方面。「遮」，否定、破除事相，使之歸於空；「照」，眞如的妙用，暫存假相。《宗鏡錄》卷八：「破立一際，遮照同時。」

❼**魔王**：群魔之王，即欲界第六天「他化自在天」的波旬，他常率領魔衆來到人間破壞

佛道。

❽**行**：本意是指一切現象（包括物質的和精神的）的生起和變化活動，此處指佛教的修習和踐行。

❾**道**：意爲能通、通達，此處指通向涅槃的修行方法。

❿**如**：意爲如實，相當於眞如、法性、實際，即佛教所說的絕對眞理。一切事物雖有各自相貌，但都歸於如實之相。這如實之相便是空，便是眞如實相。

譯文

設問：諸佛有關佛法的要旨，只是在建立一佛乘。因此，有的經典上說：「十方世界到處有佛，但唯有一條道路通往涅槃之門。」有的經典上說：「世間一切通達無礙的人，通過大乘如實之道而脫離生死。」爲什麼你卻要陳列種種差別事相，建立兩種法門？這豈不是要惑亂佛教正宗，讓人橫生各類邪見嗎？

解答：諸佛所設的法門，總體上說只有一種，但從作用上看，則可分爲兩類，這兩類在理體上完全相同。比如，《大乘起信論》於「一心」上，建立起「眞如門」和

「生滅門」，這是由眞、俗二諦而說一佛乘。從體用角度分別建立法門的方法，古今都是一樣，未曾有所變化。因此，總相與別相互爲顯揚，本體和萬物互爲資助。沒有總相也就不能產生別相，沒有別相也就不能成就總相；沒有本體也就不能垂現萬物，沒有萬物也就不能顯示本體。

由此可知，單翼之鳥難以直沖雲天，獨輪之車無法搬運重物；只有眞實不能建立，單憑幻妄不能成就。歸之於理體，則雖有差別而實際沒有差別；落實於作用，則雖無差別但形式上存在差別。「一」與「二」無所隔閡，才能悟入超越差別對立的「不二法門」；「空」與「有」不相背戾，方可踏上最爲眞實的「眞空之境」。

原典

問：祖佛法要，惟立一乘。或云「十方薄伽梵❶，一路❷涅槃門❸。」或云「一切無閡人，一道❹出生死。」如何廣陳差別，立二法門，惑亂正宗，起諸邪見？

答：諸佛法門，雖成一種，約用分二，其體常同。如一心法，立眞如、生滅二門，則是二諦一乘之道。今古恆然，無有增減。是故總別互顯，本末相資。非總無以出別，非別無以成總；非本無以垂末，非末無以顯本。

故知隻翼難沖，孤輪匪運；惟眞不立，單妄不成。約體則差而無差，就用則不別而別。一二無閡，方入不二之門❺；空有不乖，始蹈眞空之境❻。

注釋

❶**薄伽梵**：梵語音譯，意爲「世尊」。原爲婆羅門教對於長者的尊稱，佛教用以尊稱釋迦牟尼佛。

❷**一路**：指到達涅槃的唯一道路。

❸**涅槃門**：進入涅槃城的門户。《無量義經》：「開涅槃門，扇解脱風。」

❹**一道**：意爲一實之道。指大乘脱離生死的如實之道。

❺**不二之門**：即「不二法門」。指超越一切差別對立的法門。《大乘義章》卷一：「言不二者，無異之謂也，即是經中一實義也。一實之理，妙寂理相，如如平等，亡於彼此，故云不二。」所以，「不二之門」實際就是指眞如、法性、涅槃，其特點是「無思無知」、「無見無問」、「無言無説」。

❻**眞空之境**：超越「空」、「有」對立的，最爲眞實的境界。「眞空」，意爲眞實的空，即非空之空，視世界萬有爲虛幻不實。通常與「妙有」（非有之有）並用，名「眞空妙有」，表示同一意思。

譯文

設問：就事相來說，事物在生滅變化過程中有各種時分和地位的差別；就理體來說，只是一味無二，湛然澄淸。性理與事相如此不同，怎麼能說它們沒有隔閡？

解答：能夠依託的事相，從性理而成就；所依託的性理，隨事相而顯現。如同千種水波不妨礙一種濕性，好比衆多器具不阻隔一種金性。本體和作用相互收攝，舒展和收縮平等一致。假若從圓融之旨上說，不僅僅是理與事相即，就是理與理相即、事與事相即、理與事相即也行，所以稱之爲隨順外緣的自在無礙法門。此外，諸佛化度衆生的法門之中，有布施這一項，它是十種度人到彼岸的方法中最首要一種，是所有修行法門中居先的一種，也是悟入佛道的基本條件，以及攝取衆生的關鍵因素。

況且，圓融佛教的布施法門，普遍含容眞如法界，如此，則什麼事相不能具備，什麼性理不能圓滿呢？菩薩堅持性理而並不破除事相，審察事相而並不捐棄性理。對佛法的弘揚在於人本身，又何必拘泥於事物？倘若脫離理體而僅關注事物，則事物將成爲三乘決定本性的工具；如果離開事物而光談論理體，則理體將成爲對外道斷滅觀念的執著。倘若執著事相而迷於理體，那麼就要遭受輪迴的報應；如果證悟理體而同時不礙事相，那麼就會獲取最究竟圓滿的果報。

所以《法華經》中說：「又見到大乘菩薩，將自己身體的各個部位，全部欣然施捨給衆生，以求取佛的智慧。如果說捨身修行不是正道，那麼怎樣才能成就佛的智慧呢？」由此可知，即使一絲一毫的善行，也會對獲取佛果具有深遠意義，廣泛實行布施必將成爲解脫的主要原因。比如，釋迦牟尼佛在入滅之時，宣說了各種濟度法門，每一種濟度法門都能證得佛果，或獲得隨順眞理的柔順之心，或達到對事物本質無生無滅的認識等等。大凡菩薩的所作所爲，都能了達事物無獨立自體以及虛幻不實的本質，能夠通過事相而發現眞理，遇到外物而悟及眞空。他們不同於凡夫俗子，只知道造作罪業或福德。由於衆生未能懂得因和果、善和惡都不過是各種條件的暫時和合，其本身並無實體這一道理，所以他們總是迷戀事相、執取理體，永遠繫念於三界的生死而無法解脫。

原典

問：事則分位❶差別，理惟一味湛然。性相不同，云何無閡？

答：能依之事，從理而成；所依之理，隨事而現。如千波不閡一濕，猶衆器匪隔一金。體用相收，卷舒一際。若約圓旨，不惟理事相即，要理理相即亦得，事事相即亦得，理事相即亦得，故稱隨緣自在無閡法門。又且諸佛化門，檀施一法，爲十度之首，乃萬行之先，入道之初因，攝生之要軌。

且圓教施門，遍含法界，乃何事而不備，何理而不圓？菩薩照理而不卻事，鑒事而不捐理。弘之在人，曷滯於法？若離理有事，事成定性❷之愚；若離事有理，理成斷滅之執。若著事而迷理，則報在輪迴；若體理而得事，則果成究竟。

故《法華經》云：「又見菩薩，頭目身體，欣樂施與，求佛智慧。若捨身是邪，何成佛慧？」故知毫善趣果弘深，以此度門標因匪棄。如釋迦佛捨身命時，度度皆證法門，或得柔順忍❸，或入無生法忍❹等。大凡菩薩所作，皆了無我❺無性❻，涉事見理，遇境知空。不同凡夫，造其罪福。不解因果、善惡無性，是爲迷事取性，常繫三有❼。

注釋

❶**分位**：指事物在生滅變化過程中的時分和地位。

❷**定性**：決定的本性。瑜伽行派和法相唯識宗認爲，衆生先天具有的本性有五種，其中三種爲「定性」，一種爲「不定性」，一種爲「無種性」。三種定性是：菩薩定性、緣覺定性、聲聞定性。凡具其中某一定性的衆生，將相應分別達到菩薩（或佛）、辟支佛、阿羅漢的果位。

❸**柔順忍**：意爲智慧之心溫柔，能隨順眞理。《維摩經·法供養品》：「聞如是法，得柔順忍。」

❹**無生法忍**：又名「無生忍」。指對事物本質「無生」（即無生無滅、眞如實相）的認識。

❺**無我**：意爲世界一切事物都無獨立的實在自體。分「人無我」（人空）、「法無我」

（法空）兩種。

❻**無性**：意爲一切事物都無實體、虛幻不實，只是因緣暫時和合而成。「性」，體，實體。

❼**三有**：指三界的生死。這種生死有因有果，所以名「有」。它們是：一、欲有，指欲界的生死；二、色有，指色界的生死；三、無色有，指無色界的生死。

譯文

設問：佛經上說：「以三恆河沙之數的身體性命來作布施，還不如受持般若的四句偈頌。」由此可知般若的功德至深至大，而布施的作用微弱不濟。爲什麼卻要教人違背宗旨、踰越眞理，徒然消耗氣力、勞累精神？可以說這正是期待覺悟反而迷妄，希望上升反而墜落！

解答：獲得了眞理，才能成就一切修行；明白了宗旨，才能使通往涅槃的道路條條暢通。不應當棄去「那」而擇取「這」，執著於「是」而排斥「非」，而應該涵詠於無礙之門，善於深入普遍修行之道。所以，過去諸佛，本師釋迦牟尼佛，從久遠年代以來，施捨了無數身體性命。或是爲了求法，取自身骨髓、剜自身之肉而施予病人；或是爲了修行慈悲，以身肉貿鴿施鷹、以全軀餵養餓虎。

《金剛般若論》中說：「如來自久遠年代以來，施捨身體、生命、財物，這是爲了攝持眞正的道法。眞正的道法沒有邊際，由於有無窮的原因，所以有無窮的果報。果報就是佛的三身。乃至在印度和中國的菩薩及高僧之中，自古至今也有不少施捨自己肉體和生命的。他們都遵循了釋迦牟尼佛的經教，仿效了藥王菩薩燒身燃臂的遺風。」

《高僧傳》中記載，靜藹法師晚年入終南山，割下自己身上的肉，一塊塊置放於石頭上，然後又掏出腸子掛到樹枝上，最後捧出心臟而死。他將遺偈書寫於石壁之上，說：「願將此肉身施捨衆生，使自己早得自在無礙。獲得自在法身之後，隨時隨地都在六道之中。凡有利益衆生之處，保護佛法救度衆生。所有三業都有消盡之時，生滅變化的事物也不例外。三界有情之物都屬無常，難以獲得自在無礙。無論是他殺還是自死，終究要同歸一處。聰明人往往不喜好如此，但所作三業畢竟要一一消盡。」此外，僧崖菩薩也焚身而亡，並說：「我這是代一切衆生受苦」。焚身前，他先燒手指，衆人問他：「菩薩燒的是自己的手，衆人成熟的是自己的罪業，各自受苦，互不相關，怎麼能夠取而代之呢？」僧崖答道：「就拿燒手來說吧！我這裏發動刹那之念的善根，便能滅卻無數罪惡，這難道不是取而代之嗎？」他還告訴衆人說：「在我滅度之後，以恭敬供養病人；所有病人的來處難以測度，他們大多是諸佛菩薩隨宜應現變化而來的。我並未具有平等廣大的佛的智慧，怎麼能接受人們的恭敬呢？我這樣做只是具體實踐佛的教導罷了！」

天台宗的滿禪師，一生講誦《法華經》，以致感應神人化現身形，從而專心禪定，誦念經咒文字，最後焚身供養《法華經》。再有，智顗大師的門人淨辯禪師，在懺堂前焚身供養普賢菩薩。雙林傅大士（傅翕）想要以焚身來救度衆生之苦，他的門人前後四十八人願意替師父焚身，請師父常住於人世，以便教化有情衆生。諸如此類的事實，在佛教傳記中都有明白記載，這裏不再一一列舉。如果說佛菩薩的境界能夠有所示現作爲，那麼佛菩薩就有誑騙凡夫的過失，而凡夫也就沒有成就佛菩薩的機會。佛的經教之網只是一種虛設，方便權宜而本質是空，它們本來都是爲了接引後世投合前世，使凡夫實證菩提而已。現在要是說佛菩薩有所示現作爲，那只會促使後人去仿效，而放棄實際修行。為此，我們不應當將某些錯誤的思想觀念誑騙他人去實行。佛的大慈大悲，終究不會欺誑世人，所以，八萬法門無非通往解脫，一念微善，念念趣向眞如。

客觀上存在著初發菩提心、後發菩提心，以及對於衆生行爲的忍耐、對於佛教眞理的深信不疑，所以沒有必要以高斥下，或以下凌高。重要的是，應當知道時機，衡量自己根力，而不可隨意評論何者善美、何者醜惡，強自建立誰是誰非。言語是災禍的根源，它會招致口業。姑且拿已獲取忍辱波羅蜜的菩薩來說，雖然已經證得「人空」、「法空」，但為了利益衆生，破除衆生的吝嗇和貪婪之心，也還要燒臂焚身，如藥王菩薩、僧崖和尚等就是這樣。

倘若尚未具備忍辱之心的人，雖然也知道要以智慧之火焚燒煩惱之薪，了達「人」、「法」二空，不再生起對「我」的執著，但是如果他受現實煩惱的覆障深重，還是不能契合眞如。應當發起勇猛精進之心，運用眞實的修行，酬謝佛的深恩、供養諸佛菩薩，替代衆生之苦、多做慈悲之行。想要成就資助佛道的法門，就不能生起各種希求之心。只要這樣做去，目的就一定能夠實現。假如認識有誤，尚未放棄對於「我」

的執著，一味追求因果報應，求道的意志並不堅定，打算仿效前人的作爲，對於這類人，就不在這裏說了。

衆生的根機並非一致，崇尚的目標也各不相同。因此，佛經上寫道：「佛說：如果衆生通過虛妄而能入涅槃的話，那麼我也作妄語。」由此可知，得悟的途徑有千萬種之多，但最終則歸之於一個原理，那就是利樂衆生的善巧方便。有的人因施捨身體性命而頓時悟入佛教眞理，也有的人則因專心修習禪定而豁然明白萬物無生無滅本質；有的人因發現自心本來清淨而證得眞如實相，也有的人則因修習「不淨觀」而達到遠離汚垢的境界；有的人因居住七寶裝飾的房屋而登上佛果，也有的人則因隨處塚間樹下而入涅槃。因此，無量無數的濟度之門，都可以通往解脫；無邊無際的教法之網，悟達了就可以歸趣眞理。佛的所有言說，歸根結底，都非虛妄陳設。就以步行遠足爲例來說，是以到達終點爲目的，而不管途中如何，也不論難易如何。

據此可以知道，醫病不能一味用散藥，天氣不會永遠晴朗。應當「丸」藥和「散」藥相互調停，陰天和晴天同時相濟，從而使得各種疾患都得痊癒，天下萬物生長繁茂。這說明，令人悟入佛道的教說都是權宜施設，並沒有一種一成不變的方法。這就有必要隨順對象的樂欲，投合需要而作方便說教。只是以證悟佛道爲根本目的，不必計較證悟的方法如何。有的人由圓教的「非有非空門」而得悟，但這並不一定比有人由藏教的「有門」而得悟更高些。所以，菩薩所修行的布施法門，就好比囚犯通過廁孔而得以脫逃，如同病人服食汚穢之物而得以痊癒。不作觀察思惟，就不能拔除貪、瞋、癡「三毒」的病根；沒有具體修行，就難以超越「三界」假有的牢獄。

古書上說：「捕獲鳥類，可網羅於一個網目，但一個網目不等同於一整張網。治理國家，可歸於一人之功，但一個人不能成爲國家。」爲此，就需要齊備各種修行方法，廣泛實踐所有善行；一類修行返歸源頭，千種法門自然端正。佛經中明白指出「十二因緣」是一種佛法，但是從慈、悲、喜、捨四個方面去觀察思惟，則可以得四種菩提智慧。如果佛教只是吸收上上根機的人，那麼中下根機的人就將與成佛無緣。所以，弘揚半字教，具有成就滿字教的功勞；抵達珍寶之所，是依靠了幻化之城的動力。怎麼能夠捨此而取彼，執著眞實而否定權宜，以致拋棄衆生成佛的機緣，滅卻諸佛的方便法門呢？因此說，從眞實中分離出權宜，這權宜是眞實的權宜；開通權宜而顯示眞實，這眞實是權宜的眞實。如果對權宜和眞實兩種法門產生迷妄，那麼智慧也就不能自在無礙的顯露出來。

《大智度論》中說：「衆生因種種因緣條件不同，因而解脫的方式也就不同。有的通過禪定而得解脫，有的通過持戒說法而得解脫，有的通過光明觸身而得解脫。這好比城市的門有多個，所進的門雖各有不同，但所入的城市是同一個。」

原典

問：經云：「以三恆河沙身命布施，不如受持四句偈。」故知般若功深，施門力劣。何得違宗越理，枉力勞神？可謂期悟遭迷，求昇反墜矣！

答：得理則萬行方成，知宗乃千途不滯。不可去彼取此，執是排非，須履無閡之門，善入遍行之道。是以過去諸佛，本師❶釋迦，從無量劫來，捨無數身命，或爲求法，則出髓❷而剜身❸；或爲行慈，則施鷹❹而飼虎❺。

《般若論》云：「如來無量劫來，捨身命財，爲攝持正法。正法無有邊際，即無窮之因，得無窮之果。果即三身也。乃至西天此土菩薩高僧，自古及今遺身不少，皆遵釋迦之正典，盡效藥王之遺風。」

《高僧傳》藹法師入南山，自剜身肉，布於石上，引腸掛樹，捧心而卒。書偈以石云：「願捨此身已，早令身自在。法身自在已，在在諸趣❻中。隨有利益處，護法救衆生。又復業應盡，有爲法皆然。三界皆無常，時來不自在。他殺及自死，終歸如是處。智者所不樂，業盡於今日。」又僧崖菩薩燒身，云：「代一切衆生苦」。先燒其手，衆人問曰：「菩薩自燒，衆生罪熟，各自受苦，何由可代？」答曰：「猶如燒手，一念善根，即能滅惡，豈非代耶？」又告衆曰：「我滅度後，好供養病人，並難可測其本，多是諸佛聖人，乘權應化。自非大心平等❼，何能恭敬，此是實行也。」

天台宗滿禪師，一生講誦《蓮經》，感神人現身，正定經咒文字，後焚身供養《法華經》。又智者門人淨辯禪師，於懺堂前，焚身供養普賢菩薩。雙林傅大士欲焚身救衆生苦，門人等前後四十八人，代師焚身，請師住世，教化有情❽。傳記廣明，不能備引。若云諸聖境界，示現施爲，則聖有誑凡之愆，凡無即聖之分。教網虛設，方便則空，本爲接後逗前，令凡實證。設是示現權施，亦令後人倣傚。不可將邪倒之法，賺人施行。大聖眞慈，終不虛誑，是以八萬法門無非解脫，一念微善皆趣眞如。

自有初心、後心❾、生忍❿、法忍，未必將高斥下，以下陵高。善須知時，自量根力，不可評他美惡，強立是非。言是禍胎，自招來業。且如得忍菩薩，雖證生法二空⑪，爲利他故，破慳貪垢，尙乃燒臂焚身，如藥王菩薩、僧崖之類。

若未具忍者，雖知以智慧火焚煩惱薪，了達二空，不生身見⑫，其或現行障重，未得相應⑬。起勇猛心，運眞實行，酬恩供佛，代苦行慈。欲成助道之門，不起希求之想。若不欺誑，事不唐捐。脫或智眼未明，猶生我執⑭，但求因果，志不堅牢，擬傚先蹤，不在此限。

夫衆生根機不同，所尙各異。故經云：「佛言：若衆生以虛妄而得度者，我亦妄語。」是知事出千巧，理歸一源，皆是大慈善權方便⑮。或因捨身命而頓入法忍，或一心禪定而豁悟無生；或了本清淨而證實相門，或作不淨觀⑯而登遠離道⑰；或住七寶房舍而階聖果，或處塚間樹下而趣涅槃。是以塵沙度門，入皆解脫；無邊教網，了即歸眞。大聖垂言，終不虛設。譬如涉遠，以到爲期，不取途中，強論難易。

故知醫不專散，天不長晴。應須丸散調停，陰陽兼濟，遂得衆疾同愈，萬物齊榮。皆是權施，實無定法。隨其樂欲，逗其便宜。惟取證道爲心，不揀入門粗細。若於圓教四門⑱生著，猶爲藏教初門⑲所治。故菩薩所行檀度之門，如囚因厠孔而得出，似病服不淨而獲痊。非觀，無以拔三毒⑳之病根；非行，無以超三界之有獄。

書云：「獲鳥者，羅之一目，不可以一目爲羅。治國者，功在一人，不可以一人爲國。」是以衆行俱備，萬善齊修；一行歸源，千門自正。經明十二因緣㉑是一法，以四等㉒觀者，得四種菩提。若惟取上上根人，則中下絕分。故弘半教㉓，有成滿㉔之功；至寶所㉕，因化城之力。豈可捨此取彼，執實謗權，頓棄機緣㉖，滅佛方便？故云，從實分權，權是實權；開權顯實，實是權實。如迷權實二門，則智不自在。

《大論》云：「衆生種種因緣，得度不同。有禪定得度者，有持戒說法得度者，有光明觸身得度者。譬如城有多門，入處各別，至處不異。」

注釋

❶**本師**：佛教徒以釋迦牟尼佛爲根本的導師，所以名之爲「本師」。

❷**出髓**：釋迦牟尼佛前世爲蓮華王太子時，曾取自己身上的骨髓布施病人，使其病癒。

❸**剜身**：釋迦牟尼佛前世爲現衆王太子時，曾以利刀刺身出血，施予病者。

❹**施鷹**：釋迦牟尼佛前世爲薩婆達國王時，曾割自己身上與鴿子同等重量的肉施予鷹，

以贖取鴿子生命。

❺**飼虎**：釋迦牟尼佛前世爲摩訶薩埵王子時，曾以自己身體餵養餓虎，使之復活。

❻**諸趣**：指「六趣」，即「六道」。它們是：地獄、餓鬼、畜生、阿修羅、人、天。

❼**大心平等**：指佛的智慧平等廣大。

❽**有情**：又名「衆生」、「有情衆生」。指人和一切有情識的生物。

❾**後心**：後發求菩提之心。與「初心」相對。

❿**生忍**：指「衆生忍」。意爲對於衆生的一切行爲都能加以忍耐，不起惱怒、怨恨之心。

⓫**二空**：指兩種空。一、「生空」，意爲衆生的空無；二、「法空」，意爲事物的空無。相當於「人空」、「法空」或「人無我」、「法無我」。

⓬**身見**：又名「我見」。指那種把「我」和「我所」都看作是眞實的存在並加以執著的觀點。佛教認爲，該觀點錯誤的原因，在於不懂得「身」只是五蘊的暫時和合。參考「我執」條注釋。

⓭**相應**：意爲契合。

⓮**我執**：又名「我見」、「身見」。意爲對「我」的執著，是佛教要破除的一種主要觀

點。分「人我執」（人執）和「法我執」（法執）兩種。單稱「我執」，是就「人我執」而言。參考「身見」條注釋。

⓯**大慈善權方便**：即「大慈方便」。「十種方便」之一。意爲生起平等大慈之心，利樂一切衆生，永遠沒有厭倦的感覺。「大慈」，指利樂一切衆生的思想行爲；「善權」，指善巧權謀，與「方便」意義相等。《法華玄義》卷二：「夫經論異說，悉是如來善權方便。」

⓰**不淨觀**：禪觀「五停心觀」之一。修這種禪觀的主要目的是對治貪心。其方法是，在禪定中觀想自身與他身的污穢不淨。觀自身不淨包括：觀身死、屍發脹、變青瘀、膿爛、腐朽、蟲吃、骨鎖等；觀他身不淨包括：觀種子不淨、住處不淨、自相不淨、自體不淨、究竟不淨等。

⓱**遠離道**：意爲遠離欲界煩惱染垢的境界。「遠離」，指脫離一切事相繫縛，達到諸法性空的認識。僧肇注《維摩經・菩薩行品》：「遠離，無爲之別稱耳。」

⓲**圓教四門**：天台宗認爲，圓教有四門，它們是：有門、空門、亦有亦空門、非有非空門。四門都能通達佛道，但圓教最重「非有非空門」。

⑲**藏教初門**：指「有門」。天台宗以「四教」配「四門」，藏、通、別、圓四教各具有、空、亦有亦空、非有非空四門，藏教於四門中偏重於「有門」。

⑳**三毒**：又名「三垢」，指貪、瞋、癡三種煩惱。在所有煩惱中，這三種對衆生的毒害最深。《大乘義章》卷五：「然此三毒，通攝三界一切煩惱。」

㉑**十二因緣**：見前「十二緣」條注釋。

㉒**四等**：指慈、悲、喜、捨四無量心。從能生起的心的角度看，稱之爲「等」，意爲平等而生起此心；從所攀緣的境的角度説，稱之爲「無量」。《大乘義章》卷十一：「緣於無量諸衆生起，故名無量；等緣一切，故復名等。」

㉓**半教**：即「半字教」，指小乘。意爲小乘教義不能普遍滿足，有嚴重缺陷，就像字只有半邊。《大乘義章》卷一：「聲聞藏法狹劣，名小；未窮，名半。」

㉔**滿**：即「滿字教」，指大乘。意爲大乘教義普遍滿足，就像字的圓滿完整。《大乘義章》卷一：「菩薩藏法寬廣，名大；圓極，名滿。」

㉕**寶所**：珍寶之所。《法華經》用以喻指究竟涅槃。《法華經·化城喻品》：「寶所在近，此城非實。」

㉖**機緣**：意爲衆生有善的根機，可應受佛法因緣。《最勝王經》卷一：「隨其器量，善應機緣，而爲說法。」

譯文

設問：經典上只是教人觀察自身沒有恆常自在的主體，了悟萬物無生無滅的本質。既然達到萬物性空的認識，那怎麼還會有對「我」的執著呢？又怎麼還要生起妄想，作種種施捨呢？

解答：從理體上看不能說「有」，從事相上看則不能說「無」。萬物由因緣和合而生，雖然沒有造作的主體，其善惡也並無實體，但業報之果明白淸晰。從無始以來，已有無數衆生生而復死，那只是繼續著與身俱起的煩惱和業，並沒有功德利益可言。如今施捨的是父母遺留給自己的身體，怎麼能說是自己眞實的身體呢？倘若於一念之間圓滿修習戒、定、慧三學，成就微妙善心，那樣才獲得自己眞實的身體。現在所施捨的，乃是因緣假和合而生的身體。

然而，這種捨身，從事相上說，是爲了功德利益。況且，現實衆生正爲無明、煩惱以及三種障礙、二種生死所糾纏，如此一味談無說空，誰會眞誠地相信並且受持呢？因此，佛法貴在具體實踐、修行，並不在乎你一生學得多少經論、是否能言善辯。比如蟲子蛀食樹木，偶爾也能蛀出花紋來；又好比鳥兒不停叫喚，但根本不知道它在叫喚什麼。要是煩惱不減，反而增進傲慢自負，那便是陷入執著「大虛空」的錯誤，不能正確理解正宗的佛法。必須親自體悟眞理，並使言論與行動相互契合。如果放縱錯誤的思想和言論，怎麼能展開刻苦的修行，獲得眞實的功用？

古代高僧說：「修行上要取千尺萬尺，言說上只取一寸半寸。」此外，佛經中也說：「理論上雖然說的是『空』，但修行要落實在『有』之中。」《寶積經》上說：「佛說：『假如不作修行也能獲得菩提智慧，那麼，音聲、言說也應當證得無上菩提。』於是，人們只要這樣說：『我將會成佛，我將會成佛。』由於有了這種言說，無數衆生就應成就佛道。」由此可知，修行比言說更爲重要，佛道並非在自心之外。

又有佛經說：「佛說：要學習我的教法，只有親自證悟才能眞正理解。」所以，以極惡之行而高談佛理，不如那微不足道的善行；整天不切實際的空談虛說，不如做一點踏實的修行。只要能夠付諸具體修行，就不應嫌棄細小的善心；如果放縱空洞說教，則徒然自我標榜心願宏廣。假若未能契入「眞如」的力用，順應「法性」而修行，那就只會得到「增上慢」之心，自招誣罔的罪責。所以，仁王列於菩薩的「五忍」行位，智顗建立「六即佛」的學說。從「伏忍」到「寂滅忍」這「五忍」的修行層次分明，豈能隨意混淆？何不對世界萬物的本質作無差別的認識，生起隨喜施捨之心，積聚一切善行的根機，成就大慈大悲的種性？佛經中說：「燒一節手指，爇一炷香，尚且能夠滅除多劫積累的無數罪過；或散發一花，或稱念一佛名號，畢竟會獲得最高的果位。」

原典

問：教祇令觀身無我❶，了本無生。既達性空，何存身見，而欲妄想，仍須捨乎？

答：理中非有，事上非無。從緣幻生，雖無作者，善惡無性，業果宛然。從無始❷際，喪無數身，但續俱生❸，無利而死。今捨父母遺體，豈是己身？若一念圓修戒、定、慧等，微妙善心，方眞己體。今所捨者，乃是緣生。

然於事中，且爲利益而死。況正當無明、煩惱、三障、二死❹所纏，何乃說空，誰當信受？是以佛法貴在行持，不取一期口辯。如蟲食木，偶得成文；似鳥言空，全無其旨。煩惱不滅，我慢翻增，是惡取邪空❺，非善達正法。須親見諦，言行相應。但縱妄語粗心，豈察潛行密用？

古德云：「行取千尺萬尺，說取一寸半寸。」又經云：「言雖說空，行在有中。」《寶積經》云：「佛言：『若不修行得菩提者，音聲言說亦應證得無上菩提❻。』作如是言：『我當作佛，我當作佛。』以此語故，無邊衆生應成正覺❼。」故知行在言前，道非心外。

又經云：「佛言：學我法者，惟證乃知。」是以劇惡不如微善，多虛不如少實。但能行者，不棄於小心；縱空說者，徒標於大意。若未契眞如之用，順法性而行，惟得上慢❽之心，自招誣罔之咎。是以仁王列五忍❾之位，智者備六即❿之文。行位分明，豈可叨濫？何不入平等觀⓫，起隨喜心，積衆善之根，成大慈之種？經云：「然一指節，爇一炷香，尚滅積劫之愆瑕；或散一華，暫稱一佛，畢至究竟之果位。」

注釋

❶**身無我**：即「人無我」、「人空」。意爲人身由五蘊假和合而成，沒有恆常自在的主體。

❷**無始**：沒有開始、最初。指世界和衆生的原因無法推求，由此而確立因緣學說。

❸**俱生**：又名「俱生起」。意爲煩惱和惑與身俱起。煩惱和惑的生起，有「分別起」和「俱生起」兩種。「分別起」指依邪師、邪教或邪思惟而來，「俱生起」指自無始以來永遠與身相俱。

❹**二死**：即「二種生死」。一切衆生因惑業所招，生者死，死者生，生生死死，永無止境。一、分段生死，指衆生由善、不善之業而造成的三界六道果報；二、不思議變易生死，指由無漏善業所致的阿羅漢以上聖者的生死。

❺**惡取邪空**：即「惡取空」。指不承認假有的存在，否認因果報應原理，執著於「大虛空」的錯誤見解。「邪空」，佛教破斥方廣道人所執「大虛空」觀念的用語。《成唯識論》卷七：「撥無二諦，是惡取空也，諸佛說爲不可治者。」

❻**無上菩提**：成就涅槃的最高智慧。「菩提」，指對眞理的覺悟，是成就涅槃的智慧。菩提有聲聞、緣覺、佛三等，其中佛所得的菩提，爲最高最上，故名「無上」。

❼**正覺**：指洞明眞諦、達到大徹大悟的境界。成就佛道也名「正覺」。

❽**上慢**：即「增上慢」。意爲尚未修行證得果位而自以爲證得。「慢」，傲慢自負，「心高舉爲性」。

❾**五忍**：《仁王經》所説菩薩的行位。它們是：伏忍、信忍、順忍、無生忍、寂滅忍。「忍」，忍受、認可。

❿**六即**：又名「六即佛」。天台宗的修行理論，指從凡夫至成佛修證的根據和六個階次。它們是：一、理即，意爲衆生的一念心即佛性；二、名字即，意爲從名言概念中理解佛法；三、觀行即，意爲止觀雙修，心觀明了，理慧相應；四、相似即，意爲通過修行，斷除煩惱，與佛相似；五、分眞即，意爲達到初步覺悟；六、究竟即，意爲自身佛性完全顯現，達到徹底覺悟。

⓫**平等觀**：視一切現象在本質上沒有差別的觀念。「平等」，意爲無高下深淺等的差別，平等一如。

譯文

設問：通過「安心」的修習而悟入佛道，必須順應眞空妙有的原理；展開各類修行以普度衆生，全部歸之於世俗所謂的眞理。只有了悟眞如法性，才能明辨佛教正宗所在。爲什麼你卻要排斥眞實而依憑虛妄，喪失根本而追求枝末；使心的生滅活動不斷興起，各種造作行爲隨處可見；從而惑亂成佛的源頭，混濁自心的淸淨之水？

解答：在至極境界中，連眞實也都不復存在；在平等無二的本體界內，無佛也無衆生。世俗眞理的法門中，不排斥任何一種現象；所有興起造作的事物，都受方便教化法門收攝。所以，諸佛通常根據眞、俗兩種眞理觀來宣說佛法，如果不先理解世俗的眞理，也就無法達到出世間的最高眞理。

菩薩雖然知道一切現象其本質並無造作變化功能，但是並不排除一切現象的各自相狀；雖然在修行所得的各種果報境界上永遠脫離貪欲，但是仍然經常禮敬佛的化身；雖然知道悟入佛道全靠自心、不依他人，但是不妨作種種方便以求取佛的智慧；雖然知道諸佛國土如同虛空，但是還要經常嚴整裝飾一切佛土；雖然恆久觀察思惟

「我」並無實體、本質是空，但是在教化衆生時仍無半點疲勞厭倦之感；雖然已處於眞如法界不生不滅境界，但是還以神通智慧之力作種種變化示現；雖然已經成就佛的智慧，但是仍然堅持作菩薩修行而無有休息；雖然知道佛法不可以語言文字表達，但是不妨作清淨宣講以使衆生歡喜；雖然已經能夠示現諸佛的神通力，但是並不厭棄原來的菩薩身形；雖然已經入般涅槃，但是仍於一切處示現形相。能夠同時開展上述權宜和眞實兩方面的修行，便是在造就成佛之業。

所以，如果撥遣果報、排除原因，那就是執著於「空」的外道邪見；如果憑依理體而斷絕功用，則成爲趣向涅槃無爲的聲聞。又假如說到要建立佛法正宗，那麼哪種事物不是正宗呢？要是說到證悟法性，那麼哪種現象不是法性呢？從迷妄的角度破除執著，則權且設立是非差別；從覺悟的角度加以認識，則實際上並無分別取捨。現在要說的，既不同於凡夫執著事相，也並非三藏菩薩偏於假有而脫離眞空，也不是通教聲聞一味追求寂滅。倘若離開「空」而談「有」，那是執著虛妄事相的原因；倘若離開「有」而談「空」，那就會歸趣灰身滅智的果報。現在需要指出的是，「性」就是「相」的性，所以不隔閡萬物繁興；「相」就是「性」的相，所以不妨礙本體湛寂。

「境」是不可思議的外境，「空」是諸法實相的眞空。舒展和收卷同時，觀察眞空的時候不排斥假有；存在和泯滅並行，承認假有的時候不損害眞空。

所以，天台宗的學說指出：「猶如明鏡中已有物像，瓦礫就不再映現其中；心中裝有各種形相，只要把它們排除了，也就等同於無。所以，在佛的微妙淸淨法身中，具足三十二種大丈夫相。」淸涼國師澄觀說：「凡夫與聖賢相互交徹通達，就凡夫之心而能見到佛心；理體與事相雙修並習，依凡夫之智而能求取佛智。」古代高僧解釋說：「禪宗中的失意之徒，往往執於理而迷於事，說什麼心性本來具足，何必借助於修行；只要拋棄情想，眞佛也就自然顯現。而偏重於實修的人，則執於事而迷於理，說什麼只要具體修行，何必孜孜不倦學習佛理？如果將佛理學習和佛法修行合起來，那就兩全其美；如果把它們分離開來，則兩敗俱傷。所以，理體和事相應該同時修習，用以彰明佛法的圓融微妙之旨。休心息性、斷絕妄念，叫做『理行』；興起功用、涉足事相，叫做『事行』。」

由此可知，果報之佛應當性理和事相具足，達成佛果的修行必須事相和理體並修。依據本有智慧好比得到金礦，從理體上修習好比除礦得金，從事相上修習好比造作器物，而求得佛智就好比成就器物。《慈愍三藏錄》中說：「有人認爲，世尊所說的各種有爲法，一定如同空花那樣實際並無一物，從而把它叫做『虛妄』。既然虛妄沒有形相，並非解脫的原因，那麼世尊又爲何要教導他的弟子們勤奮修行『六度』，以及其他所有善行，並以此作爲將來證得菩提、涅槃果報的條件呢？難道還有聰明人既讚歎海市蜃樓如何堅實高妙，而又勸教他人以烏有之兎角爲梯子去攀登的嗎？從這一原理出發，即使是凡夫俗子，也可以發菩提之心，行菩薩之道。雖然他們是帶著煩惱而修習，但那也是屬於眞實和正確的修習。『有』所體現的事物其本性雖然虛妄，但又並非如同龜毛那樣空無一物。這裏所說的『虛妄』，是指事物都依因緣條件而生起，形成『幻有』，它不同於『無』，不可隨意加以比較。倘若能作這樣的理解，人們就可以經常在事相上作修行，事相在這時不會構成阻隔，於是人們能迅速獲得解脫。倘若情念迷惑局限執著，不能通達教義，人們雖然試圖脫離事相，也還是永遠爲事相所束縛，沒有解脫的機會。」

又說：「如果把三世諸佛的修行執爲虛妄情想，那麼依靠怎樣的修行才能獲得解脫呢？不依佛的修行爲根據，卻另外去找別的根據，那將統統是外道的作爲。」古代高僧說：「若是一味拱手無爲，自取身心安穩，不行仁義之道，便是欠缺佛教的莊重嚴飾，即使經歷多劫的修行也成就不了佛道。衆生只要懂得這樣一個道理便行：眞如法性不含受一微塵，佛的教化不捨棄一事物。」

《華嚴還源觀》中說：「眞如盡備世間萬物，一切修行都付諸實施；萬物貫通眞如法界，所有事相無不寂滅。」又說：「眞如性體，自然而然隨順機緣；萬物同時發生，也自然而然回歸性體。」禪宗祖師的傳法偈說：「自心隨時說法，菩提保持清淨。事理互不妨礙，有生便是無生。」所以，眞如不守自性，隨順空寂而萬物不斷生起；機緣不失自體，任其活動而空性湛然常寂。

原典

問：安心入道❶，須順眞空；起行度生❷，全歸世諦❸。但了法性，以辨正宗。何乃斥實憑虛，喪本趣末；有爲擾動，造作紛紜；汨亂眞源，昏濁心水？

答：第一義❹中，眞亦不立；平等法界，無佛衆生。俗諦門中，不捨一法；凡興有作，佛事門❺收。是以諸佛常依二諦說法，若不得世諦，不得第一義諦。

雖知一切法無有造作，而亦不捨諸法自相；雖於諸境界永離貪欲，而常樂瞻奉諸佛色身；雖知不由他悟入於法，而種種方便求一切智；雖知諸佛國土皆如虛空，而常樂莊嚴一切佛刹；雖恆觀察無人無我❻，而教化衆生無有疲厭；雖於法界本來不動，而以神通智力現衆變化；雖已成就一切智智❼，而修菩薩行無有休息；雖知諸法不可言說，而轉淨法輪令衆生喜；雖能示現諸佛神力，而不厭捨菩薩之身；雖現入於大涅槃，而一切處示現受生。能作如是權實雙行法，是佛業。

是以若撥果排因，即空見❽外道；據體絕用，是趣寂❾聲聞。又若立正宗，何法非宗？既論法性，何物非性？從迷破執，則權立是非；從悟辯同，實無取捨。今所論者，不同凡夫所執事相，又非三藏菩薩❿偏假離眞，及通教⓫聲聞但空滅相。若離空之有，乃妄色之因；若離有之空，歸灰斷⓬之果。今則性即相之性，故不閡繁興；相即性之相，故無虧湛寂。境是不思議境，空是第一義空。舒卷同時，即空而常有；存泯不壞，即有而常空。

故台教云：「如鏡有像，瓦礫不現；中具諸相，但空即無。微妙淨法身，具相三十二。」清涼國師云：「凡聖交徹，即凡心而見佛心；理事雙修，依本智而求佛智。」

古德釋云：「禪宗失意之徒，執理迷事，云性本具足，何假修求；但要亡情，即眞佛自現。學法之輩，執事迷理，何須孜孜修習理法？合之雙美，離之兩傷；理事雙修，以彰圓妙。休心絕念，名理行；興功涉有，名事行。」

是知果佛須性相具足，因行必須事理雙修。依本智如得金，修理行如去礦，修事行如造作，求佛智如成器也。《慈愍三藏錄》云：「若言世尊[13]說諸有爲，定如空華，無有一物，名虛妄者。虛妄無形，非解脫因，如何世尊敕諸弟子，勤修六度、萬行妙因，當證菩提、涅槃之果？豈有智者讚乾闥婆城[14]堅實高妙，復勸諸人以兎角爲梯而可登陟乎？由此理故，雖是凡夫，發菩提心，行菩薩行。雖然有漏[15]修習，是實是正。有體虛妄，非如龜毛，空無一物。說爲虛妄，皆是依他緣生幻有，不同無而妄計。若如是解者，常行於相，相不能閡，速得解脫。迷情局執，於教不通，雖求離相，恆被相拘，無有解脫。」

又云：「若三世佛行，執爲妄想，憑何修學，而得解脫？不依佛行，別有所宗，皆外道[16]行。」古德云：「若一向拱手，自取安穩，不行仁義道，即闕莊嚴，多劫亦不成，但實際不受一塵，佛事不捨一法。」

《還源觀》云：「眞該妄末，行無不修；妄徹眞源，相無不寂。」又云：「眞如之性，法爾⓱隨緣；萬法俱興，法爾歸性。」祖師傳法偈云：「心地⓲隨時說，菩提亦只寧。事理俱無閡，當生即不生。」故知眞不守性，順寂而萬有恆興；緣不失體，任動而一空常寂。

注釋

❶**安心入道**：通過安心修習而悟入佛道。「安心」，意爲息心，使心寧靜，不外向馳求；「入道」，拋棄世俗認識而悟入佛道。

❷**起行度生**：意爲展開各種修行而濟度衆生。「起行」，指發起往生之修行，即以稱名念佛爲根本的修行，泛指一切修行；「度生」，濟度衆生。

❸**世諦**：又名「俗諦」、「世俗諦」，與「眞諦」相對。指世俗以爲正確的道理。

❹**第一義**：又名「眞諦」。指最上最高的道理即眞理。《楞伽經》卷二：「第一義者，聖智自覺所得，非言說妄想覺境界。」

❺**佛事門**：又名「莊嚴門」。指方便教化，即以種種形式引導衆生入道的法門。「佛

事」，指佛的教化或佛教儀式。

❻**無人無我**：即「人無我」。人身由五蘊和合而成，沒有恆常自在的主體，其本質是空。

❼**一切智智**：即佛的智慧，意爲「一切智」中的智。以此區別於聲聞、緣覺的「一切智」。

❽**空見**：指那種否定因果關係、不承認善惡業報的觀點，執著於無所有、一切空，從而產生傲慢自負的邪見。

❾**趣寂**：意爲趣向寂滅無爲的涅槃。指聲聞、緣覺的涅槃觀。

❿**三藏菩薩**：指精通「三藏」的大乘菩薩。「三藏」，泛指全部佛教典籍。因分經、律、論三個部分，故名。

⓫**通教**：天台「化法四教」之一。主要講說萬法當體即空、無生無滅的道理。《四教儀》：「通前藏教，通後圓教，故名通教。」

⓬**灰斷**：意爲灰身滅智。指小乘求取的果。

⓭**世尊**：原爲婆羅門教對於長者的尊稱，佛教用以尊稱釋迦牟尼佛。《大乘義章》卷二十：「佛備衆德，爲世欽重，故號世尊。」

⓮**乾闥婆城**：又作「犍闥婆城」。意譯爲「尋香城」、「蜃氣樓」。即海市蜃樓，比喻事物的幻有而實無。《大智度論》卷六：「犍闥婆者，日初出時，見城門樓櫓宮殿行人出入，日轉高轉滅。此城但可眼見而無有實，是名犍闥婆城。」

⓯**有漏**：原意爲漏泄，是「煩惱」的別名。凡具有煩惱，導致生死流轉的一切事物，都可稱爲有漏（法）。斷除煩惱，便屬無漏。

⓰**外道**：指佛教以外的宗教哲學派別。如釋迦牟尼佛在世時的「六師外道」、「九十六種外道」。《圓覺經》：「無令惡魔及諸外道，惱其身心。」

⓱**法爾**：意爲天然、自然，不假造作。

⓲**心地**：即指心。因爲心是萬法之本，好比大地能滋生一切事物，所以也稱「心地」。

譯文

設問：《思益梵天所問經》中說：「入於小乘所證的涅槃，並不經歷菩薩修行過程中的初地至十地。」《楞伽經》中說：「眞如寂滅無爲，有什麼階位次第可言？」古代高僧也說：「寧可永遠沉淪，終究也不會請求佛菩薩助我解脫。」又說：「任憑千佛示現，我自有天眞自然佛。」爲什麼卻要揑目生花，勉強區分修行的階位呢？

解答：如果自心冥合於法性佛，理體概括眞理之源，那麼又何必要借助於機緣，尚且還要遺忘自己？倘若依據智慧區分，於無次第之中建立前後次第，其中雖然表現出升降位次，但事實上衆生位次本來就沒有變動。佛法的名字叫做「位」，如果沒有修行階位，便是天魔外道的觀點。

假若就「圓融門」上說，則衆生之心隨順眞如法性，本來清淨。假若就「行布門」上說，則衆生之心隨順世俗事相，前後有淺深之分。如今「圓融」不妨礙「行布」，頓時成就一切修行，因爲修得某一階位便得所有階位。如果「行布」不妨礙圓融，那麼就能普遍成就一切修行，因爲修行能增進所有階位上的功德。從眞空妙有的角度討論階位，無疑會達到中道實相的認識。沒有而有，階位次第歷然分明；有而沒有，一切都虛靜寂滅。

所以，《般若經》中說：「須菩提問佛：『如果說一切現象畢竟無所有，那又爲什麼說有一種階位，乃至十種階位？』佛告訴他：『正因爲一切現象畢竟無所有，所以才有菩薩的初地乃至十地；如果一切現象有善、惡、無記等性質，那當然也就不存在修行的一種階位乃至十種階位了。爲此，三十七種覺悟的途徑，乃是菩薩踐履的法門；五十二個修行階位，乃是古佛修行經歷的道路。衆生自最初的心念開始，一念圓滿修習，一直到佛的十八種功德法，反復磨練身、口、意三種業，終會達到至極的覺悟。』」

原典

問：《思益經》云：「入正位❶者，不從一地❷至十地❸。」《楞伽經》云：「寂滅眞如，有何次第？」古德云：「寧可永劫沉淪，終不求諸聖解脫。」又云：「任汝千聖現，我有天眞佛❹。」何乃揑目生華，強分行位❺？

答：若心冥性佛❻，理括眞源，豈假他緣，尙猶忘己？若隨智區分，於無次第中而立次第，雖似昇降，本位不動。夫聖人大寶❼曰位，若無行位，則是天魔外道。

若約圓融門❽，則順法界性，本自清淨。若約行布門❾，則隨世諦相，前後淺深。今圓融不礙行布，頓成諸行，一地即一切地故。若行布不礙圓融，遍成諸行，增進諸位功德故。點空論位，常居中道。不有而有，階降歷然；有而不有，泯然虛靜。

故《般若經》云：「須菩提問佛：『若諸法畢竟無所有，云何說有一地，乃至十地？』佛言：『以諸法畢竟無所有故，則有菩薩初地至十地；若諸法有決定性者，則無一地乃至十地。是以三十七品❿，菩薩履踐之門；五十二位⓫，古佛⓬修行之路。從初念處，一念圓修，迄至十八不共⓭，練磨三業⓮，究竟淸淨。』」

注釋

❶**正位**：指小乘所證得的涅槃。《維摩經·問疾品》：「雖觀諸法不生，而不入正位。」

❷**一地**：指「十地」中的初地。「地」，修行的階位；「十地」，佛教修行過程中的十個階位。有兩種說法。三乘十地中的初地指「乾慧地」，大乘菩薩十地中的初地指「歡喜地」。

❸**十地**：指「十地」中的最高地。在三乘十地中指「佛地」，在大乘菩薩十地中指「法雲地」。

❹**天眞佛**：即法身佛，意爲衆生本具的心性即等同於佛性，天眞自然。

❺**行位**：指修行的階位、次第。

❻**性佛**：即法性佛，指三身中的法身。

❼**大寶**：指佛法。《法華經·信解品》：「法王大寶，自然而至。」

❽**圓融門**：華嚴宗有關修行階位所立的二門之一。意爲凡獲得「行布門」中的任何一位，就能前後諸位相即相入，圓融相攝，始終無礙，如說初發心時便已成正覺。參見「行布門」條注釋。

❾**行布門**：華嚴宗有關修行階位所立的二門之一。指十信、十住、十行、十迴向、十地、等覺、妙覺等修行法門由淺至深，行列次第分布，階位歷然。

❿**三十七品**：即「三十七道品」。指達到覺悟、證得涅槃的三十七種資糧、途徑。它們是：四念處、四正勤、四神足、五根、五力、七覺支、八正道。《維摩經·佛國品》：「三十七道品，是菩薩淨土。」

⓫**五十二位**：指菩薩乘修行的五十二個階位。據《華嚴經》、《菩薩瓔珞經》等所載，它們是：十信、十住、十行、十迴向、十地、等覺、妙覺。

⓬**古佛**：意爲古時的佛，即指過去世的佛，也是辟支佛的別稱或高僧的尊稱。

⓭**十八不共**：即「十八不共法」。指佛的十八種功德法，因只限於佛而不與二乘（聲

聞、緣覺)、菩薩相共,故名「不共」。它們是:身無失、口無失、念無失、無異想、無不定心、無不知己捨、欲無滅、精進無滅、念無滅、慧無滅、解脱無滅、解脱知見無滅、一切身業隨智慧行、一切口業隨智慧行、一切意業隨智慧行、智慧知過去世無礙、智慧知未來世無礙、智慧知現在世無礙。

⑭**三業**:指身、口、意所作的業,分別稱爲身業(行爲)、口業(語言)、意業(思想活動)。

譯文

設問:衆生眞實源頭的自性,本來就是圓滿成就,爲什麼還要憑藉各種修行,廣泛興起有爲動作?經典上說:「知道一切皆苦、斷滅痛苦原因,證得寂滅之果、修習涅槃之道,這些都是不切實際的言論。」如果發起妄念而展開修行,又怎麼能契合於眞正的佛法?

解答:《大乘起信論》中說:「因爲衆生有妄想之心,能夠知道事物的名稱和義理,所以要對他們宣說佛的究竟覺悟。」也由於眞如有熏習妄心的功能,因而使得無明受熏而轉為清淨之用。此外，又由於有諸佛的言教外力，與眞如內熏之力配合，相互資助，從而使這一妄想之心，相信自己有眞如佛性，能生起種種方便修行，一一對治各種妄念。這一能夠修行的心，是對本有眞如的確信，但因為尙未證得覺悟，所以還稱不上「無漏」。如果妄念得到清淨，眞如佛性自然會顯現出來。同時，雖然修習萬物虛幻不實的一般教義，但是並不妨礙眞實的修行。從虛妄中才能顯示眞實，因有漏八識而轉為四種智慧。這好比物體的影像，它能表明銅鏡的明淨；如果沒有世俗的煩惱，也就沒有建立佛道的必要。

古代高僧說：「眞如和妄念，兩者都出自一心。」妄念攝取眞如而成就，因為眞如之外別無妄念；眞如隨順妄念而體現，因為妄念之外別無眞如。同時，眞如之外有妄念，因為理體不能普遍；妄念之外有眞如，因為事相無所依託。再有，如果執著自性清淨，那是屬於自性愚癡；如果借助於外修，那是屬於他性愚癡；如果執著內熏外修的結合，那是屬於共性愚癡；如果將本體和現象一起遣除，那是屬於無因愚癡。長者在他的論典中說：「倘若一概平等無二，則會造成無心修道。應當策勵修行，以至於無可修行，才知道萬法本來無所修行。」

《寶積經》中說：「如果沒有正確的修行，那麼貓、兎等動物也應成佛。」天台宗的教理中說：「修行可以成就智慧，修行圓滿了，智慧也就圓滿了；智慧能夠顯示眞理，眞理窮盡了，智慧也就空寂了。它們之間存在著相互需求的關係，從而造成各種興廢交替現象。因有權宜而使眞實得以顯示；眞實一旦確立，權宜也就拋棄了。因有妄念而使眞如得以顯明，眞如一旦成就，妄念也就消滅了。權宜和妄念既然寂滅，眞理和實際也就一樣空寂。既非妄念又非權宜，那麼還有什麼眞理、什麼實際？」牛頭禪法融大師說：「倘若說由修行而獲得解脫，那麼這就是造作而並非眞實；倘若說佛性本來就有，那麼一切修行只是一種虛僞施設。」

原典

問：眞源自性，本自圓成。何藉修行，廣興動作？經云：「見苦、斷集，證滅、修道，名爲戲論❶。」若起妄修行，何當契本？

答：《起信論》云：「以有妄想心故，能知名義❷，爲說眞覺❸。」亦因眞如內熏❹，令此無明而有淨用。復因諸佛言教力，內外相資，令此妄心自信己身有眞如性，能起種種方便，修諸對治。此能修行，則是信有眞如，由未證眞，不名無漏。妄念若淨，眞性❺自顯。又雖修無性，不閡眞修。從妄顯眞，因識成智❻。猶如影像，能表鏡明；若無塵勞，佛道不立。

古德云：「眞妄二法，同是一心。」妄攬眞成，無別妄故；眞隨妄現，無別眞故。又眞外有妄，理不遍故；妄外有眞，事無依故。又若執本淨，是自性癡；若假外修，是他性癡；若內外相資，是共性癡；若本末俱遣，是無因癡。長者論云：「若一概皆平，則無心修道。應須策修，以至無修，方知萬法無修。」

《寶積經》云：「若無正修者，貓兎等亦合成佛，以無正修故。」台教云：「行能成智，行滿智圓；智能顯理，理窮智寂。相須之道，興廢不無。因權顯實，實立權亡；約妄明眞，眞成妄泯。權妄既寂，眞實亦空；非妄非權，何眞何實？」牛頭融大師云：「若言修生❼，則造作非眞；若言本有，則萬行虛設。」

注釋

❶**戲論**：意爲不切實際、錯誤無益的言論。《中論．觀因緣品》：「能說是因緣，善滅

諸戲論。」

❷**名義**：因名而生義。指事物的名稱和義理。

❸**眞覺**：眞實的覺悟。指佛的究竟覺悟，以區別於菩薩的相似覺、隨分覺。

❹**內熏**：衆生之心有本覺眞如，能熏習無明，使妄心厭離生死而趣向涅槃。相對於「內熏」，佛菩薩的教義以及衆生的修行活動，名之爲「外熏」。

❺**眞性**：衆生本具的心體，即眞如佛性。「眞」，眞實不妄；「性」，不變的本體。

❻**因識成智**：即「轉識成智」。瑜伽行派和法相唯識宗認爲，通過特定的修行，領悟佛教眞理，有漏（有煩惱）的八識就可以轉變爲無漏（擺脫煩惱）的八識，從而得到四種智慧（成所作智、妙觀察智、平等性智、大圓鏡智），達到佛果。

❼**修生**：指通過修行而產生，不同於法爾自然而生。

譯文

設問：要求人們增進見聞、廣泛閱讀，修習義學、記持經文，徇從經義、窮究文字，怎麼能明見佛性呢？

解答：倘若隨順語言文字生出種種看法，根據經文內容展開種種解釋，執著於言詮而遺忘了宗旨，一味追求經教而迷於心性，將權宜之「指」等同於根本之「月」，那當然難以發現眞如佛性。但是，如果通過語言文字而悟入佛道，借助經教而理解佛教宗旨，眞實領悟圓滿佛理的經典，深入探究諸佛旨意，那麼，增長見聞也能成就佛法，積累佛學也能形成智慧之海。由凡夫而登聖人之位，都因佛學的功用；居於世俗而得解脫，全憑佛智的功勞。語言文字是通向佛道的階梯，各類經教是辨別邪正的標準。

《法華經》中說：「如果碰到利根的人，智慧明了，多聞強識，便可以爲他說法。」論典中也說：「雖有智慧卻無廣泛知識，是不會了知實相的，這好比於黑暗之中，雖有眼睛仍看不見東西。知識廣泛而無智慧，也不會了知實相，這好比於光明之處，有明燈照耀卻沒有眼睛。多見廣聞有利於智慧增長，這種人可以接受人天供養；沒有知識也就不會產生智慧，這種人只能稱爲人中之牛。」

所以，圓教的二品，方才可以同時誦讀經典；至善根不退轉之位，則開始無所厭倦地聽聞佛法。見聞覺知有資助觀察思惟的作用，佛學積累有成就「種智」的功能。

因此，不應當使自己的眼睛像牛羊那樣，不能分辨疆界；也不應當讓自己的心愚昧戇癡，以至分辨不了菽麥！

原典

問：多聞廣讀，習學記持，徇義窮文，何當見性？

答：若隨語生見，齊文作解，執詮忘旨，逐教迷心，指月❶不分，即難見性。若因言悟道，藉教明宗，諦入圓詮❷，深探佛意，即多聞而成寶藏❸，積學以爲智海。從凡入聖，皆因玄學❹之力；居危獲安，盡資妙智❺之功。言爲入道之階梯，教是辯正之繩墨。

《法華經》云：「若有利根，智慧明了，多聞強識，乃可爲說。」論云：「有慧無多聞，是不知實相，譬如大暗中，有目無所見。多聞無智慧，亦不知實相，譬如大明中，有燈而無目。多聞利智慧，是所說應受❻；無聞無智慧，是名人身牛❼。」

故圓教二品，方許兼讀誦；位居不退❽，始聞法無厭。聞有助觀之力，學成種智❾之功。不可作牛羊之眼，罔辨方隅；處愚戇之心，不分菽麥乎！

注釋

❶**指月**：手指頭和月亮。以「指」比喻言教，以「月」比喻佛法。佛教認爲，一切言教無非是爲方便啓發他人而設立，如同以指指月，令人因指而見月。

❷**圓詮**：顯示圓滿佛理的經典。指《華嚴經》、《法華經》等圓教經典。「詮」，詮釋、詮顯。

❸**寶藏**：積累珍寶的庫藏。比喻佛法。

❹**玄學**：玄妙之學，指佛學。

❺**妙智**：微妙不可思議的智慧。指佛的智慧。

❻**應受**：意爲應受供養。即指佛。佛既已斷絕一切的惡，便應受人天的供養。

❼**人身牛**：意爲人中的牛。無聞而又無智的人，好比人中之牛，他們雖具人的身體而實際與牛無異。

❽**不退**：指功德善根不斷增進而無退失。

❾**種智**：即「一切種智」。佛教智慧的一種，相對於「一切智」，特指對具體現象個性

的認識。《大智度論》卷二十七：「別相是一切種智」、「一切種智，觀種種法門，破諸無明。」

譯文

設問：爲什麼不於一法上頓悟，使一切修行自然圓滿成就，卻要迂迴於漸修的途徑，勤勞於細小的善行呢？禪宗認爲，只要不使一念之心生起，任何煩惱也就不會出現。因此，如果爭相馳騁火燄之中的水，競相執著空花，以虛幻之物修習虛幻之事，歸根結底不會達到解脫的目的。

解答：因爲諸佛了知虛幻，所以能濟度迷幻衆生；菩薩明了萬物性空，因此由性空而建立修行。《涅槃經》中說：「佛說：一切事物都如虛幻假相，如來在其中以方便之力而無所染著。爲什麼？因爲如來自然而然，沒有造作。」

《中論》中說：「由於有了萬物性空的理論，才使得一切現象能夠成立。」因此，「頓」就如同種子，已蘊含了一切，而「漸」則好比芽、莖隨後生發。再比如，九層的高臺，可以頓時見到，但是要站到高臺之頂，則需要逐級而登。雖然能頓時了悟心性，認識自心就是佛性，人人具足佛性，但是還須積累功德，普遍展開各種修行。

所以，透徹果報、概括原因，從細微而至顯著，都需要借助於慈善的五根五力，由此而既自利又利他。爲此，九層的高臺，成功於最初的一筐土；千里的行程，依託於開始的第一步；滔滔的江水，起之於細小的源頭；繁茂的參天大樹，生長於毫末般幼苗。佛法並不遺落微細的修行，黑暗並不拒絕一絲的光明。因而，一句話滲入八識田中，即使經歷世界多次成毀也不會衰朽；一善入心，即使經過萬世之久也不會遺忘。

《涅槃經》中說：「佛說：修一念善心，便可破除百種邪惡。這如同以極微量的金剛，就能毀壞須彌大山；也如同星星之火，就能燒盡周圍一切；又如同點滴毒藥，就能毒害衆生。細小的善也是這樣，能夠破除極大邪惡。」《日摩尼寶經》上說：「佛告訴迦葉菩薩：我觀察衆生，他們雖然經歷了數千巨億萬劫，卻仍然在愛欲之中，爲罪惡所覆蔽。如果聽聞佛經，回過頭來，轉發善念，一切罪惡都將消盡。」

原典

問：何不一法頓悟，萬行自圓，而迂迴漸徑，勤勞小善乎？禪宗一念不生，一塵不現。若爭馳餤水❶，競執空華，以幻修幻，終無得理。

答：諸佛了幻，方能度幻衆生；菩薩明空，是以從空建立。《涅槃經》云：「佛言：一切諸法皆如幻相，如來在中，以方便力無所染著。何以故？諸佛法爾。」《中論》云：「以有空義故，一切法得成。」是以頓如種子已包，漸似芽莖旋發。又如見九層之臺，則可頓見，要須躡階，而後得昇。頓了心性，即心是佛，無性不具，而須積功，遍修萬行。

是以徹果該因，從微至著，皆須慈善根力，乃能自利利他。故九層之臺，成於始簣；千里之程，託於初步；滔滔之水，起於濫觴；森森之樹，生於毫末。道不遺於小行，暗弗拒於初明。故一句❷染神，歷劫❸不朽；一善入心，萬世匪忘。

《涅槃經》云：「佛說：修一善心，破百種惡。如少金剛❹，能壞須彌❺；亦如少火，能燒一切；如少毒藥，能害衆生。少善亦爾，能破大惡。」《日摩尼寶經》云：「佛告迦葉菩薩：我觀衆生，雖復數千巨億萬劫，在欲愛中爲罪所覆。若聞佛經，一反念善，罪即消盡。」

注釋

❶**燄水**：火燄之中的水。比喻虛無之物。

❷**一句**：凡能表達一個完整的佛理，名爲「一句」。《俱舍論》卷五：「句者爲章，詮義究竟，如說諸行無常等章。」

❸**歷劫**：經歷劫數。世界的成、住、壞、滅一期爲一劫，經歷世界若干次成毀爲「歷劫」。

❹**金剛**：意爲金中最剛、最堅牢的東西。比喻牢固、銳利、能輕易摧毀一切的事物，如「金剛三昧」、「金剛力士」。《三藏法數》卷五：「金剛者，金中最剛。」

❺**須彌**：即「須彌山」。原爲印度神話中的山名，佛教之宇宙觀沿用之。相傳山高八萬四千由旬，山頂上爲帝釋天，四面山腰爲四天王天，周圍有七香海、七金山。第七金山外有鐵圍山所圍繞的鹹海，鹹海四周有四大部洲。

譯文

設問：善惡出自同源，是非本於一旨。爲什麼卻要叫人棄惡從善？這不是有違於眞如法性嗎？

解答：假如就性善、性惡而言，凡夫和聖賢沒有區別。諸佛不斷其本性的惡，所以能顯現地獄的身形；一闡提不斷其本性的善，所以經常具有佛果的理體。假如就修善、修惡而言，那麼就會從事相上表現出不同，比如因果的差異，愚智的區別等等。只要修一念的善心，就能抵達佛的階位；只要起一念的惡心，就將永遠沉淪於生死流轉的苦海。如果以性理來依從攀緣，那麼本性雖同而善惡不同；如果以泯絕攀緣來依從性理，那麼善惡雖異而本性相同。

所以，《禪門秘要經》中說：「佛說：善惡的業報因緣，本性沒有什麼差別；雖說沒有差別，但也不能同時加以制止。」《華嚴經》中說：「如同形相與實相、生死與涅槃，若分別對待，便各不相同，智慧與無智也是這樣。」由此可知，經教的宗旨好比明鏡，我們對此還有什麼懷疑的呢？

原典

問：善惡同源，是非一旨。云何棄惡崇善，而違法性乎？

答：若以性善性惡，凡聖不移。諸佛不斷性惡，能現地獄之身；闡提❶不斷性善，常具佛果之體。若以修善修惡，就事即殊，因果不同，愚智有別。修一念善，遠階覺地❷；起一念惡，長沒苦輪❸。若以性從緣，雖同而異；若泯緣從性，雖異而同。

故《禪門秘要經》云：「佛言：善惡業緣❹，本無有異；雖復不異，不共俱止。」《華嚴經》云：「如相與無相，生死及涅槃，分別各不同，智無智如是。」故知教旨如鏡，何所疑焉？

注釋

❶**闡提**：「一闡提」的簡略。梵語音譯。意為「不具信」、「斷善根」。指斷絕一切善根的人。《大涅槃經》卷五：「一闡提者，斷滅一切諸善根本，心不攀緣一切善法。」對闡提是否具有佛性，能否成佛，佛教內部有長期爭論。

❷**覺地**：正覺的階位，即成佛的地位。

❸**苦輪**：六道輪迴之苦。衆生在未解脫前，處於生死流轉之中，如同輪的旋轉不已。《勝天王般若經》卷一：「衆生長夜，流轉六道，苦輪不息，皆由貪愛。」

❹**業緣**：業報的因緣。善業是招樂果的因緣，惡業是招苦果的因緣。有情衆生皆由業緣而生。《維摩經．方便品》：「是身如影，從業緣生。」

譯文

設問：如果有修習善惡與本性善惡的區分，那就是把善與惡加以分別對待，不也就違背佛菩薩的普遍平等慈悲、失卻佛菩薩的全部修行功德了嗎？

解答：自身的修行不應當執著，因爲一切事物其本質是空。但從教化他人的平等角度來說，所有人都沒有區別。因此，在初發求取菩提之心中，帶有自利的因素，既有利益又有違損；如果由至極的利他觀念出發，則無論是善人還是惡人，都將接受化導。好比夜間行走於危險道路上，見到有惡人秉燭在前，那麼，怎能因他是惡人，而不尾隨其後？菩薩雖獲得般若智慧光明，但終究不會捨棄惡人。

《華嚴經》中說：「凡捨棄性惡之人，遠離懈怠之人，輕慢意念散亂，譏嫌邪惡觀念，這樣的思想行爲都是屬於惡魔所作的業。」天台宗的學說認爲：「惡是善的憑藉，沒有惡也就沒有善。」《法華經》中說：「即使惡鬼潛入其身，罵詈毀辱於我，我因觀想諸佛功德，對此都應予以忍辱。」如果邪惡不來相加，就沒有必要憶念佛；憶念佛，是由於邪惡相加。

在威音王佛的時代，執著於事相的衆生，在聽了常不輕菩薩的言教後，便罵詈捶打他。但是由於這些衆生造作惡業，所以還是要遇見常不輕菩薩。受常不輕菩薩的教化，衆生的善根得以增進，不復退失。再說，邪惡比丘提婆達多，也是予人以利益的高僧。因爲古書上寫道：「善人是惡人的老師，惡人則是善人的憑藉。」由此可知，惡能資助善，但並不說它本身正確。從這一意義上說，世界上哪裏有一種事物或道理可以拋棄的呢？

原典

問：若分修性，則善惡二途，乖平等之慈❶，失遍行之德❷？

答：自行須離，約法即空。化他等觀❸，在人何別？是以初心自利，則損益兩陳；究竟利他，則善惡同化。如夜行險道，以惡人執燭，豈可以人惡故，而不隨其照？菩薩得般若之光，終不捨惡。

《華嚴經》云：「捨惡性人，遠懈怠者，輕慢亂意❹，譏嫌惡慧，是爲魔業。」台教云：「惡是善資，無惡亦無善。」《法華經》云：「惡鬼入其身，罵詈毀辱我，我等念佛故，皆當忍是事。」惡不來加，不得用念，用念由於惡加。

又威音王佛❺所，著法之衆，聞不輕❻言，罵詈捶打。由惡業故，還值不輕。不輕教化，皆得不退。又提婆達多❼是善知識❽。書云：「善者是惡人之師，惡者是善人之資。」故知惡能資善，非能通正，豈有一法而可捨乎？

注釋

❶**平等之慈**：指佛菩薩對一切衆生的普遍平等慈悲。

❷**遍行之德**：指佛菩薩爲一切衆生所作的功德，普遍存在於全部修行。

❸**等觀**：平等觀察事理、衆生。《無量壽經》卷下：「等觀三界，空無所有。」

❹**亂意**：意念散亂，不住於一處。

❺**威音王佛**：佛名。據《法華經．常不輕菩薩品》：「乃往古昔，過無量無邊不可思議阿僧祇劫，有佛名威音王。」後來禪宗以此佛名表示遙遠的古代，以「威音王佛以

前」比喻人們本有的純正的精神境界。

❻**不輕**：即「常不輕菩薩」。通常稱「不輕菩薩」；因作出家沙門的形相，所以又名「不輕比丘」。常作不輕慢一切的修行，是釋迦牟尼佛往古的前身。

❼**提婆達多**：據傳爲釋迦牟尼佛叔父斛飯王之子，阿難之兄。隨釋迦出家爲弟子，後來自稱「大師」，反對釋迦，自立僧團。佛教史上被視爲邪惡比丘的代表。

❽**善知識**：予人利益，導人於善道，高明出衆的人。指佛教內部的高僧。《法華文句》卷四：「聞名爲知，見形爲識。是人益我菩提之道，名善知識。」

譯文

設問：志公禪師曾說過：「苦痛呀！悲哀呀！冤枉呀！拋棄自心眞佛而另造佛像，以香花供養諸佛求取福德，都未免要受六塵的束縛，不能獲得解脫。」這種看法要如何才能與你所說的相契合呢？

解答：那是古人用以破除凡夫各種錯誤思想的說法，他們不知道自心即佛，總是向外追求。他們執著事相、不明眞理，分別對待外部境界，不是努力增進修行，而是一味求取福德。這樣做的結果，如同箭矢射向虛空，又如同明眼人墜入黑暗，從而招致生滅流遷的果報，無法擺脫煩惱對心性的染污。倘若認識到萬法唯心的宗旨，那麼他們就會明白，眼前所見到的一切，都只是自己心識中被攀緣的部分罷了，終究不會執著爲外在的東西。然而，從因緣和合生起萬物的角度看，理體與事相並不存在隔閡。所以神鍇和尚說：「認識到衆生本質是空，但並不由此而忘卻了大慈大悲的救度之心；觀想如來本來寂滅，但並非因此而放棄了敬養如來的虔誠之心。談論實相時，不必破壞事相的假名；分析差別時，不必破除本質的平等。」

《高僧傳》中寫道：「道安法師於夢中感應一聖僧對他說：『你對佛法的知解和修行都非同一般，只是還欠缺積累善行、廣種福田。你如果能爲僧衆廣作善事，成佛的願望就必然實現。』」這些善事，或如填平坑塹之地，開通道路；或如建造船隻木筏，與修橋樑。或如在交通要道建造亭臺，或如在路旁栽種花果，由此接濟往來疲乏大衆，供給人畜旅途之需。要在通向彼岸的「六度」法門中，深深立下弘揚佛法的大志；在獲取無量福果的「八福田」內，普遍運用慈悲濟度之心。

只要有一種善念萌發，便能招致兩種果報：一種叫「花報」，即獲得附屬於正報的假果，能享受人、天兩趣的快樂；另一種叫「果報」，即正報，能直接證悟祖佛的眞實源頭。或者向飢餓者施給食物，向疾病者提供藥物；凡人們所需的衣食住行，都竭力一一予以滿足。因爲，使一切有情獲得身心安樂，是諸佛的基本理想和義務；撫慰處於苦難之中的衆生，是大乘菩薩的日常行事。要是這樣做了，即使施給病人一點藥物，也會受取九十劫的久遠福樂；即使分給飢餓者一口食物，也會獲取千倍資財的果報。

《正法念處經》中說：「建造一所寺院，還不如救一條人命。窮究經典文字，計較各種福德，還不如以慈悲之心，同情一切有情衆生，這才是最高的福德。或者竭盡忠孝之道，致力於齊家治國，行布謙讓之風，踐履溫恭之道。一生不忘敬養父母，可以成就至上福田；一心承事尊長賢者，可以開拓生於天趣的清淨之路。」

《賢愚因緣經》中說：「佛告訴阿難：無論出家還是在家，以慈悲之心孝順父母、供養父母，其功德之大無可計量。這是爲什麼？我自己憶念，在過去世之時，曾以慈悲之心孝順和供養父母，乃至割取身上之肉濟活父母，解救危難困厄。由於有這樣的功德，所以能上爲天帝，下爲聖王，乃至最終成佛。諸佛之所以受三界衆生的特殊尊崇，都是由於廣種孝養父母的福田。有的人稱讚佛的功德，大開舉揚衆善的法門；有的人稱頌佛的名字，拓展薦舉賢者的道路。人們樂於成人之美，助發勇猛向上之心；為他人的榮耀而感到高興，爭相助人為樂、成就好事。這樣，也就能削去嫉妒的毒刺，息滅忿恨的惡風，並且發起普度衆生的四無量心，攝持萬物如同自己；成就四種安樂修行，利益世俗一切有情。」

原典

問：志公云：「苦哉！哀哉！怨枉！棄卻眞佛造像，香華供養求福，不免六賊❶枷杖。」此意如何以契今說？

答：此是古人破凡夫不識自佛，一向外求。住相迷眞，分別他境，不為助道，但求福門。似箭射空，如人入暗，果招生滅，寧越心塵❷。若達惟心，所見一切，皆是心之相分❸，終不執為外來。然不壞因緣，理事無閡。故神錯和尚云：「緣衆生空，不捨於大慈；觀如來寂，不失於敬養。談實相，不壞於假名；論差別，不破於平等。」《高僧傳》云：「道安法師感聖僧❹語曰：『汝行解❺過人，只緣少福❻。能浴衆僧，所願必果。』」或平治坑塹，開通道路；或造立船筏，興置橋梁。或於要道建造亭臺，或在路傍栽植華果，濟往來之疲乏，備人畜之所行。六度門中，深發弘揚之志；八福田❼內，普運慈濟之心。

一念善因，能招二報：一者華報❽，受人天之快樂；二者果報，證祖佛之眞源。或施食給漿，病緣湯藥；住處衣服，一切所須。安樂有情，是諸佛之家業；撫綏沉溺，乃大士之常儀。遂使施一訶梨❾，受九十劫之福樂；分一口食，得千倍之資財。

《正法念經》云：「造一所寺，不如救人一命。墮藍本經，校量衆福，總不如慈心愍傷一切蠢動含識❿之類，其福最勝。或盡忠立孝，濟國治家，行謙讓之風，履溫恭之道。敬養父母，成第一之福田；承事尊賢，開生天之淨路。」

《賢愚經》云：「佛語阿難：出家在家，慈心孝順，供養父母，計其功德，殊勝難量。所以者何？我自憶念過去世時，慈心孝順，供養父母，乃至身肉濟活父母危急之厄。以是功德，上爲天帝⓫，下爲聖王，乃至成佛。三界特尊，皆由斯福。或稱揚彼德，開舉善之門；或讚歎其名，發薦賢之路。成人之美，助發勇心；喜他之榮，同興好事。削嫉妒之蘁刺，息忿恨之毒風。起四無量⓬之心，攝物同己；成四安樂⓭之行，利益有情。」

注釋

❶**六賊**：即「六塵」或「六境」。指眼、耳、鼻、舌、身、意六根所取的六種相應境界。它們是：色、聲、香、味、觸、法。因其「能劫持一切善法」，故名「六賊」。

❷**心塵**：指煩惱。心中有塵垢，意即煩惱染污心性。

❸**相分**：瑜伽行派和法相唯識宗「四分」（相分、見分、自證分、證自證分）學說之一。指「八識」的每一識體上所具有的被攀緣的功能。

❹**聖僧**：指斷除煩惱、已證得聖果的高僧。

❺**行解**：指對佛法的知解和修行。

❻**福**：指「福田」。意爲積累善行，播下善種，以求得福報。

❼**八福田**：八種福田。各家所說不一，以天台宗所說爲例，指的是：佛、聖人、和尚、闍梨、僧、父、母、病人。如果人們向這八種凡聖恭敬供養，便能生長無量福果。

❽**華報**：指附屬於實報、正報而得的假果。「華」，即花。比如，人們爲獲得果實而種

植果樹，正得其果實，兼則可得花，所得之花即爲果報。

❾**訶梨**：即「訶梨勒」。梵語音譯。一種藥用植物，主消痰下氣。

❿**含識**：含有心識。指有情衆生。

⓫**天帝**：即「天帝釋」，又名「帝釋天」。佛教護法神之一，爲忉利天（即三十三天）之主，居於須彌山頂的善見城。

⓬**四無量**：全稱「四無量心」。指佛菩薩爲普度無量衆生而應具有的四種精神。它們是：慈無量心、悲無量心、喜無量心、捨無量心。《俱舍論》卷二十九：「無量有四：一慈、二悲、三喜、四捨。言無量者，無量有情爲所緣故，行無量福故，感無量果故。」

⓭**四安樂**：全稱「四安樂行」。指四種安樂修行。它們是：身安樂行、口安樂行、意安樂行、誓願安樂行。

3卷下

譯文

設問：「六度」中除「般若」之外，其餘五度都如盲人，需要由「般若」來加以引導。而今你卻片面讚揚各類修行，廣泛宣傳由散心所修的善業，這是爲什麼呢？

解答：這裏我之所以談論所有善行，也只是爲了成就般若之智。教典中往往訶斥生滅變化的事相，目的是要破除人們對外物的執著。如果人們心中既不生起執取，也不生起破除之想，那麼一切施設也就沒有隔閡了。倘若尚未獲得般若智慧，那就應該以各種修行來充當助發般若的條件。

《法華經》中說：「佛的名字傳遍十方世界，廣泛利益有情衆生，使所有人具足求取善法的根機，用以資助希求無上佛道的心。」《華嚴經》中說：「好比世間一切現象，無不由各種因緣和合而生起。成佛也是這樣，必須借助於善的思想行爲。」如果已經獲取般若之智，就應該以所有修行加以嚴飾。《法華經》中說：「長者各賜諸子大車一輛，該車高大寬敞，裝載大量珍寶」，乃至「派遣衆多僕從，予以嚴密守衛。」所以，我這個文集也就稱之爲《萬善同歸集》。

一切法門的修行都歸之般若，離開般若，再沒有別的法門。如同所有江河匯入大海，都融會一體；又如同雜鳥飛近妙高山，再也無法區分。倘若不深信般若智慧，只是修習有爲之法，那就成爲生死流轉的根源，怎麼還有可能獲取涅槃果報？如果只修習布施而沒有般若，那就只會得到一世的榮華，卻於後世受取種種禍殃；如果只修習持戒而沒有般若，那就只會暫時生於「六欲天」，最終還是要墮入地獄；如果只修習忍辱而沒有般若，那就只能報得端正的身形，無法證得涅槃寂滅境界；如果只修習精進而沒有般若，那就徒然興起生滅變化的功用，達不到眞實恆常的如來境界；如果只修習禪定而沒有般若，那就只會實踐「色界」的禪定，不能進入最堅固的「金剛三昧」；如果只修習一切善行而沒有般若，那就只會造成煩惱的原因，無法契會涅槃之果。

由此可見，般若之智是險惡路途上的導師，迷闇房間內的明燈，生死苦海中的舟楫，煩惱疾病中的良醫；是粉碎重重邪見的大風，破除惡魔軍衆的猛將，照耀昏暗道路的紅日，驚醒昏昧意識的迅雷，抉開盲人眼膜的金鎞，澆灌愛欲之身的甘露，截裂愚癡之網的利刃，給予貧窮困乏者的珠寶。

倘若沒有般若智慧，那麼，一切修行也不過是一種虛設。禪宗祖師說：「如果不能體會玄妙的般若旨趣，那麼坐禪靜念也將徒勞無益。」所以，任何時候都不應當忘了眞如的妙用，輕率地違背般若觀照。乃至在成佛的至極階位中，也應莊重嚴飾禪定和智慧之力，以此濟度一切有情。因此，佛說：「我每天向你們宣說的，無非是般若思想而已。」

原典

問：五度❶如盲，般若如導。今何偏讚衆行，廣明散善❷乎？

答：今所論衆善者，只爲成就般若故。教中或訶有爲，但是破其貪執。如若取捨不生，一切無閡。若未明般若，以萬行爲助緣。

《法華經》云：「佛名聞十方，廣饒益衆生，一切具善根，以助無上心❸。」《華嚴經》云：「譬如一切法，衆緣故生起。見佛亦復然，必假衆善業。」若已明般若，用衆行爲嚴飾。《法華經》云：「其車高廣，衆寶裝校」，乃至「又多僕從，而侍衛之。」故云《萬善同歸集》。

離般若外，更無一法。如衆川投滄海，皆同一味；雜鳥近妙高❹，更無異色。或不謂般若，但習有爲，只成生死之因，豈得涅槃之果？若布施無般若，惟得一世榮，後受餘殃債；若持戒無般若，暫生上欲界❺，還墮泥犁中；若忍辱無般若，報得端正形，不證寂滅忍❻；若精進無般若，徒興生滅功，不趣眞常海❼；若禪定無般若，但行色界❽禪，不入金剛定❾；若萬善無般若，空成有漏因，不契無爲果。

故知般若是險惡徑中之導師，迷闇室中之明炬，生死海中之智楫，煩惱病中之良醫；碎邪山❿之大風，破魔軍之猛將，照幽途之赫日，驚昏識⓫之迅雷，抉愚盲之金錍⓬，沃渴愛之甘露⓭，截癡網之慧刃，給貧乏之寶珠。

若般若不明，萬行虛設。祖師云：「不識玄旨，徒勞念靜。」不可剎那忘照，率爾相違。乃至成佛究竟位⓮中，定慧力莊嚴，以此度含識。故佛云：「我於二夜中間，常說般若。」

注釋

❶**五度**：指「六度」中除了般若之外的其他五種通往彼岸的途徑。它們是：布施、持戒、忍辱、精進、禪定。

❷**散善**：指散心所修的善業。「散」，散亂之心；「善」，廢惡修善。

❸**無上心**：即指「無上道心」。願求無上佛道的心。

❹**妙高**：即「妙高山」。音譯「須彌山」，印度神話中的山名，後爲佛教所採用。

❺**上欲界**：「欲界」中的上界，指「六欲天」。「欲界」，「三界」之一，爲具有食欲和淫欲的衆生所居。「六欲天」，指四天王天、忉利天、夜摩天、兜率天、樂變化天、他化自在天。

❻**寂滅忍**：指寂滅安忍的佛的境界。即斷盡一切煩惱、證得涅槃寂滅之位。

❼**眞常海**：指眞實恆常的如來境界，此境界如同大海寬廣無邊。「眞」，眞實、眞如；「常」，恆常、常住。

❽**色界**：位於「欲界」之上，爲已脱離食、淫二欲的衆生所居。

❾**金剛定**：又名「金剛喻定」、「金剛三昧」。指菩薩於最後位斷除最細微煩惱的禪定。該禪定所獲智慧堅利無比，如同金剛。

❿**邪山**：邪惡之見的高山。「邪」，邪見，即錯誤認識。邪見嚴重難摧，猶如高山，故名「邪山」。

⓫**昏識**：昏昧的心意識。指凡夫的無知、愚闇。

⓬**金錍**：古時醫生用以治療眼疾的器械。

⓭**甘露**：天人所食的甘美之露。《金光明經文句》卷五：「甘露是諸天不死之藥，食者命長身安，力大體光。」通常用以比喻佛的教法。

⓮**究竟位**：大乘「唯識五位」之一。指至極的斷惑、證理的階位，即佛果之位。《成唯識論》卷九：「究竟位，謂住無上正等菩提。」

譯文

設問：菩薩以大慈大悲之心而提倡一切善的思想行爲，這是由於他們深切認識到了佛教事業和如來教導的意義。但各派歷來對佛理及其修行看法不一，所以歧疑紛出，難以統一。以上雖然你已廣泛闡明了自己的看法，但我還是有一點疑惑未解。這就是，佛教的宗旨，其至極的歸趣是什麼呢？希望你能進一步予以指出，以便永遠去除我心中的疑團。

解答：佛所建立的語言文字以及留下的教法蹤跡，只是爲了破除人們對現象的普遍計度執著，並不有損於萬物由因緣和合而生的「緣起」法門。淫欲、瞋恚、愚癡，以及各種錯誤見解，尙且還能成爲解脫的門戶；尊崇佛、法、僧三寶，修習利益他人的一切善行，又怎麼反而會成爲障礙呢？所以，通達了理事無礙之說，就能使瓦礫變爲眞金；相反，執著於理事矛盾對立，則將使妙藥變成毒物。爲此，佛經中說：「虛妄之言也就是眞實之語，因爲它除卻了邪僞的執著；而眞實之語也就是虛妄之言，因爲它生起了對言語執著的錯誤。」只要能夠滅除「去」和「取」這兩方面的情執，就能隨時踐履玄虛通達的佛道。種種錯誤認識一旦破除，衆生就是眞實不妄之心；煩惱塵垢一旦消盡，現實世界無非清淨佛國。

所以，《大般若經》中說：「佛說：因爲對一切事物無所執著，所以我稱它爲『般若波羅蜜多』。」人們只要堅持這種無所執著，便能獲得佛的眞金色身，以及照耀四周的光明。如果想要正確認識佛法，成就佛道，沒有過失，就應該使理體與事相融通，修行與誓願相從，悲愍與智慧兼濟。因此，《華嚴論》中說：「片面修習理體則凝滯於寂滅，片面修習智慧則失去悲愍，片面修習悲愍則增長煩惱習氣，僅僅發出誓願則容易生起執著。所以，菩薩強調萬法融通無礙，既不破除也不執取。」

圭峰宗密禪師說：「師徒之間的傳授，應該注意應病與藥，切合實際。老師依據相承的方便法門，首先必須開示人人所具的清淨本性，然後令弟子循著這本性展開修習。人們如果不能悟得本性，那主要是由於執著事相。所以，想要使本性顯現，先須破除執著。破除執著的隨宜方便，應當凡夫和聖者一起泯滅，功德和事業同時棄卻，使自心無所執著，到這時候才可以修習禪法。」後學淺識之輩，便把宗密的這些話當作至極的道理。

由於在佛教具體修習過程中，人們大多趨於散漫放逸，所以後人廣泛表達欣喜或是厭惡，毀責貪欲和瞋恚，讚揚勤奮刻苦，教人調身調息，重視入道次第。一些人得知這些看法，便迷失自己先天本覺的功用，始終執著外部事相，既凝滯於教家之說，又違背於禪門宗旨。此外，某些學識淺薄的人，或者只是懂得遠離塵垢而獲得清淨，遠離煩惱而求取解脫，因此攻擊禪門「即心是佛」的說法；或者只是知道自性本來清淨，心性清淨便是解脫，從而輕視教相、持律、坐禪、調伏等修習。他們不知道必須頓悟自性清淨，獲得性淨解脫，並通過漸修達到圓滿清淨，獲得至極徹底解脫。這樣，無論是色身還是心性，都將通達無礙。

又有人認爲，空宗只採用否定形式的表述，如說「非凡非聖」、「一切不可得」等，而性宗則既有否定的表述又有肯定的表述。如今人們都以爲否定之說深入，而認爲肯定之說淺顯，所以一味重視「非心非佛」的表述。這主要是由於他們把否定的表達用語視作高深玄妙，而並不想親自證悟本有的眞如體性，因而會出現這類情況。

通過上述徵引的資料，佛祖的意思也就十分清楚了。他們所破斥的，是兩種執著：一是執著於脫離性體的事相，從而生起「常見」；二是執著於離開事相的性體，從而陷入「斷見」。他們所贊同的，是兩種了悟：一是了悟事相與性體相即，功用不離於本體；二是了悟性體與事相相即，本體不離於功用。由此可知，事相正是性體的功用，性體正是事相的本體。如果想稱揚性體，那也就是稱揚事相；如果想破滅事相，那也就是破滅性體。爲什麼人們還要妄生求取或棄捨的心，從而造成兩種錯誤認識呢？如果人們進入了佛法一際平等的眞實法門，那麼，無論是譏毀還是讚譽都將不復存在。

原典

問：慈悲萬善，深知佛業祖教。或毀或讚，所以生疑。上雖廣明，猶懷餘惑。未審佛旨，究竟所歸。更希指南，永祛積滯。

答：祖立言詮，佛垂教跡❶，但破遍計所執，不壞緣起法門。婬怒癡性，邪見非道，尚爲解脫之門；尊崇三寶，利他衆善，豈成障閡之事？是以達之則瓦礫爲金，取之則妙藥成毒。故經云：「虛妄是實語，除邪執故；實語成虛妄，生語見故。」但除去取之情，盡履玄通之道。見網既裂，惟一眞心；塵翳若消，無非佛國。

故《大般若經》云：「佛言：我以諸法無所執故，即名般若波羅蜜多。」我等住此無所執故，便能獲得眞金色身❷，常光一尋❸。若欲無過，但理事融通，行願相從，悲智兼濟。故《華嚴論》云：「偏修理則滯寂，偏修智則無悲，偏修悲則染習❹便增，但發願則有爲情起。故菩薩以法融通，不去不取。」

圭峰禪師云：「師資❺傳授，須識藥病。承上方便，皆須先開示本性，方令依性修禪。性不易悟，多由執相。故欲顯性，先須破執。破執方便，須凡聖俱泯，功業齊袪，使心無所著，方可修禪。」後學淺識，便執此言，爲究竟道。

又以修習之門，人多放逸，故後廣說欣厭，毀責貪瞋，讚歎勤苦，調身調息，入道次第。後人聞此，又迷本覺❻之用，便一向執相，滯教違宗。又學淺之人，或只知離垢清淨，離障解脫，故毀禪門即心是佛；或只知自性清淨，性淨解脫，故輕於教相❼、持律、坐禪、調伏等行。不知必須頓悟自性清淨，性淨解脫，漸修令得圓滿清淨，究竟解脫。若身若心，無所擁滯。

又云，空宗但述遮詮，非凡非聖，一切不可得等，性宗有遮有表。今時人皆謂遮言爲深，表言爲淺，故惟重非心非佛。良由以遮非之辭爲妙，不欲親證自法體，故如此也。

如上所引，祖教了然。但以所非者，破其執離性之相，而生常見❽；離相之性，成其斷滅❾。或有所讚者，乃是了即性之相，用不離體；即相之性，體不離用。故知相是性之用，性是相之體。若欲讚性，即是讚相；若欲毀相，只是毀性。云何妄起取捨之心，而生二見？若入一際法門，則毀讚都息。

注釋

❶**敎跡**：指聖人教法的蹤跡。「教」，佛化導衆生的言教；「跡」，蹤跡。

❷**眞金色身**：意爲如來的化身色如眞金。《法華經．序品》：「身色如金山，端嚴甚微妙，如淨琉璃中，內現眞金像。」

❸**常光一尋**：又名「常光一丈」。意爲化身佛所放射的平常光明，照耀四方各一丈之遙。

❹**染習**：染著於煩惱習氣。

❺**師資**：即師徒、師弟。能以佛道傳授弟子的爲師，弟子則應具有資稟之德。

❻**本覺**：相對「始覺」而言，指先天固有的佛教覺悟。《仁王般若經》：「自性清淨心名本覺性，即是諸佛一切智智。」

❼**敎相**：指對佛教經典和教義的分別判釋。《法華玄義》卷一：「教者，聖人被下之言也；相者，分別同異也。」與「觀心」相對。

❽**常見**：執著於身心常住不滅的錯誤認識。

❾**斷滅**：即「斷見」。指執著於身心斷滅，不再續生的錯誤認識。《涅槃經》卷二十七：「衆生起見，凡有二種。一者常見，二者斷見。如是二見，不名中道。」

譯文

設問：以上你的回答很有道理，但是就現在的情況來看，大多數人喜歡通達佛理，不願作實際修習，自以爲契會了玄虛之學，便已脫離世俗、超越煩惱。這些人對佛果尚且鄙視，又怎麼能要求他們修習善行？不知道上古時代也都是這個樣子嗎？請進一步破決疑團，以免人們墜入邪僞之網。

解答：古代的聖賢，志向宏大而心地淳樸。他們在探究佛理時兢兢業業而一刻不忘，默默修行而神靈莫測；日夜不捨如臨深履薄，剋期證悟似燃足救頭。他們注重實際而輕視虛假，崇尚修行而忽略言說；接觸事相卻不執著事相，實踐空理卻不證取空理。他們從小善入手而積累無限功德，依據微細條件而成就碩大果實。

如今正值劫濁亂世，時風澆漓，衆生志趣低微根機愚鈍；人們執著於「我」而煩惱深重，懈怠昏沉、業障難除；不作任何有效修行，卻固守所有錯誤觀點；智慧和戒律一起喪失，理體和事相同時不存；墮落於無知的深坑，投身於黑暗的牢獄。他們不能了悟事相與理體相即的宗旨，而只會毫無意義地念誦那些破除執著的文句。對此，智慧者深表遺憾，而愚昧者卻一一仿效。上述錯誤的思想行爲，長期以來已廣泛流傳，積重難返，想要頓時加以改變，那是很困難的。

因此，我這裏不得不大量引用佛菩薩的有關說法，全面介紹佛教經論的基本精神，希望以此而使某些人放棄過去的執著，悔悟改正以往的錯誤。大家沿著古代聖人留下的足跡，共同稟受如來的慈悲教誨。這樣，也就無虧於本來的志向，不至於辜負父母師長等四種恩德。同時也就有可能一起登上解脫的門戶，普遍闡發遠離生死的涅槃道理，成就諸佛的事業，圓滿大菩提智慧。堵塞邪見之路而開闢正確之途，堅定信仰之根而拔除疑慮之刺；裝備起過渡到彼岸的舟楫，駕駛著般若智慧的慈悲航船；超越三界生死的苦津，入於普賢菩薩的大願之海；援救飄溺於生死海中的衆生，建立清淨涅槃的大城。爲此，我誓願往返周旋於世俗事務以及「五趣」之間，無有休息間斷，無始無終永遠堅持，即使未來有窮而決心不窮，即使虛空有盡而修行不盡。但願有佛眼爲我作證，證實我的這一片眞心誠意。正是爲了世上一切有情，我才恭敬地寫下這個文集。

原典

問：如上問意，只據今時，多取理通，少從事習，皆稱玄學，離物超塵。佛果尚鄙而不修，片善豈宗而當作？未審上古，事總如然？請更決疑，免墜邪網。

答：前賢往聖，志大心淳。究理而晷刻不忘，潛行而神靈罔測；曉夕如臨深履薄，剋證似然足救頭。重實而不重虛，貴行而不貴說；涉有而不住有，行空而不證空。從小善而積殊功，仗微因而成大果。

今時則劫濁❶時訛，志微根鈍；我慢垢重，懈怠障深；一行無成，百非恆習；乘戒俱喪，理事雙亡；墮無知坑，坐黑暗獄。不達即事即理之旨，空念破執破病之言，智者深嗟，愚人倣傚。既成途轍，頓奪尤難。

是以廣引祖佛之深心，備彰經論之大意，希悛舊執，庶改前非。同躡先聖之遺蹤，共禀覺王❷之慈勅，無虧本志，免負四恩。齊登解脫之門，咸闡離生❸之道，成諸佛業，滿大菩提。塞邪徑而闢正途，堅信根而拔疑刺；備波羅蜜之智楫，駕大般若之慈航；越三有之苦津，入普賢之願海；渡法界之飄溺，置涅槃之大城。往返塵勞，周旋五趣❹，不休不息，無始無終，未來窮而不窮，虛空盡而無盡。仰惟佛眼❺，證此微誠。普爲群靈❻，敬述茲集。

注釋

❶**劫濁**：「五濁」（劫濁、見濁、煩惱濁、衆生濁、命濁）之一。指五濁中其他四濁生起之時世界的濁亂不淨。「濁」，渾濁、濁亂。《法華經．方便品》：「劫濁亂時，衆生垢重。」

❷**覺王**：指佛。佛就是覺、覺者。

❸**離生**：脫離生死。遠離三界之生，即進入寂靜涅槃境界。

❹**五趣**：又名「五道」。指地獄、餓鬼、畜生、人、天。若加入阿修羅，即爲「六趣」。參見「六道」條注釋。

❺**佛眼**：「五眼」（肉眼、天眼、慧眼、法眼、佛眼）之一。覺悟成佛而具有的超凡眼力，此眼力能洞照諸法實相，認識世界本質。《無量壽經》卷下：「佛眼具足，覺了

法性。」
❻群靈：群類、群生。指一切有情。

譯文

設問：最上根機的人，頓悟自心佛性。不知道他們是否也還需要借助於各種修行，促進善根增長？

解答：圭峰宗密禪師有四句關於佛教義理的量裁簡別。一是「漸修頓悟」，好比砍伐樹木，砍時一片一片砍，倒時一下子倒。二是「頓修漸悟」，好比人們學習射箭，每一箭都瞄準了靶，這是「頓」；經過很久才能射中靶，這是「漸」。三是「漸修漸悟」，好比攀登九層高臺，隨著所登臺階的逐漸昇高，視野也就逐漸開闊。四是「頓悟頓修」，好比染一綹絲線，所有萬條絲線都立刻染上顏色。上面四句大多是就「證悟」的角度來說的。只有「頓悟漸修」，才是從「解悟」的角度來說的。頓悟漸修，好比太陽頓時出來，而霜露則在陽光照射下逐漸消失。

《華嚴經》中說：「初發求菩提之心時，便已成就佛道。然後再攀登菩薩的階地，逐漸展開修習，以求得證取。」假若還未覺悟佛道而去修行，這種修行就談不上是眞正的修行。只有頓悟漸修，既符合一佛乘的教義，又不違背圓教的宗旨。就拿頓悟頓修來說，實際上也是經歷過去多生的漸修，才有今生的頓悟。這應該由當事者自己在修行中切身體驗。如果你的所言與所行相一致，所行與所言相統一，那麼，心的容量就能無限寬廣，就能契合眞實的道理。這時，世間「八風」不再扇起，心對外物的領納停止；阿賴耶識中的「種子」及其「現行」一起消失，「根本煩惱」和「隨煩惱」同時滅盡。

倘若僅從利益自身的角度說，則何必借助於各種具體修行？如果沒有什麼病，就不應該服藥。倘若從利益他人的角度說，則所有的修行都不應當放棄。如果自己不作修行，又怎麼能勸導他人修行呢？所以佛經上說：「假如自己持戒，也就可以規勸他人持戒；假如自己坐禪，也就可以規勸他人坐禪。」《大智度論》中說：「好比百歲老翁跳起舞來，那是爲了教示兒孫輩們。」菩薩先以愛欲之鈎牽引衆生，然後使他們獲取佛的智慧。如果有人執著外物的心未曾斷絕，煩惱習氣又重，見到事物便萌生情執，接觸外界便凝滯不通，雖然他已經了達無生無滅的原理，但由於力量尙未充足，所以就沒有資格說「我已認識到煩惱的本性只是空寂」。如果這時候他生起雜念而修行，那只會導致錯誤和顛倒。

然而，煩惱的本質雖然空寂，但它能造成業果；業果雖然沒有自性，但它能成爲苦痛的原因；苦痛雖然虛假不實，但它畢竟難以忍受。好比有人得了重病，既然疾病的本質也是空，那麼何必要延請醫生，服食各種藥物呢？由此可知，所言和所行如果相違，那麼虛假和眞實就可以得到檢驗；但要衡量自己獲取解脫的各種內在條件，切不可以自己欺誑自己。所有人都需要認眞仔細的，審察自己的心理活動，嚴防思想和行爲的過失，這乃是修行成佛的關鍵。

原典

問：上上根人，頓悟自心。還假萬行，助道熏修不？

答：圭峰禪師有四句料簡❶。一、漸修頓悟，如伐樹，片片漸斫，一時頓倒；二、頓修漸悟，如人學射，頓者箭箭直注意在的，漸者久久方中；三、漸修漸悟，如登九層之臺，足履漸高，所見漸遠；四、頓悟頓修，如染一綟絲，萬條頓色。上四句多約證悟❷。惟頓悟漸修，此約解悟❸。如日頓出，霜露漸消。《華嚴經》說：「初發心時，便成正覺。然後登地，次第修證❹。」若未悟而修，非眞修也。惟此頓悟漸修，既合佛乘，不違圓旨。如頓悟頓修，亦是多生漸修，今生頓熟。此在當人，時中自驗。若所言如所行，所行如所言，量窮法界之邊，心合虛空之理。八風❺不動，三受❻寂然；種現❼雙消，根隨❽俱盡。

若約自利，則何假萬行熏修？無病不應服藥。若約利他，亦不可廢。若不自作，爭勸他人？故經云：「若自持戒，勸他持戒；若自坐禪，勸他坐禪。」《智論》云：「如百歲翁翁舞，爲教授兒孫故。」先以欲鉤❾牽，後令入佛智。如或現行未斷，煩惱習氣又濃，寓目生情，觸塵成滯，雖了無生之義，其力未充，不可執云我已悟了煩惱性空。若起心修，卻爲顚倒。

然則煩惱性雖空，能令受業；業果無性，亦作苦因；苦痛雖虛，只麼難忍。如遭重病，病亦全空，何求醫人，遍服藥餌？故知言行相違，虛實可驗；但量根力，不可自謾。察念防非，切宜仔細。

注釋

❶**料簡**：指以語言文字對佛教義理進行量裁簡別，作出解釋。

❷**證悟**：指以正智（聖智）如實證知、悟解佛教眞理。

❸**解悟**：通過文字語言等方式對佛教眞理領會、理解。《法華經．提婆達多品》：「無量衆生，聞法解悟。」與「證悟」相對。通常認爲，先悟後修爲解悟，而先修後悟則爲證悟。

❹**修證**：通過修習，達到對佛教眞理的證取。《像法決疑經》：「一切衆生本是佛，今亦修證還成佛。」

❺**八風**：又名「八法」。意爲世間有八種事物，爲人們所憎愛，從而煽動人心，如同八種風浪。它們是：利、衰、毀、譽、稱、譏、苦、樂。《思益梵天所問經》卷一：「利衰及毀譽，稱譏與苦樂，如此之八法，常率於世間。」

❻**三受**：對外境的三種領納、接受方式。「受」，領納外境。三種外境是：順益、違損、俱非。與此相對應的三種領納方式是：樂、苦、捨。

❼**種現**：指「種子」和「現行」。「種子」，瑜伽行派和法相唯識宗用以譬喻「阿賴耶識」中儲藏有能夠產生世界一切現象的功能。「現行」，指「阿賴耶識」產生萬物的功能直接轉變爲現實。

❽**根隨**：指「根本煩惱」和「隨煩惱」。「根本煩惱」指貪、瞋、癡、慢、疑、惡見。「隨煩惱」，意爲隨根本煩惱而來的次要煩惱，指忿、恨、覆、惱等二十種。

❾**欲鉤**：菩薩爲濟度衆生，先以愛欲牽引，這愛欲如同鐵鉤。《維摩經·佛道品》：「或現作淫女，引諸好色者，先以欲鉤牽，後令入佛智。」

譯文

設問：老子也開演修行法門，孔子則大力倡導循循善誘，爲什麼卻片面讚頌佛教，給予特殊的地位？

解答：老子主張棄絕聖賢和知識，懷抱沖虛之氣，安於柔弱的地位。其立教以清虛澹泊爲根本，以修善嫉惡爲內容，所說報應不過及於一生，目的只在維持自身性命。這些都只是世俗淺近的觀念，並非高於佛教的教義，其思想有悖於廣泛濟度衆生的道理，沒有眞正的功德利益。

孔子則主張奉行忠孝，提倡仁義道德，這些只是關係到世間之善的說教，而未能涉及更高精神領域的生活，所以也不能與佛的覺悟相比。孔子曾對其弟子子路說：「對於生存和人事，你尚且還不知道；對於死亡和鬼神，我又怎麼能知曉呢？」因此，以上儒、道二教，都沒有踰越世俗的認識，仍然受煩惱塵垢所障蔽，這怎麼可能洞察佛教的崇高宗旨，運用無邊的絕妙修行呢？

原典

問：老子亦演行門，仲尼大興善誘，云何偏讚佛教，而稱獨美乎？

答：老子則絕聖棄智，抱一守雌，以淸虛澹泊爲主，務善嫉惡爲教，報應在一生之內，保持惟一身之命。此並寰中之近唱，非象❶外之遐談，義乖兼濟之道，而無惠利也。

仲尼則行忠立孝，闡德垂仁，惟敷世善，未能忘言神解，故非大覺❷也。是以仲尼答季路曰：「生與人事，汝尚未知；死與鬼神，余焉能事？」此上二教，並未踰俗杜，猶局塵籠，豈能洞法界之玄宗，運無邊之妙行乎？

注釋

❶**象**：指「象教」，即對佛教的另一種稱呼。「象教」，也就是「像教」，意爲像法時代的佛教。

❷**大覺**：指佛的覺悟。

譯文

設問：佛所弘傳的無上之道，爲後世哲人所尊崇。儒、道二教，既已表達了對佛教的欽敬，那爲什麼在他們的後代中，還有對佛教進行毀謗、不予相信的呢？

解答：創立儒、道二教的先哲，也都是大乘菩薩。他們反對邪惡、發揚眞理，共同贊助大乘佛教。老子曾說：「我的老師叫佛，意思是使一切民衆獲得覺悟。」《起世界經》中說：「佛說：我派遣了兩位聖賢，去中國展開化導活動。一位名叫老子，就是迦葉菩薩；另一位名叫孔子，就是儒童菩薩。」衆所周知，自古至今，凡有利於人類的，都是屬於秘密化導的菩薩行爲。只是由於菩薩的思想行爲相當高超，並非爲一般人所能理解，從而使得那些見聞寡陋、認識淺薄的人，紛紛起而誹謗。有的人則由於對儒、道二宗自身的不了解，便無端產生許多愚妄執著。

師事老子之教的，則轉向傳授符籙，燒鍊外丹；重視醮祭活動，修習神仙法術；進入孔門的學者，則背離原先淳樸風格，轉而崇尚奢侈浮華；馳騁鸚鵡般驕狂之才，擅長蜘蛛樣細小機巧。他們這些做法，都已違背了先哲的理想，失卻了儒、道本來的面貌。如果這種人不誹謗佛教，那怎麼能顯示佛教的高深？如果無自利利他思想的人不取笑佛教，那又怎麼會成就佛教的眞理呢？

所以說，佛法廣大如海，無所不包；其眞實之理猶如虛空，沒有一種思想不能進入；一切哲人冥會於佛法，所有聖賢交歸於佛法；眞諦與俗諦齊頭並行，愚昧與智慧同時作用。假如廣開俗諦，則以「忠」來勸導臣下，以「孝」來勸導兒子，以「紹」來勸導國家，以「和」來勸導家庭。弘揚良善，則示現天堂的歡樂；懲戒邪惡，則顯示地獄的苦痛。如果沒有佛法勸人爲善的教義，世俗戒惡的手段又豈止五種刑法？假若敷演眞諦，則「是」和「非」同時泯滅，「能」和「所」一起空寂，攝收萬物而歸於眞如，會通三乘而入於至極佛乘。惟有佛教的眞俗二諦才能圓融統一世間和出世間，其餘諸子百家之說有誰能夠比得上呢？

原典

問：佛行無上，衆哲所尊。儒道二教，既盡欽風，云何後代之中，而有毀謗不信者何？

答：儒道先宗，皆是菩薩；示劣揚化，同讚佛乘。老子云：「吾師號佛，覺一切民也。」

《起世界經》云：「佛言：我遣二聖，往震旦行化。一者老子，是迦葉菩薩；二者孔子，是儒童菩薩。」明知自古及今，但有利益於人間者，皆是密化菩薩❶。惟大士之所明，非常情之所測，遂使寡聞淺識，起謗如煙。並是不了本宗，妄生愚執。

事老君者，則飛符走印，鍊石燒金；施醮祭之腥羶，習神仙之誑誕；入孔門者，志乖淳樸，意尚浮華；騁鸚鵡之狂才，擅蜘蛛之小巧。此皆違背先德，自失本宗。斯人不謗，焉顯其深？下士❷不笑，寧成其道？

是以佛法如海，無所不包；至理猶空，何門不入；衆哲冥會，千聖交歸；眞俗齊行，愚智一照。開俗諦也，則勸臣以忠，勸子以孝，勸國以紹，勸家以和。弘善，示天堂之樂；懲非，顯地獄之苦。不惟一字❸以爲褒，豈止五刑而作戒？敷眞諦也，則是非雙泯，能所俱空，收萬像爲一眞❹，會三乘歸圓極❺。非二諦之所齊，豈百家之所及？

注釋

❶**密化菩薩**：對衆生進行秘密化導的菩薩。

❷**下士**：與「大士」相對，指無自利利他精神的修行者。

❸**一字**：指佛法。《大方廣師子吼經》：「法惟一字，所謂無字。」「一字」，意爲極少文字，等同於無字。佛雖說了八萬四千法門，但從自證自悟角度講，佛法並非言說所能實現，所以佛於四十五年間實際未曾說過一字。

❹**一眞**：又名「一如」、「一實」，指絕對眞理。

❺**圓極**：圓滿、至極。指獲取佛果。

譯文

設問：邪惡能掩蓋慈善，從而使禍災生起而福德傾覆；慈善能排除邪惡，從而使煩惱消除而眞理顯現。爲什麼卻有人一生積累善業，反而遭受災殃？梁武帝熱誠歸依三寶，結果卻在侯景之亂中困死臺城，全然得不到神靈的保祐，這又是爲什麼呢？人人都對此疑惑不解，所以請作出解釋。

解答：前面已經明確指出，衆生所作的業通於過去、現在、未來「三世」，道理也已十分清楚。現在再次爲破除人們心中的疑慮，從以下三個方面進行解釋。

第一、諸佛菩薩應順機緣而顯現種種形像，施設作爲，隨順世間衆生，與他們同苦同樂，作千萬種變化，以接引廣大煩惱衆生。他們或者身處平安而忽然傾危，以說明物極必反的道理；或者長享榮華而頓然落難，以顯示盛必有衰的規律。通過這些，使耽樂於榮華的人，醒悟到世間一切無常；也使自恃富貴的人，懂得生命有限。他們於不知不覺之中消除衆生的貪欲，巧妙地洗去衆生煩惱塵垢。有時示現正確，有時示現錯誤；有時逆向而行，有時隨順而行。上述諸佛菩薩的施設作爲，都是秘密化導衆生的特殊手段，決非凡俗之輩所能理解。

第二、善與惡並非固定不變，果報主要依據業緣；三業的力用不可思議，其勢不可阻擋。所以，《涅槃經》中說：「衆生所作的業，有三種報應。一、現報，指現世所作的善惡之業，現世受苦樂果報。二、生報，指現世所作的業，於來世時受其果報。三、後報，指現世所作的業，要過百千世之後方始受其果報。」佛經中又說：「有的業現在令人苦痛將來便有苦報，有的業現在令人苦痛將來卻有樂報；有的業現在令人快樂將來便有樂報，有的業現在令人快樂將來卻有苦報。」有的人由於前世餘福未盡，所以惡報並不即刻加之於他；有的人前世的災禍雖然還存，但善的機緣隨即生發。此外，如果善多而惡少，則先受樂而後受苦，則福田消盡而災禍生發；如果善少而惡多，則先受苦而後受樂，則災禍消盡而喜慶聚集，這些都屬於「後報」。善惡的三業一旦成熟，僅以今生的修善之力難以排盡。因此，即使斷除煩惱證得聖果，仍然還有宿債需要償還。比如師子比丘、一行禪師就是這樣，何況那些爲三業所繫縛的凡夫俗子，更怎麼能逃脫得了這一難關呢？

第三、有人的善根深厚，並且有堅定的修行進取之心，誓願弘大有力，則雖然於現世受取輕報，但能斷除嚴重的罪咎。所以佛經中說：「今生作惡少，為善多，那麼將此善業的功德，回向於業障較重的（如地獄等），則現世所受的利益當然就少了。如果今生所作的善業少，惡業多，那麼將此微薄的善業，回向於現世，則今生所受的利益就減少，在地獄受的苦報也就較重了。」乃至純修善行的人，雖然現世暫時有頭痛之感，但最終除滅無數劫的地獄苦難。因此，菩薩曾經發大誓願說：「願得今生償還業債，不願墮入惡道受苦。」多作惡業的人，雖然現世享受安樂，但其果報必定在阿鼻地獄，永遠為地獄之苦所折磨煎熬，無有間歇之時。此外，人們的修行達到一定功力，即將擺脫輪迴，當他們臨終之時，雖然受取輕微苦痛，但無始以來的惡業已於一時間償還至盡。

比如，唐代三藏法師玄奘，其九世於中國為僧，無論福德或是智慧，常被視為僧中第一。他在世時，大力弘揚佛教，廣泛開演一乘佛法，利益普被一切眾生，功德無量難以估測。當他接近圓寂時，靜臥於病房之中，前來探病的明藏禪師，看見有兩個人，各長一丈，一起手捧一朵白蓮花，來到法師跟前，對他說：「法師從無始以來，所有損惱有情眾生的各類惡業，由於現在的疾病，都已被消除。對此，你應該感到高興。」法師朝這兩人看了看，便雙手合十，然後右向側身而臥。他的弟子問道：「大師一定會往生於彌勒內院嗎？」回答說：「一定得生。」說完，氣息逐漸微弱，奄然而神逝。如果誰能懂得以上三層意思，那他才眞正稱得上是知（原）因識果（報）的人。如果不明白這些道理，那也就必然會對佛法產生懷疑，進行誹謗。

原典

問：惡能掩善，則禍起而福傾；善能排惡，則障消而道現。何乃或有從生積善，反受餘殃？及蕭梁武帝歸憑三寶，一朝困斃，全無靈祐者何？舉世咸疑，請消餘滯。

答：前明業通三世，事已昭然。今重決疑，有其三義。

一者、是諸佛菩薩，示現❶施爲，隨順世間，同其苦樂，千變萬化，誘引勞生❷。或居安而忽危，示物極即反；或處榮而頓弊，現盛必有衰。令耽榮者，悟世無常；使恃祿者，知生有限。潛消貪垢，巧洗情塵；示正示邪，或逆或順。斯乃密化之秘術，非凡小之所知。

二者、善惡無定，果報從緣；業力難思，勢不可遏。故《涅槃經》云：「業有三報：一、現報，現作善惡，現受苦樂。二、生報，今生作業，來生受果。三、後報，或今生作業，過百千生方受其報。」又經云：「有業現苦有苦報，有業現苦有樂報；有業現樂有樂報，有業現樂有苦報。」或餘福未盡，惡不即加；或宿殃尚在，善緣便發。又若善多惡少，則先受樂而後受苦，則福盡禍生；或善少惡多，則先受苦而後受樂，則災消慶集。此皆並是後報。善惡業熟，今生善力難排。斷結❸證聖❹，尚還宿債。如師子比丘、一行禪師等，豈況業繫凡夫，寧逃此患？

三者、或善根深厚，修進堅牢，決志無疑，誓過金石，則現受輕報，能斷深愆。故經云：「今生作惡少，爲善多，則迴地獄重，而現世輕。或作善少，爲惡多，則迴現世輕，而地獄重。」乃至純善修行之人，現世暫時頭痛，則滅百千萬劫地獄之苦。是以菩薩發願云：「願得今生償，不入惡道受苦。」作惡之人，雖現安樂，果在阿鼻❺，積劫燒然，受苦無間。又復修行力至，將出輪迴，臨終之時，雖受微苦，無始惡業，一時還盡。

如唐三藏法師，九世支那爲僧，福德智慧，常稱第一。大弘聖教，廣演佛乘，利濟無邊，殊功罕測。及至遷化❻之時，臥疾房中，瞻病僧明藏禪師，見有二人，各長一丈，共捧一白蓮花，至法師前，云：「師從無始已來，所有損惱有情，諸有惡業，因今小疾，並得消殄，應生欣慶。」法師顧視合掌，遂右脅而臥。弟子問云：「和尚決定得生彌勒內院❼不？」報云：「得生。」言訖，氣息漸微，奄然神逝。若明如上三義，方爲知因識果之人。或昧斯文，終生疑謗。

注釋

❶**示現**：佛菩薩應順機緣而顯現種種形像。

❷**勞生**：處於塵勞之中的衆生。「勞」，塵勞，即煩惱；「生」，衆生。

❸**斷結**：即斷除煩惱。「結」，指結集、繫縛、煩惱，是生死的根源。

❹**證聖**：證得聖果。即成就佛道。

❺**阿鼻**：「阿鼻地獄」的簡略。意譯爲「無間地獄」，爲八大地獄的第八獄。凡墮入其間者，將「受苦無間」。據說是專爲造「十不善業」的衆生而設立的。

❻**遷化**：指人的死亡。「遷」，遷移；「化」，化滅。

❼**彌勒內院**：欲界六天中的兜率天有內、外二院，內院名「善法堂」，是彌勒菩薩的住

處。

譯文

設問：在家的菩薩，也要一心修善嗎？

解答：在家菩薩如果信心堅定，就會始終歸敬佛法。他們的修善，好比麋鹿落入網中，大火燃燒頭額，一心只想求得脫離的門戶，而不顧及人間的事情。自古至今，這種情況很多。

《譬喻經》中說：「古代有一個國王，十分敬重佛法，經常右繞佛塔而行。這天，他還沒有繞滿一百周，鄰國之王已率兵來攻打，想要併吞該國。近臣聽到消息，恐慌萬狀，隨即稟告國王，說：『請暫時停止繞塔禮敬，以便抵禦強敵。』國王回答道：『儘管讓它打過來吧，我決不停止繞塔。』精神上有這般信念，行動上也就繞塔不止，結果，敵兵潰散而去。」可見，人們只要有一種堅定不移的信心和意念，那就什麼事都能辦得到。所以，山川顯示不靈驗，那是因爲世人的感應不夠；一旦人們心誠志堅，則一切都會聽命於己。傳說中有孝子臥冰而得魚、哭竹而得筍的故事，這並非神力所爲，而是人們的心志所成。

原典

問：在家菩薩❶，亦許純修善不？

答：若志苦心堅，一向歸命。如鹿在網，若火燒頭，惟求出離之門，不顧人間之事。自古及今，亦多此等。

《譬喻經》云：「昔有國王，大好道德，常行繞塔❷。百匝未竟，邊國王來征伐，欲奪其國。傍臣大恐怖，即白王言：『置斯旋塔，以攘重寇。』王言：『聽使兵來，我終不止。』心意如故，繞塔未竟，兵散罷去。」夫人有一心定意，無所不消也。是以河嶽不靈，惟人所感；但能志到，無往不從。至於冰池躍鱗，寒林抽筍，故非神力，志所爲也。

注釋

❶**在家菩薩**：指居士。「菩薩」，梵語「菩提薩埵」音譯的簡略。意爲「覺有情」、「道

衆生」，指發菩提心，上求佛道，下度衆生的人。居士雖未出家，但因在家努力修行求取佛道，因而也被尊稱爲「菩薩」。

❷**繞塔**：右繞佛塔而行。以塔代表佛，表示對佛的歸敬。

譯文

設問：如果廣泛修習所有善的思想行爲，則人人都將奉持慈悲功德法門；光是稟受顯示眞理的文句，則將妨礙世俗的正常事務。這樣，雖然身處其國卻失去治國功能，雖然身在其家卻難以成其家業，雖然宣稱是利益了他人，但並未達到兩全其美。

解答：佛法具有所有善的功德，能夠滋潤法界一切有情，它的力用濟度存、亡衆生，它的精神含蘊眞、俗兩界。對於國家來說，有了善的功德，就會繁榮強大；對於家庭而言，有了善的功德，就會富庶昌盛。因此，它的利益十分廣泛，它的作用相當深遠。所以，古書上說：「積累善德的家庭，將來必定有喜慶留給子孫；積累邪惡的家庭，將來必定有禍殃留給後代。」又說：「多作善事，會感應各種祥瑞；多作惡事，則會感應各種災禍。」

據劉宋的史書記載，宋文帝於元嘉年間問侍中何尙之，說：「范泰、謝靈運曾說：『《六經》本來就是用於接濟世俗的，如果要揭示心性的眞實奧義，則應以佛教經典爲指南。』如果皇權所及之處，都接受佛法的教化，那麼我也就可以坐致太平了。」侍中回答說：「在百家之鄉中，有十人奉持五戒，那就有十人淳厚謹信；在千戶之邑中，有百人修習十善，那就有百人謙和淳樸。將這信奉佛法的風氣傳播到每個角落，民戶既有千萬之數，那麼仁義道德之人也就有百萬之衆。倘若能修一種善行，則就去除一種惡行，去除了一種惡行，也就是避免了一次刑罰。於基層家庭中避免一次刑罰，那麼對於整個國家來說，也就是避免了萬次刑罰，這便是皇帝陛下所說的『坐致太平』了。」

所以，善行的修習，能夠包羅法界，遍滿虛空，任何一種善行，都將收到特殊的利益。可以說，它是人們確立自身、輔助教化，以及匡助國家、保護家庭的根本。人們如果能以此而確立自身，則所有人都能有所建樹，以此匡救國家，則任何國家都能獲得救助。從近期的利益上說，可以得到人趣或天趣的果報，從未來的利益上說，則最終取得成佛的果報。

原典

問：若廣修萬善，皆奉慈門；但稟眞詮❶，有妨世諦。則處國廢其治國，在家闕於成家，雖稱利人，未得全美。

答：佛法衆善，普潤無邊，力濟存亡，道含眞俗。於國有善則國霸，於家有善則家肥，所利弘多，爲益不少。所以書云：「積善之家，必有餘慶；積惡之家，必有餘殃。」又云：「行善降之百祥，爲惡降之百殃。」

宋典，文帝以元嘉中問何侍中，曰：「范泰、謝靈運云：『《六經》本是濟俗，若性靈眞要，則以佛經爲指南。』如其率土之濱，皆純此化，則吾坐致太平也。」侍中對曰：「夫百家之鄉，十人持五戒❷，則十人淳謹；千室之邑，百人修十善❸，則百人和厚。傳此風訓，已遍宇內，編戶千萬，則仁人百萬。夫能行一善，則去一惡，去一惡，則息一刑。一刑息於家，萬行息於國，陛下所謂坐致太平也。」

是以包羅法界，遍滿虛空，一善所行，無往不利。則是立身輔化，匡國保家之要軌矣。若以此立身，無身不立；以此匡國，無國不匡。近福人天，遠階佛果。

注釋

❶**眞詮**：顯示眞理的語句文字。

❷**五戒**：佛教在家男女教徒終身應遵守的五條戒律，它們是：不殺生、不偷盜、不邪淫、不妄語、不飲酒。《大乘義章》卷十二：「此五能防，故名戒。前三防身，次一防口，後之一種通防身口，護前四故。」

❸**十善**：佛教的十種基本道德信條。屬於身業的有三：不殺生、不偷盜、不邪淫；屬於口業的有四：不妄語、不兩舌、不惡口、不綺語；屬於意業的有三：不貪欲、不瞋恚、不邪見。

譯文

設問：凡修習的所有善行，以什麼爲根本呢？

解答：一切理體和事相，都以「心」爲根本。就理體而言，佛經中說：「觀察一切事物，都出自於自心，成就無漏智慧之身，要由自心實現。」這是指以「眞如」觀察眞實之心爲根本。就事相而言，佛經中說：「心好比畫家，能畫出世間一切事物；五蘊也都是由心產生，沒有事物不是由心產生。」這是指以「心識」觀察緣慮之心爲根本。「眞實心」是理體，「緣慮心」是動用。動用，就是「心生滅門」；理體，就是「心眞如門」。雖然分作理體和動用兩個部分，實際只有一心。動用是理體的動用，動用並不脫離理體；理體是動用的理體，理體並不離開動用。心的開合雖然不同，但其眞實不妄的本性湛然不動。

心既能作佛，也能作衆生；既能作天堂，也能作地獄。心若活動則萬物生起，心若平靜則法界坦然，心若處於凡俗則爲「三毒」所纏繞，心若入於聖境則「六通」自在無礙，心若空寂則涅槃清淨，心若染著則森羅萬象。好比空谷傳聲，聲音高則回響大；又好比明鏡映物，物形不正則影像必歪。這就說明，所有行爲都源自於心，一切善惡都在於自己。內心虛妄，其外部表現自然不會眞實；內心眞實，其外部表現一定不會虛妄。

善因終究會遇到善緣，而惡行也畢竟難逃惡境。有的人蹈雲霞而飲甘露，這並非由他人所給予；有的人臥煙燄而喝膿血，這也全是由自己造成。善緣和惡境，都並非由天產生，也並非由地造出，而只是由於人們最初的一念之心，一念之心的善惡，便導致了後來的升沉。想要外部平和，只要內心寧靜。自心空寂了，外境也就消失了；心念發動了，萬物也就生起了。河水渾濁了，水波也就昏暗了；潭水清澄了，月影也就明徹了。所有修行的關鍵，都不能脫離「心」。這「心」可以說是衆妙之門，群靈之府，升沉之本，禍福之源。所以，只要正確認識自心，就不須懷疑面前各式各樣的境界。

佛經中說：「爲善則福隨，作惡則禍追。響是對聲音的回應，善惡就相當於聲音。這並非由天龍、鬼神所給予，也不是由先輩、後裔所造成。禍福的造成，歸根結底源於每個人自己的心，以及由心支配的行爲、語言等活動。」

原典

問：所修萬善，以何爲根本乎？

答：一切理事，以心爲本。約理者，經云：「觀一切法，即心自性；成就慧身❶，不由他悟。」此以眞如觀眞實心爲本。約事者，經云：「心如工畫師，能畫諸世間；

五蘊悉從生，無法而不造。」此以心識❷觀緣慮心❸爲本，眞實心爲體，緣慮心爲用。用即心生滅門，體即心眞如門。約體用分二，惟是一心。即體之用，用不離體；即用之體，體不離用。開合雖殊，眞性不動。

心能作佛，心作衆生；心作天堂，心作地獄。心異則千差競起，心平則法界坦然，心凡則三毒縈纏，心聖則六通自在，心空則一道清淨，心有則萬境縱橫。如谷應聲，語高而響大；似鏡鑒像，形曲而影邪。以萬行由心，一切在我。內虛，外終不實；內細，外終不粗。

善因終值善緣，惡行難逃惡境。蹈雲霞而飲甘露，非他所授；臥煙燄而噉膿血，皆自所爲。非天之所生，非地之所出，只在最初一念，致此昇沉。欲外安和，但內寧靜。心虛境寂，念起法生；水濁波昏，潭淸月朗。修行之要，靡出於斯。可謂衆妙之門，群靈之府，昇降之本，禍福之源。但正自心，何疑別境❹？

經云：「爲善福隨，履惡禍追。響之應聲，善惡如音。非天龍❺鬼神❻所授，非先禰後裔所爲。造之者惟心，成之者身口矣。」

注釋

❶**慧身**：無漏智慧之身。

❷**心識**：一切精神現象的總稱。有時也直接指法相唯識宗的第八識「阿賴耶識」。

❸**緣慮心**：攀緣外境、思慮事物的心。

❹**別境**：指由特定境界引起的心理活動。《成唯識論》卷五：「別境者，謂欲至慧，所緣境事，多分不同。」

❺**天龍**：爲「天龍八部」中的「諸天」和「龍神」二部。據傳，這二部在佛教天神中最顯神靈。

❻**鬼神**：「鬼」與「神」的合稱。「鬼」爲「六趣」之一，「神」爲「八部」的通稱。《金光明經文句》卷六：「鬼者威也，能令他畏其威也。神者能也，大力者能移山塡海，小力者能隱顯變化。」

譯文

設問：在這個文集裏所陳述的，有些什麼名目？

解答：倘若問及假設的名詞概念，則有無數的名目。現在概略起來說，總名之爲《萬善同歸》，分別而言，則有十種含義。這十種含義是：第一、理體與事相的無礙；第二、權宜與眞實的共行；第三、眞諦與俗諦的並陳；第四、法性與法相的融通；第五、本體和作用的自在；第六、眞空與假有的相成；第七、正行和助行的兼修；第八、相同與相異的平等；第九、修成與本有的不二；第十、因緣與果報的一致。

原典

問：此集所陳，有何名目？

答：若問假名❶，數乃恆沙。今略而言之，總名《萬善同歸》，別開十義：一名理事無閡，二名權實雙行，三名二諦並陳，四名性相❷融即，五名體用自在，六名空有相成，七名正助❸兼修，八名同異一際，九名修性❹不二，十名因果❺無差。

注釋

❶**假名**：假設的名詞概念。「名」，指語言概念。語言不能表達諸法眞如，概念不能反映諸法實際，都只是約定俗成的假施設，所以稱作「假名」。《大乘義章》卷一：「諸法無名，假與施名，故曰假名，如貧人假稱富貴。」由此說明，世界萬有及其一切差別，都是人們用語言概念安置上去的。

❷**性相**：指法性和法相。「性」，法性，即現象所固有的、永不可變的本質；「相」，法相，即可分別認識的各種現象。

❸**正助**：指正行和助行。正行，指稱名念佛；助行，指讀誦、觀察、禮拜、讚歎、供養等。

❹**修性**：指修成和本有。「修」，修成，通過修行而得；「性」，本有，不必通過修行而本來具有。

❺**因果**：指因緣與果報。「因」，因緣，分六因、十因、四緣等；「果」，果報，一般分五果。

譯文

設問：名詞概念因事物的意義而確立，事物的意義借助於名詞概念而得到闡明。既然確立了這些假設的名詞概念，那麼怎樣理解它們的意義呢？

解答：第一、「理事無閡」。「理」指無爲，「事」指有爲。雖終日有爲卻未嘗有爲，雖終日無爲卻未嘗無爲。有爲與無爲，既非「一」，也非「異」，都源於法性，等同於虛空界。如果說是「一」，那麼《仁王般若經》中這樣說過：「所有菩薩，有爲功德以及無爲功德，都獲得成就。」假使只是「一」，這裏也就不應該說有兩種功德。如果說是「異」，那麼《般若經》中也這樣說過：「不可以脫離有爲而說無爲，不可以脫離無爲而說有爲。」因此，「理」與「事」是相即的關係，它們既非「斷」也非「常」，生起和寂滅同時，處處無礙融通。

第二、「權實雙行」。「實」指至極眞實之理，「權」指權宜化度法門。從至極而生起教化，則在眞實之外沒有權宜；通過事跡而獲得根本，則在權宜之外沒有眞實。如果始終冥合同一宗旨，那麼「權」與「實」就能同時修行，無所隔閡；對事相的破除和保存一起展開，那麼本體和現象就會一齊示現。

第三、「二諦並陳」。指諸佛常依眞、俗「二諦」而說法。爲什麼？因爲「俗諦」是顯示眞理的文句，了知俗諦本無自性，便是眞諦。所以說，如果得不到俗諦，也就得不到第一義諦（眞諦）。爲此，「眞諦」不需要人爲建立而恆常示現，「俗諦」則不需要人爲排斥而自己空無。眞、俗二諦的同時並存，如同波和水的關係。水中包含了一切的波，波和水不可分離；波則透徹水的本源，動與濕一際平等。

第四、「性相融即」。如《無量義經》中說：「無量無數的義理，都從一法而生起。」這裏所說的「一法」，便是指眞心。這一眞心，具有「不變」和「隨緣」兩種含義。「不變」指的是性理，「隨緣」指的是事相。性理是事相的本體，事相是性理的作用。人們由於不透徹明了其中根源，從而妄生種種諍論。如今有的人破斥事相，那是因爲認識不到心的作用；有的人反對性理，那是因爲認識不到心的本體。倘若能夠融通性理與事相，則獲取和棄捨的思想都將熄滅。

第五、「體用自在」。這裏的「體」指法性的理體，而「用」則指智慧應對的事相。舉一事物的體便具足一切事物的用，這樣，用也就不是「一」；舉一事物的用便具足一切事物的體，這樣，體也就不是「異」。與體相即的用並不隔閡用，而與用相即的體也不會失卻體。所以，理體和作用實際上融通一致，自在無礙。

第六、「空有相成」。是指一切事物本來就沒有常住不變的相狀，它們互相成就、互相破壞、互相攝取、互相資助。眞空依賴假有而確立，假有依因緣而生本質是空；假有借助眞空而成立，因無實體故係因緣和合。「空」和「有」因含義不同而顯示差別，人們依據各自的認識而作分別對待。在迷妄者看來，萬物相狀各不相同；在覺悟者方面，三乘聖者見解是不異的。比如說某一事物的「有」吧，小乘教視之爲實在的事物；大乘始教思惟觀察它爲幻有；大乘終教則主張有與空並非隔閡，因爲空不能固守自性，隨順外部條件而生起各類事相；頓教則認爲，一切有質礙的事物，無非是眞如佛性。而在至極的圓教看來，一切事物都歸於法界的「無盡緣起」。如果能達到這樣的融通無礙，那便是實現了「眞空妙有」之說。這也就是說，「有」能夠顯示萬德，而「空」則能夠成就一切。

第七、「正助兼修」。「正」就是主導，「助」就是陪伴。因有陪伴而成立主導，沒有助行則正行不可能圓滿；依隨主導而成立陪伴，沒有正行則助行也無從確立。所以，「主」和「伴」要相成，「正」和「助」要兼備。這同樣也適用於禪定與智慧一起運用，隱密與顯彰互為發動，內心與外境相互取資，智慧與持戒同時重視。

第八、「同異一際」。「同」是指依據理體而常住不變，「異」是指就事相上說隨順機緣。正因為理體常住不變，所以能隨順機緣；正因為隨順機緣，所以常住不變。只因為有不異的理體，所以才能造成差別的事相；只因為有差別的事相，所以才設立相同的法門。倘若有差異，則為差異所破壞，這是因為失去了理體；倘若有相同，則不能成立相同，這是因為缺少了作用。因此，相同中沒有相同而有差異，差異中沒有差異而有相同。執著「同」或「異」就會落入「斷」或「常」的錯誤，融通「同」和「異」也就成就了佛法。所以，佛經上說：「奇怪啊！世尊！在不存在矛盾差別的世界中，演說一切事物的差別變化。」

第九、「修性不二」。這裏的「性」指本有，並非由觀察思惟而實現。「修」指現在修成，因智慧而得以示現。由「修」可以顯現本有的「性」，由「性」可以發起現在的「修」。保全「性」就能成就「修」，完備「修」就能成就「性」。「修」和「性」本質上並無差別，只是從因緣角度看似有區分。

第十、「因果無差」。這是說，「因」從「果」而起，「果」上的功德圓滿則轉而成爲「因」；「果」隨「因」而生，修行的「因」具足則可以建立「果」。因緣與果報在時間上雖有前後之分，但從理體上說則並無前後。兩者相互資助和酬答，三業的功用都體現於其中。

原典

問：名因義立，義假名詮。既立假名，其義何述？

答：第一、理事無閡者，理則無爲，事則有爲。終日爲而未嘗有爲，終日不爲而未嘗無爲。爲與無爲，非一非異，同法性源，等虛空界❶。若云是一，《仁王經》說：「諸菩薩，有爲功德，無爲功德，皆悉成就。」若但是一，不應說有二種功德。若云是異，《般若經》云：「不得離有爲說無爲，不得離無爲說有爲。」是以理事相即，非斷非常；起滅同時，無閡雙現。

第二、權實雙行者，實則眞際，權則化門。從眞際而起化，實外無權；因事跡而得本，權外無實。常冥一旨，無閡雙行；遮照同時，理量齊現。

第三、二諦並陳者，諸佛常依二諦說法。何以故？俗是眞詮，了俗無性，即是眞諦。故云，若不得俗諦，不得第一義。所以眞不待立而常現，俗不待遣而自空。二諦雙存，如同波水。水窮波末，波水同時；波徹水源，動濕一際。

第四、性相融即者，《無量義經》云：「無量義❷者，從一法生。」所言法者，即是眞心。從一眞心，具不變、隨緣二義。不變是性，隨緣是相。性是相之體，相是性之用。以不了根源，則妄生諍論。如今毀相者，是不識心之用；毀性者，是不識心之體。若能融通，取捨俱息。

第五、體用自在者，體即法性之理，用乃智應之事。舉體全用，用即非一；舉用全體，體即非異。即體之用不閡用，即用之體不失體。所以一味雙分，自在無閡。

第六、空有相成者，且夫一切萬法，本無定相，互成互壞，相攝相資。空因有立，緣生故性空；有假空成，無性故緣起。因義顯別，隨見成差。迷之則萬狀不同，悟之則三乘不異。何者？且如有之一法，小乘❸見是實色；初教❹觀爲幻有；終教❺則色空無閡，以空不守自性，隨緣成諸有故；頓教❻見一切色法❼，無非眞性；圓教見是無盡法界❽。若如是融通，即成眞空妙有。有能顯萬德，空能成一切。

第七、正助兼修者，正即是主，助即是伴。因伴成主，無助即正終不圓；從主得伴，無正則助無由立。是以主伴相成，正助兼備。亦是止觀雙運，隱顯❾互興，內外更資，乘戒兼急。

第八、同異一際者，同則據理不變，異則約事隨緣。所以不變故，乃能隨緣；隨緣故，所以不變。只爲不異而成異事，不同而立同門。若異則壞於異，以失體故；若同則不成同，以無用故。所以同無同而異，異無異而同。各執即落斷常，雙融即成佛法。故經云：「奇哉！世尊！於無異法中，而說諸法異。」

第九、修性不二者，本有曰性，非從觀成；今顯曰修，因智而現。由修顯本有之性，因性發今日之修。全性成修，全修成性；修性無二，因緣似分。

第十、因果無差者，因從果起，果滿則乃成因；果逐因生，因圓則能立果。事分前後，理即同時；相助相酬，業用無失。

注釋

❶**虛空界**：眼睛所見的大空世界，此世界本質虛無形質，空無障礙。《大智度論》卷

一：「虛空界無量諸佛土。」

❷**無量義**：意爲無量無數的義理。指一切現象。世界一切現象無量無數，各具義理，所以名「無量義」。有時也指實相，意爲實相含蘊無量教義或現象。

❸**小乘**：即「小乘教」，華嚴宗所判釋的「五教」之一。指的是宣說四諦、十二因緣的《阿含經》等。教法上只說人空，不說法空。

❹**初教**：即「大乘始教」，華嚴宗所判釋的「五教」之一。指宣傳空宗的《般若經》、《中論》等以及宣傳有宗的《解深密經》、《唯識論》等。

❺**終教**：即「大乘終教」，華嚴宗所判釋的「五教」之一。指的是宣說眞如緣起，一切衆生皆能成佛的《楞伽經》和《大乘起信論》等。

❻**頓教**：華嚴宗所判釋的「五教」之一。指宣說不依賴言教，不設立位次而頓悟佛理的《維摩詰經》等。

❼**色法**：指有質礙或變礙的事物。與「心法」相對。在小乘有部「五位七十五法」和大乘法相唯識宗的「五位百法」中，都分爲三類十一種。它們是五根、五境和無表色。

❽**無盡法界**：指重重無盡的法界緣起。華嚴宗所說的緣起法門。它認爲，一切事物均由

如來藏自性清淨心隨緣生起，在這清淨心的作用下，所有事物無不處於你中有我，我中有你，你即是我，我即是你的「圓融無礙」、「重重無盡」的聯繫之中。

❾**隱顯**：指隱密和顯彰兩種教說。如來說法的兩種形式。

源流

唐末五代，國家分裂，戰爭頻仍，學術凋零。佛教在這一過程中備受打擊，各宗紛紛衰落，唯有禪宗呈現繁榮景象。而至五代之末，禪宗也已結束自己的鼎盛時期。隨著禪的思想和修行向極端化方向發展，佛教內部調和融合的思潮乘機而起，並最終演變爲宋代佛教的主流。

五代佛教，以南方吳越爲代表。自後梁太祖開平元年（公元九〇七年）錢鏐被封爲吳越王起，至宋太宗太平興國三年（公元九七八年）錢弘俶歸順北宋止，吳越境內未受戰亂之擾。吳越諸王以杭州爲佛教的一大中心。由於天台佛教的復興以及淨土念佛的隆盛，加上諸王對佛教各宗的普遍提倡，吳越地區佛教內部的融合調和趨勢日益明顯。禪宗與天台宗的調和，禪宗與淨土宗的融合，天台宗與淨土宗的合一，構成吳越佛教的基本特點。延壽生當其時，他的佛教思想必然帶有時代的特色。

從佛教學說的淵源上分析，延壽的融合思想可上溯到唐代佛教學者宗密。

宗密（公元七八〇——八四一年）既被尊爲華嚴五祖，又自稱禪宗荷澤神會的四傳弟子，所以他在華嚴宗和禪宗方面都有很深的根底。他以自己對佛教的獨特理解，提出了將華嚴與禪融會一體的「華嚴禪」理論體系。同時，他又進一步以「華嚴禪」

爲基礎，展開佛教對儒、道兩家的融合統一活動。

「華嚴禪」是宗密「禪教一致」說的核心。宗密的最終目的，是要以「華嚴禪」爲典型，將禪宗與天台宗、華嚴宗、法相唯識宗等「教家」全部加以統一融合，如裴休所說「融瓶盤釵釧爲一金，攪酥酪醍醐爲一味。」（《禪源諸詮集都序·敍》）在宗密看來，當時佛教界在對待禪宗和教家的關係問題上存在錯誤認識，即視它們爲各不相關乃至互相牴觸的兩個部分，「修心者以經論爲別宗，講說者以禪門爲別法」（《禪源諸詮集都序》卷一）。其結果，將不利於佛教自身的發展。

在宗密圓寂後不久形成的「五家禪」之中，一些派系開始以「華嚴禪」爲根據，展開禪與華嚴的融合實踐，把華嚴的理論納入自宗體系。如曹洞宗論「五位君臣」，法眼宗說「十玄」、「六相」，都曾受到宗密學說的啓示。而眞正全面繼承並發展宗密學說的，便是延壽。延壽不僅提倡「禪教一致」，而且還宣傳「禪淨雙修」，進而又主張在圓融學說指導下的「萬善同歸」，把宗密思想推到了至極。

在延壽所著的《宗鏡錄》裏，就曾以宗密的「華嚴禪」爲範本，層層剖析，重重引證，全面、深入地闡述了禪教一致的原理，並希望由此而「和會千聖之微言，洞達百家之秘說」（《宗鏡錄》卷三十四）。延壽時代，由於禪宗長期輕視經教，在其自身發展的過程中難免出現偏頗，逐漸落入空疏之弊，並使部分品格低下的禪僧混跡其間。

就教家而言，在禪宗的衝擊下，不僅內部矛盾重重，而且學者的水平日趨下降。因此，禪門研習教典、教家會通禪門，兩者相輔相成，已成爲佛教事業的實際需要，符合佛教根本利益。《萬善同歸集》則是在《宗鏡錄》有關禪宗頓悟與華嚴圓修相統一的基礎上，將融合思想擴大貫徹到佛教全部理論和修行中去，以挽救佛教面臨的深刻危機。

延壽曾直言不諱地指出，「末世誑說一禪，只學虛頭，全無實解；步步行有，口口談空。自不責業力所牽，更教人撥無因果，便說飲酒食肉不礙菩提，行盜行淫無妨般若」（《永明延壽禪師垂誡》）。他們「發狂慧而守癡禪，迷方便而違宗旨」、「毀金口所說之正典，撥圓因助道之修行」（《宗鏡錄》卷二十五）。在《萬善同歸集》中，延壽一再感嘆：「當今末法，現是五濁惡世」、「如今末法宗門。」在這種狀況下，禪僧如果不重視禪教一致，走禪淨並修乃至萬善同歸的方便實修道路，佛教定然毫無前途可言。

從宗派思想的傳承角度看，延壽的圓融統一觀點與法眼宗創始人清涼文益有某種必然聯繫。文益（公元八八五——九五八年）曾著《宗門十規論》，從十個方面對當時禪宗界提出尖銳批評。該論〈自敍〉中說：「宗門指病，簡辯十條，用詮諸妄之言，以救一時之弊。」之所以總結十條意見，目的是爲了「救一時之弊」。

在論中，文益重點闡述了「理事不二，貴在圓融」以及「不著他求，盡由心造」的圓融宗旨。他還著《華嚴六相義頌》，以說明「理事圓融」的道理。又著《三界唯心頌》，以闡明世間一切由心所造的原理。他創立的法眼宗，基於「救一時之弊」、「欲藥當時宗匠膏鬱之病」（見元慍恕中《題重刊十規論後》），試圖以華嚴的圓融學說對禪宗予以改造。所以，文益所講的禪，是會通教義來講的，而不是凌空而談；同時，他又不滯著於文字，能巧妙運用華嚴學說。

延壽後來在《宗鏡錄》和《萬善同歸集》中，熟練談論理事圓融，無疑也得益於該宗祖師文益。文益和其法孫延壽都帶著強烈的時代使命感和對禪宗的內在責任心，他們的著作中所表達的圓融調和思想，有著共同的佛學背景和相似的宗派目的，可謂用心良苦。

延壽既以圓融調和爲自己佛學的宗旨，在佛教經典的選擇運用方面也就有自己的鮮明特色。他在《唯心訣》中對大乘經典有一概括性意見，說：「詳夫心者，非眞妄有無之所辯，豈文言句義之能述乎？然衆聖歌咏，往哲詮量，千途異說，隨順機宜，無不指歸一法而已。故《般若》唯言無二，《法華》但說一乘，《思益》平等如如，《華嚴》純眞法界，《圓覺》建立一切，《楞嚴》含裹十方，《大集》染淨融通，《寶積》根塵泯合，《涅槃》咸安秘藏，《淨名》無非道場。統攝包含，事無不盡；籠羅該括，理無不歸。」在他看來，這些經典的共同旨趣是「事無不盡」、「理無不歸」，也就是統歸於理事圓融無礙。

在《萬善同歸集》中，延壽也正是以《唯心訣》的這種觀念來對待全部大乘經典，也就是說以圓融爲最高標準來判定經論的意義和價值。《華嚴經》、《法華經》、《般若經》、《涅槃經》、《楞嚴經》等在《萬善同歸集》中受到充分的重視，引證次數最多，其原因不言而喻。與此同時，他又給予《大乘起信論》以特殊的重視，全書七處直接徵引《起信論》文句，以成就其「萬善同趣菩提、衆行共成涅槃」的圓融宗旨。

《大乘起信論》是中國佛教學者託馬鳴之名所著的一部重要論典，對中國佛教思想影響極為廣泛深刻，其中於禪宗、華嚴宗、天台宗影響更為明顯。《起信論》的總綱是「一心二門」。「一心」指「眾生心」，即真如、如來藏；「二門」指心真如門和心生滅門。心真如門指向性體，攝出世間法；心生滅門指向相用，攝世間法。這一思想對禪宗在行住坐臥中體驗禪的意境、不放棄生活日用的獨特風格具有重要意義。《起信論》在闡述「一心二門」時，既說到「如來藏隨緣變化成阿賴耶識」，又說到「許依他緣起無性同性」。這也就是指既「理澈於事」又「事澈於理」，兩者結合便成「理事圓融」。這理事圓融是華嚴宗的核心思想，所以華嚴宗從其創始人法藏起就十分重視《起信論》。

延壽在《萬善同歸集》中，則引述《起信論》所說「二相」（即「一同相，平等性義；二異相，幻差別義」）以及「三心」（即「一直心，正念真如法故；二深心，樂集一切諸善行故；三大悲心，欲拔一切眾生苦故」），以論證「理事齊修，乘戒兼急，悲智雙運」的經典依據和「萬行齊興，四攝廣被」的完備條件。

《起信論》的有關思想後來為中國佛教徒撰述的某些經典所繼承，使之發揮更大的影響。呂澂先生指出：「中土僞書由《起信》而《占察》，而《金剛三昧》，而《圓覺》，而《楞嚴》，一脈相承，無不由此訛傳而出。」（〈辨佛學根本問題〉，見《中國哲學》第十一輯）以《楞嚴經》爲例，它的最大特色是思想上的融通性。正是這種融通性，使它在中唐以後深爲人們喜愛，其作用和影響也日益擴大。該經認爲，衆生皆具本覺眞心，以此本覺眞心則可調和現實世界與西方淨土的矛盾，圓融所謂「和合性」與「本然性」。

基於這一調和思想，《楞嚴經》以佛教修行三昧之說，融合民間各類宗教，尊重土地、城隍、山林、川嶽及神祇。它聲稱，念誦此經神咒，便可「拔濟群苦」、「一切災厄，悉皆銷滅」。並斷言：「在在處處，國土衆生，隨有此咒，天龍歡喜，風雨順時，五穀豐殷，兆庶安樂。」（《楞嚴經》卷七）因此，正如呂澂先生所指出的，該經的圓融特色給後來佛教學者的調和活動提供了經典依據，從而爲各佛教宗派普遍接受和採納。

他說：「賢家據以解緣起，台家引以說止觀，禪家援以證頓超，密宗又取以通顯教。宋明以來，釋子談玄，儒者闢佛，蓋無不涉及《楞嚴》也。」（〈楞伽百僞〉，見《中國哲學》第二輯）明末高僧智旭在他所著的《閱藏知津》中指出，《楞嚴經》所體現的圓融思想，使「此經爲宗、教司南，性、相總要；一代法門之精髓，成佛作祖之正印」。一方面，該經所說「常住眞心性淸淨體」與華嚴、天台兩家敎旨相合；另一方面，該經又說七處徵心、八還辨見，與禪宗的參究有聯繫。

由此可見，延壽《萬善同歸集》在佛學淵源上，與《起信論》、《楞嚴經》等經典關係頗爲密切。該集之所以能將華嚴「理事圓融」學說、天台「一心三觀」思想、禪宗「頓悟漸修」法門、淨土「念佛往生」實踐等結合，無疑得力於這些經典的有關思想。但是，旣然「賢家據以解緣起，台家引以說止觀，禪家援以證頓超」，又因華嚴理事無礙之說已普遍爲佛教各宗派所接受，所以延壽在更多場合下，以華嚴「圓教」的名義談論「萬善同歸」的必要性和可行性。

如他一再宣稱，「今所集者，惟顯圓宗；一一緣起，皆是法界實德」；「若華嚴圓旨，具德同時，理事齊敷，悲智交濟」（卷上）。「法性融通，隨緣自在；隨舉一法，萬行圓收。即華嚴所宗，圓教所攝」（卷下）。這樣，他的《萬善同歸集》與《宗鏡錄》實際上相輔相助，構成一個龐大而完整的圓融體系。這個體系以《起信論》、

《楞嚴經》、《華嚴經》、《法華經》等爲基本經典依據，又以禪教一致爲基礎，在新的形勢下完成對佛教統一的迫切任務，最終完成向禪淨合一和念佛淨土的歸趣。其中禪淨合一和念佛淨土的闡述，主要是由《萬善同歸集》進行的。

相傳東晉高僧慧遠在廬山東林寺建立「蓮社」，發願往生西方淨土。東魏時汾州玄中寺僧曇鸞受菩提流支影響，提倡一心專念阿彌陀佛，可入西方淨土。後來隋唐間僧道綽在玄中寺見到曇鸞之碑，生起仰慕之心，決意歸心淨土。他勸人們口念阿彌陀佛名號，以豆粒計數。道綽圓寂後，善導入長安宣傳念佛法門，完成淨土一宗的教義和行儀。淨土宗以稱名念佛爲特色，主張依他力即彌陀願力而往生西方「極樂世界」，與禪宗宗旨大相徑庭。但由於它簡單易行，對民衆吸引力很強，所以即使在禪宗廣泛流傳的時期，淨土念佛法門在社會上仍深具影響。

所謂「禪淨合一」，是指禪宗有意識吸收淨土宗的信仰和實踐，造成一種新的佛教體系。禪僧的身分雖說沒有變，但開始把日常修持的重心轉移到了稱名念佛的實踐上。宗密在《禪源諸詮集都序》中曾提到過禪淨的統一，但禪淨合一並雙修局面的眞正形成，則應該從延壽算起。

善導入滅後約半個世紀，慈愍三藏慧日也提倡淨土歸向。他在所著《般舟三昧讚》中，提倡與善導相似的淨土往生法門；而在《往生淨土集》中，則主張禪教一致、禪淨合修。一般認爲，延壽的禪淨合一思想與慧日主張有重要關係。在《萬善同歸集》中，兩處引用慧日著述，以證明禪淨合一雙修的必要性，如所謂「聖教所說正禪定者，制心一處……所修行業，回向往生西方淨土。若能如是修習禪定者，是佛禪定與聖教合」（卷上）。由於禪宗具有的重視心性的特點，禪淨合一的理論也必然會保存「唯心」的傾向。但「唯心淨土」的提出，則源於延壽。

慧日時代雖然禪宗已經成立，這與善導時代有區別，但慧日尚未有「唯心淨土」之說。慧日的淨土是明確的西方淨土，即他所說「回向往生西方淨土」。在實踐禪定同時所作的「念佛、誦經、禮拜、行道」，顯然指向稱名念佛，而非唯心念佛，這與善導一致。

延壽作爲禪僧，對禪宗心性之說自有深刻領會。但因時風所趨，他於西方淨土也了解甚多。從「萬善同歸」原則出發，延壽將禪與淨土予以圓融，又將唯心淨土與西方淨土加以會通，是十分自然的事。這兩方面的圓融統一，使他開創了佛教實修的新時代，導致了宋明佛教的基本格局。

禪宗自其創始人惠能起，便激烈反對念佛、坐禪，並從自力佛教立場出發，抨擊他力的各種佛教修行。延壽提倡禪淨雙修，並逐漸置重心於淨土歸向，與當年禪宗宗旨正好相對立。

據載，延壽曾作「念佛四料簡」偈，認爲禪與淨土的修行有四種關係，並在把禪淨雙修視爲最高修行層次的同時，極力突出淨土的位置，說：「有禪有淨土，猶如戴角虎；現世爲人師，來生爲佛祖」、「有禪無淨土，十人九蹉路；陰境若現前，瞥爾隨他去。」（《淨土指歸》卷上）這一情況的出現，除了上述經典和教理方面的原因，還與吳越地區天台佛教思想有密切關係。

早在天台宗創立者智顗所著的《摩訶止觀》中，已經提出了四種三昧的修習，其中反映出天台宗與念佛淨土的聯繫。如第二「常行三昧」，出自《般舟三昧經》，又名「般若三昧」。其方法是：行旋繞步，口唱阿彌陀佛名號，心念阿彌陀佛形相，「或唱念俱運，或先念後唱，或先唱後念。唱念相繼，無休息時」（《摩訶止觀》卷二上）。在《五方便念佛門》中，智顗又說：「敍開念佛五門。第一，稱名往生念佛三昧門」、

「諸佛以衆生樂稱諸佛名、生彼國者，則示以稱名往生門。」這是指通過稱名念佛而往生西方淨土。在《淨土十疑論》中，他更明確表示對他力易行道的興趣，希望乘阿彌陀佛的願力而往生西方淨土。

天台佛教以圓融著稱，所謂「三諦圓融」、「一心三觀」、「六即佛義」，無一不體現圓融會通思想，從中可引出萬善同歸之說。所以《萬善同歸集》指出，根據「一心三觀，三觀一心」，「常冥三諦，總合一乘，萬行度門，咸歸實相」，因而念誦不妨禪定，參禪也不妨念佛。

延壽讚頌智顗說：「智者大師，一生修西方業，所行福智二嚴，悉皆回向。」（卷上）在延壽看來，天台宗之所以在確立「諸法實相」學說同時，主張淨土回向，修習各種法門，如懺悔、禮拜、行道、放生等，是由於《法華經》提倡的方便說。

《法華經．方便品》指出，因爲現實世界是「五濁惡世」、「衆生垢重，慳貪嫉妒」，所以佛採取各種方便說法，以對治衆生。這一「開權顯實」的方法也就成爲延壽《萬善同歸集》十大名目中的「權實雙行」。由此推論，延壽在具體修行途徑的考察方面，更多的受地區性佛教特色的影響。他反復引述《法華經》，以該經論證一切修行的必要性，與吳越天台佛教的關係不容忽視。

延壽時代，天台宗因吳越王錢弘俶向高麗求得大批重要典籍而得到復興。又因佛教世俗化、庶民化趨勢的加深，淨土宗在此期間迅速成長，天台佛教內部的融合調和要求更爲突出起來。至北宋初期，天台宗的「中興」以別具一格的姿態出現於佛教界。延壽雖爲禪宗傳人，但他的活動既在天台宗勢力範圍內，當然也就難以完整保持自宗特色。他在《萬善同歸集》中，大量引用天台論著和教義，表明他要以天台的圓融學說助己一臂之力，印證和完善自己的統一調和體系；同時又希望以這一體系再去影響和支配禪宗、天台宗等各佛教宗派的思想和修行。

從佛教史的角度看，不同歷史時期的佛教各有自己的性格特點。如南北朝學派紛爭，隋唐時宗派並列。隋唐宗派各具特色，即使宗派內部也有意見分歧，如禪宗各派往往「語帶宗眼，機鋒酬對，各不相辜」（《宗門十規論》）。自宗密提倡禪教融合，延壽又在此基礎上推出禪淨合一的理論和修行，他們的意圖就在於模糊宗派分歧，消融禪門特色。

禪淨合一和淨土歸向路線的確立，表明佛教開始比以往任何時候都更重視實修的效果。這種實修具有加深佛教社會化和民眾化的傾向性，更能投合一般人士當下成佛的願望和往生淨土的心理。從頓悟心性轉向禪淨合修，從自心自力轉向念佛他力，曲折地反映著時代的變遷。

受延壽的啓發和引導，自北宋起，禪僧已紛紛仿效、貫徹禪淨共修。如雲門宗禪師明教契嵩主張參禪與念佛並行，且身體力行。據載，契嵩「夜分誦觀世音名號，滿十萬聲則就寢。其苦硬清約之風，足以追配鍾山僧遠」（《林間錄》卷上）。天衣義懷也提倡禪僧兼修淨業，並著有《勸修淨土說》，以推廣禪淨雙修。死心悟新作《勸修淨土文》，文中認為：「參禪人最好念佛。根機或鈍，恐今生未能大悟，且假彌陀願力，接引往生。」（《淨土或問》）眞歇淸了作《淨土說》，從曹洞宗角度闡述禪淨合一理由。

長蘆宗賾先是兼習禪教，後又轉向禪淨融合，歸心淨土。他曾建立蓮華勝會，規定凡預會之日，不分僧俗，都須同聲稱念阿彌陀佛名號。在他看來，「念佛不礙參禪，參禪不礙念佛。法雖二門，理同一致」（《廬山蓮宗寶鑑》卷三）。與此同時，禪宗的淨土歸向轉而推進了天台宗的台淨合一，延壽同時代以及稍後時代的天台宗代表人物，幾乎無一不與淨土念佛結下難解之緣。

如慈雲遵式著《晨朝十念法》，自約每天淸晨念佛，「盡一氣爲一念，如是十氣，名爲十念」，且「盡此一生，不得一日暫廢」（《樂邦文類》卷四）。四明知禮深信佛經所說「當稱彼佛號，修彼佛慈，必爲彼佛本願攝取」，故而「唯勤念佛」。他曾集道俗近千人，「心心繫念，日日要期」，「誓取往生」（《樂邦文類》卷四）。孤山智圓也以淨土爲歸宿，「雖遍想十方，而終期心於淨土」（《閑居編》卷六）。宗曉編纂淨土宗重要文集《樂邦文類》、《樂邦遺稿》，收入了延壽、遵式、元照、宗賾等人的大量淨土論文，廣泛予以傳揚。

以延壽《萬善同歸集》所表達的禪淨合一思想爲發端，宋代的淨土信仰已在唐代淨土宗基礎上有重大發展。志磐描述杭州地區淨土念佛修行的盛況時說：「年少長貴賤，見師者皆稱阿彌陀佛，念佛之聲盈滿道路。」（《佛祖統記》卷二十六）爲此，元代天如惟則禪師對延壽大加讚歎說：「永明既悟達摩直指之禪，又能致身於極樂上品，以此解禪者之執情，以此爲末法之勸信。故余謂其深有功於宗教者此也。」（《淨土或問》）

在禪淨合一全面推廣和淨土念佛不斷高漲的同時，佛教的結社活動出現一派繁榮景象。這些結社名目繁多，但通常以淨土念佛、共期往生西方極樂爲主要內容。禪宗和天台宗僧侶在其中擔任重要角色，他們通過結社活動，把官僚士大夫以及廣大社會民衆結爲一體，使淨土往生觀念和行爲日益深入世俗社會。而佛教的各類修行活動和宗教儀式也就在淨土歸向的過程中得到全面推廣，延壽的「萬善同歸」思想至此已爲僧俗兩界普遍付諸實踐。

按照《萬善同歸集》中「萬善是菩薩入聖之資糧，衆行乃諸佛助道之階漸」之說，宋代佛教逐漸形成以淨土行懺、壇場供養、授菩薩戒、立發願文、追善回向、志求往生以及念佛、禮拜、供佛、放生、隨喜、懺罪等一系列儀式爲特徵的龐雜體系。這一體系因適合社會的實際需要，從而爲明清佛教所繼承和發展，並演化爲近代佛教的主要內容。

明清佛教無論在內容或形式上，都深受延壽融合調和思想影響，可以說基本上是對《萬善同歸集》思想的全面實施和貫徹。明末「四大高僧」的禪淨合一和淨土實修是這方面的典型代表。他們之所以爲佛教界稱頌不已，原因也正是在這裏。如雲棲袾宏在所著〈念佛不礙參禪〉一文中讚揚延壽說，他雖是禪門巨匠，「而留心淨土，不礙其禪」且「有益於參禪」（《竹窗二筆》）。他認爲，念佛可以使人在命終之時爲彌陀接引，往生極樂。這就是說，一切修行中，只有念佛淨土才是究竟。

又如憨山德清評價延壽說，他「懸義象於性天，攝殊流而歸法海。不惟性相雙融，即九流百民，技藝資生，無不引歸實際。又何教禪之不一，知見之不泯哉！」（《憨山老人夢遊全集》卷二十五）他根據延壽所說，爲對治叢林偏弊，注重淨土眞修，並視淨土念佛爲最後歸宿。因此，德清於晚年，「掩關念佛，晝夜課六萬聲」（《靈峰宗論》卷五）。

再如蕅益智旭，他的佛教思想核心是「融會諸宗，歸極淨土」（《靈峰宗論》卷十）。他最推崇的高僧便是永明延壽。他按照《萬善同歸集》的理想，展開性相、禪教的調和；天台與唯識的融通；天台與禪的折衷；儒家與佛教的會通；禪、教、律、密各宗的淨土會歸。他的融合思想集中體現了宋以後中國佛教的發展方向，且又以自己的宗教實踐完成了向近代佛教的過渡。《雲棲法彙》、《憨山老人夢遊集》、《靈峰宗論》等著作中，集中體現上述三大家受延壽影響的融合思想。

解說

永明延壽生活的五代宋初，是中國歷史的重要轉折時期，也是中國佛教的重要轉折時期。中國古代封建社會開始進入後期發展階段，與此相適應，中國佛教面臨著新的課題，需要作出新的選擇。

唐末社會大動亂之後，北方地區五代更迭，南方地區衆多小國分立。佛教在這時又一次表現出南北風格上的重大差異。北方軍閥大多迷信刀劍和金錢萬能，不得已時，還有出賣國土、甘做兒皇帝的一途，而對於國家治理、經濟和文化建設，則不知爲何物。南方諸國相對地較爲穩定，地方經濟獲得新的開發，文化中心因而隨之南移。南北經濟文化格局出現的重大調整，也影響到了佛教的發展變化。

北方統治者在恢復儒家思想影響的同時，實行對佛教的嚴格監控措施，北方佛教僅是勉強維持生存而已。南方不僅社會相對安定，而且原有文化傳統受到保護，佛教在諸國統治者支持下，繼續廣泛傳播。禪宗五家中，除了臨濟宗創立於北方，其餘四家都產生在南方，而臨濟宗的後繼者不久也渡江南下，標誌著佛教文化南向遷徙已成潮流。吳越地區原本具有天台宗的雄厚基礎，此後，這裏儼然成爲中國佛教文化的中心。

延壽晚年，南北統一趨勢已十分明朗。吳越雖亡於太平興國三年（公元九七八年），但延壽在最後十五個春秋中，已領略了北宋統一政治的影響。他著《宗鏡錄》一百卷，又撰《萬善同歸集》三卷，顯然是爲了適應這一歷史性的轉折。延壽在作爲佛教文化中心的吳越地區，擔當起教界領袖的義務，把適應時代變化的需要、保證佛教的存在和發展視爲自己的職責，通過著述全力推廣對內和對外的各種調和統一思想。從這一意義上說，延壽的佛學既是對現實社會政治的承認，也是對佛教事業的眞誠護愛。

中國佛教於唐代中葉開始走向衰退，而同時禪宗卻異軍突起。至五代末年，禪宗的思想發生蛻變，禪僧的修行弊端轉甚，佛教危機繼續加劇。延壽面臨的任務，是迫切需要對佛教進行嚴肅反省，並構思如何適應由分裂走向統一的新形勢。

佛教自傳入中國之初起，始終面臨著如何適應現實社會、保證自身生存和發展的問題。魏晉時期的「格義」佛教，南北朝的「學派」佛教，以及隋唐的「宗派」佛教，莫不都是如此。南北朝時期北方注重宗教實踐、南方致力於義理闡述，也都與此相關。

由於佛教的衰退，教團內部末法觀念不斷增強，其影響之一，造成僧俗兩界對佛教信念的淡化。又由於在對傳統佛教批判和否定的過程中，禪宗思想走向另一個層面，破除一切有相的修行，禪僧舉止從內部構成對佛教產生改革的因素。重新整頓人心，全面改造佛教，已成爲十分緊迫的課題。更爲嚴峻的是，五代末年，周世宗「內延儒學文章之士，改制度，修《通禮》，定《正樂》，議《刑統》。其制作之法皆可施於後世」（《新五代史》卷十二〈周本紀〉）。他從儒家政治理想和宗法倫理角度，展開對佛教教團的嚴厲整頓。周世宗的上述政策，直接影響到宋初新的統治思想的確立。這一客觀形勢，也促使佛教界有識之士總結經驗，進行對佛教的自我改造。延壽作《萬善同歸集》，是要實現對佛教的自我改造工作。這一工作基本上從兩個方面入手。一是重整人心，二是面向社會。

　　延壽認爲，時當末法，人心邪僞，所以當務之急是改造人心。所謂發現和認識自心，復歸於唯一眞心，也就是避惡趨善，通達解脫之門。在《宗鏡錄》中，他明言「舉一心爲宗」，並通過對「一心」的闡述完成禪教融合。

　　在《萬善同歸集》中，他一再提示「唯心」在理論和實踐中的意義，如說「萬法唯心，應須廣行諸度」，視六度的修行以萬法唯心爲背景；又如說所修萬善「以心爲本」，意爲一切修行都依心爲轉移；又如說「心性圓明，本來具足」，但須「衆善顯發，萬行磨治，方便引出」，意爲衆生本具圓明心性，但於現實濁惡之世顯現爲惡，若能修行衆善，仍可回復至善本性。

可見，延壽對「心」的闡述，並非出自單純的佛學心性論探討，而是包含著他對佛教事業的眞情實感，熱情規勸人們在逆境中認識社會、反省自己，通過修行而發現心性，增強對佛教的信念，堅定成佛的信心。

延壽指出，在他的時代，佛教表現的是歷史性的下行趨勢。禪宗與教門的分裂，理論與實踐的脫離，實相與修行的矛盾，自力與他力的割裂，心性與戒律的分離，最終將導致佛教地位的進一步跌落。「三武一宗」法難，給教界有識之士以沉痛的教訓，延壽還曾目睹了最後一次法難，這對他的佛教融合思想的形成無疑具有深刻影響。

在當時歷史條件下，他所設計的由禪教一致而禪淨合一的方案，並最終確立以淨土實修爲核心的「萬善同歸」，既是無可奈何，又是唯一可行的選擇。後來的歷史進程證明，這是一個有效的方案，它不僅爲佛教各宗派所認同，爲僧俗兩界所接受，而且也受到世俗統治者的支持。佛教事業由此而繼續綿延了十個世紀之久。

《萬善同歸集》在揭示重整人心（心性問題的討論，雖然三教皆備，而以佛教水平最高）、確保佛教心性理論優勢地位的同時，強調佛教修行的實際意義，謀求佛教信仰更爲廣泛的社會基礎，並使佛教實踐成爲廣大民衆普遍的需求，最終形成佛教在衰落時期的新的體系。這一體系的實質，是以「萬善同歸」的實修來彌補理論的失落，又以引導民間的發展來避免各種力量的批判。《萬善同歸集》的撰成，既宣告了佛教轟轟烈烈的前一階段發展的行將結束，也標誌著步履維艱的後一階段行程的隨即開始。

近代以來，由於科學技術的突飛猛進，物質文明迅速成長。從社會的發展角度看，這未嘗不是一件好事。但是，應該看到，由於人類過份依賴物質文明，將物質生活視爲人類生活的全部內容，從而竭力排斥精神生活，甚至視之爲可有可無，這就容易走上極端。加上人類自身作爲「衆生」之一的根本弱點，無明、煩惱與生相隨，「三毒」橫行肆虐，使現代社會面臨嚴重的精神道德危機。

在現代物質文明的掩飾下，人類社會確實存在著大量的醜惡現象。人們片面追求物質享受和世俗利益，沉湎於聲色之樂，任憑欲念馳騁。和諧的社會變成爾虞我詐的角鬥場所，美好的人生成為權力、名譽、地位、金錢的犧牲品。無節制的殺生，殘酷的戰爭，環境的污染，生態平衡的破壞，人類生存的危機在繼續不斷的加深之中，並且已由西方蔓延至東方。整個世界幾乎無一寧靜之處。

在一些東方文明古國，隨著現代化的進程，西方的生活方式和現代文明流弊，也已開始傳入。一方面，人們的物質生活水準迅速提高；另一方面，受金錢萬能、權力至上思想的支配，社會倫理、道德水準急劇下降，兇殺、搶劫、偷盜、色情、貪污、受賄等等醜惡現象隨處可見。

人們已經清楚地認識到，在現代社會生活下，物質文明程度的提高，一刻也不能脫離精神生活的淨化。社會問題需要綜合治理，人類精神生活的改觀取決於多種因素和條件的配合。但是，佛教教義始終是淨化社會和人生的重要環節。佛法之所以有如此久遠的生命力，原因之一，是它能為不同社會、不同階層的人們所接受。

《萬善同歸集》雖是距今約一千年前的古代高僧著作，但它在成書後的所有時代中，為僧俗兩界所認同，並積極予以傳播和實踐。書中的某些觀點，因受時代的局限，可能難以完全適應二十世紀的現代人類（包括出家人）的實際需要。但是，它所提倡的整頓人心、回歸眞如實相之說，它所主張的禪教一致、禪淨雙修理論，以及它所號召的衆善修行、萬善同歸的思想，或對於現代佛教界，或對於當今世俗社會，仍然具有啓發意義乃至實踐價値。

中國佛教在近現代曾一再遭受挫折。由於明清時期「融混佛教」的全面推廣，僅存的禪和淨土兩宗之間的界限到這時已幾乎消失殆盡。近現代佛教叢林，無一不按延壽所確立的「禪淨共修」原則展開修行，著名禪僧通常以禪淨雙修和淨土歸向爲學佛的至極。

究其原因，大多由於他們對於近現代中國的社會面貌、人間世態、人心活動具有切實的感受和了解。試以圓瑛法師爲例，他早年發憤研習禪學，後來卻提倡禪教統一，最終則畢其全力弘揚「禪淨雙修」，並落實於念佛實踐。他一生的學佛經歷，與延壽完全吻合。

他曾自述這一變化過程，說：「圓瑛少業儒，冠入釋。既受戒法，致力禪宗。復究教乘，游心講肆。雖解行並進，每生死爲憂。迨三十六歲，讀永明、蓮池二大善知識之著述，深信念佛法門，可以速超生死，疾趣菩提。由是禪淨雙修，二十餘年。」

（《圓瑛大師年譜》，第一八八頁）在經過數十年身體力行，實修禪淨之後，他於晚年轉入專修淨土：「至六十歲，乃專修淨土。自號『三求堂主人』，求福、求慧、求生淨土。」（《年譜》，第二三一頁）

圓瑛強調，在末法之世，法門凋零之時，根機退墮、人欲橫流的狀況下，修行的最佳選擇便是淨土念佛。他說：「一聲佛號，可以三根普被，六度齊修。」（《年譜》，第二三一頁）又說：「果得淨宗普及於當世，人人皆修淨業，自可化強暴為善良，轉亂世成淨土矣。又豈佛教之幸，更屬世界之大幸也。」（〈中國淨土教史序〉，見《弘化月刊》第二期）根據上述圓瑛法師的佛學思想轉變軌跡，我們可以直接認識延壽《萬善同歸集》的深遠影響和現代意義。

現代科學技術的日新月異發展，機械、電腦的不斷開發、更新和廣泛應用，不僅使社會生產力的發展提高到空前水平，而且也使現代人類的生活節奏迅速加快，各種由此而來的精神性疾病和心理性障礙不斷蔓延發展，成為另一嚴重社會問題。除了通過系統專業訓練，提高文化素質，改善自我調節能力，佛教中有關心性修養的理論也不失為對治現代高負荷、快節奏生活的良藥。

《萬善同歸集》所提示的坐禪實踐、念佛修行等，都能在一定程度上幫助人們克服因精神疲勞而導致的種種煩惱、焦慮，從而恢復正常之我。而書中所指出的奉持戒律、樂於檀施等，則有助於使利欲熏心、不仁不義之輩改惡從善，萌發慈悲之心。所謂「萬善同歸」，就是要導人於善，「初即因善而趣入，後即假善以助成」；去除一切煩惱貪著，便「位入無爲之道」（卷上）。因此，現代生活的弊端以及由此俱生的煩惱，是可以用修習一切善行的方法加以克服的。

在現代物質文明的刺激下，人們習慣於過一種舒適的生活，熱衷於聲色之樂，表現出強烈向外追求的傾向，而內在的精神生活則日趨貧乏。當物質文明正持續發展之時，人們的思想素質、文化教養則呈不斷下降之勢。因此，事實上，現代社會中眞正願意按佛經所說作如實修行的人已十分有限。大多數人雖然已認識到自己的錯誤和缺點，也希望通過修習善行改變自我，但由於種種客觀或主觀的原因，並不能付諸實行。也有少數人則僅僅將修持視作他人的事，乃至以此掩飾自己、教訓別人。人類的劣根性之一是善於掩飾虛僞。

現代文明下，人們日益喜歡於公衆場合下作自我表揚，而不願作踏踏實實、默默無聞、長年累月的如實修行。這正如《萬善同歸集》中所指出的，這種人「如蟲食木，偶得成文，似鳥言空，全無其旨。煩惱不滅，我慢翻增。是惡取邪空，非善達正法」。基於此，延壽特別強調「言行相應」，要人們「行取千尺萬尺，說取一寸半寸」，因爲「佛法貴在行持，不取一期口辯」（卷中）。這種見解對於當今僧俗兩界人士來說，仍然具有很強的針對性。

《萬善同歸集》和《宗鏡錄》是延壽的兩部主要佛學著作。由於《宗鏡錄》規模龐大，卷帙過多，哲理辨析繁雜，對於一般佛教徒來說，閱讀不便，理解困難，所以它的實用性受到局限，社會效果相對削弱。與此相比，《萬善同歸集》有明顯的優勢。它篇幅短小，說理清楚、簡潔，內容具體，目的明確，十分適合一般佛教徒的口味，相當於佛學的基礎教材。這樣的佛學基礎教材，對於時下信奉佛教的人們來說，尤其顯得必要。

「解脫」或「成佛」畢竟不是口頭上的事，佛法的最終意義在於指出實踐和修行的地位。去惡從善、由惡趨善是一切宗教的普遍說教，佛法要求人們通過自己的修行實踐擺脫無明和煩惱，達到無我的自由境界。哲學思辨的高妙、理論體系的完善，不能替代佛教的實修。在現時代，實修似乎比理論闡述具有更重要的意義。

對於不具佛教信仰的一般民衆來說，提倡萬善同歸、衆善共修，也是有益而無害的。世俗之人受周圍環境影響，功名利祿的欲念難以擺脫，不能正確對待個人權利和社會義務，物質生活和精神生活長期處於不平衡狀態，要求過多而付出甚少，其結果只會長溺苦海。延壽根據佛教基本教義，結合儒家的傳統觀念，在《萬善同歸集》中，強調指出世俗之人棄惡崇善對個人、家庭、社會的意義。

他說：「佛法衆善，普潤無邊，力濟存亡，道含眞俗。於國有善則國霸，於家有善則家肥，所利弘多，爲益不少……一善所行，無往不利，則是立身輔化，匡國保家之要軌矣。若以此立身，無身不立；以此匡國，無國不匡。」（卷下）這與儒家經典所說「積善之家，必有餘慶；積惡之家，必有餘殃」、「行善降之百祥，爲惡降之百殃」的道理完全相同。佛教出世的教義和儒家入世的學說並非全然對立，在導人爲善、利益社會方面是一致的，因果之說可通於善惡報應。

文明的進程，往往也是罪惡成長的過程。原始的質樸和淳厚，隨著機械的運轉消失殆盡，人性的慈悲和善良，由於商業利潤的激增轉而變得殘忍、奸詐。拜金主義使社會的弊病日益嚴重，不斷嚴密的法律制度和行政措施只能涉及罪惡的現象，卻無法深入罪惡的心性根源。提倡修習一切善行，對於現代人類來說，猶如從小事做起，陶冶心性，逐步轉變錯誤觀念。這就是延壽書中所謂「積眾善之根，成大慈之種」（卷中）。在日常生活的每一細小事務中，都能培植善根。

無論地位多麼顯赫，也無論職業多麼卑微，人性平等一如，誰也沒有理由以指導者的身分教人如何行善、如何滅罪、如何做人。重要的是，每個人都應以自己切實的善行去影響他人、感動天地。日常生活中的一言一行是最好的試金石，成佛或成聖賢的道路就從這裏開始。

延壽《萬善同歸集》針對當時社會和教界的澆僞之風，曾作如下認識：「劇惡不如微善，多虛不如少實」；「道不遺於小行，暗弗拒於初明。故一句染神，歷劫不朽；一善入心，萬世匪忘。」（卷中）假如當代社會人人都能自覺認識社會義務和人心弱點，從而由小善入手，堅持不懈，由微而著，則個人精神獲得昇華自不待言，世界大同也將日趨接近。

誠然，《萬善同歸集》是中國佛教開始走向另一階段的產物。它的全部內容，標誌著佛教前期理論闡述和思想發展已告一段落，宣布轉入以實修爲根本的後期進程。因此，延壽的目的並非要提高人們的佛學素養和對佛教的理論自覺，而是要引導人們投入實修。

他對佛教各宗派思想、各類修行所作的融合統一活動，乃至對佛教與儒、道所展開的調和會通工作，無不爲了導人於實修這一根本目的。在這一目的指導下，佛教修行加強了，但隨之也帶來延壽始料所未及的流弊。

由於佛教向社會的全面推進，在民間廣泛傳播，逐漸造成低層次發展的趨勢。缺乏理論指導的實修，容易導致盲目行事或走向極端。沒有理論的創新和發展，無法造就傑出的佛學代表人物。佛教修行長期處於低層次的思想引導和社會環境中展開，最終會使修行本身發生蛻變。

宋代以後，佛教受限於世俗政權統治之下，無法有獨立發展。與此同時，佛教無限度的大衆化、通俗化，則嚴重喪失自身獨特價值。結果，佛教文化和佛法原理在社會一般民衆心目中越來越模糊不清，甚至把佛教信仰融入民間的盲目信仰之中，把佛法與迷信、巫術等而視之。

近代以來，佛教在中國經歷了多次來自科學和民主的衝擊，其原因之一，是由於佛教與迷信等同的社會觀念已相當盛行。這一局面雖然不能完全歸之於當年延壽提倡的實修活動，但它說明，對《萬善同歸集》的片面理解，同樣會帶來嚴重後果。雖然在該書中，延壽確實以較大篇幅，對苦行、燃指、燒身、燒臂、乃至投巖、赴火、遺身等多種與大乘智慧解脫教義不盡一致的修行大加讚歎。但是，這方面的文義是因應當時的環境，應該有其深層的含義。

佛教是出世的宗教，它的核心是脫離現實之苦，證取清淨無爲涅槃。大乘佛法提倡「世間即出世間」，立足於現實世界，獲得精神上的超越。佛法的重心雖然是心性問題，但它的最終目的是在淨化社會，自利利人。

延壽《萬善同歸集》的指導思想和具體內容，總使人感受到帶有某種保守的傾向和缺乏進取的信念，這也容易被後人從消極的角度予以理解，並在實踐中局限於謀求個人解脫的狹隘的利己主義，脫離大乘佛教「自利利他」的宗旨。所以，我們應當對該書作全面的理解，側重於肯定它的基本精神和對中國後期佛教發展的貢獻。

附錄

1萬善同歸集序

沈振

北宋熙寧五年（公元一〇七二年）

稽夫享四溟之廣，非聚流而弗充；躋十地之尊，非聚善而弗具。然則深不可測者，在乎積納而久；聖不可知者，在乎積修而勤。矧妙覺垂言，玄通立教。苟一豪而嚮善，可三界以超塵。必也寤寐眞詮，揄揚覺路。庶漸磨而成熟，亘鑽仰而克勤。抑則非聖非凡，在迷在悟。

欲深躋於聖域，當遽革於凡心。匪一事以薰陶，必多門而練習。或教言曲妙，標佛隴之徽猷；或禪理深融，藹曹溪之淑譽。不可執空而離有，不可背實而從無。要釋權宜，爰歸實相；權實既了，虛空可存。故達者轉物以明心，可言妙用；迷者按文而滯教，豈謂通方？或克荷於經龍，或堅持於律虎；或瞻禮睟容之謹願，或繞行淨室之勤渠；或口誦尊名，或心觀樂土；或供以蒲塞，無重富以忽貧；或施及檀波，無增好而減惡。事如均等，利亦優隆。凡依律依禪，當資乎介福；造經造像，必藉乎多爲。莫謂有己之賢，即心而佛。從凡超聖，未有不修之釋迦；從妄入眞，未有不證之達磨。

在人崇道，非佛異途；常貴精勤，無從怠易。重分陰之瞬息，研大道之根原。一簣如虧，曷致巍峨之鎮；三乘或廢，難登慈忍之門。則無自我之矜，則無捨彼之善。匪必求全德，方可質疑。心非非心，法非非法。要在心傳心而印可，法授法以師資。匪膠善於一隅，宜勵精於萬行。菩提之子可種，安養之方可修。明則而昇兜率天，昧則而沉阿鼻獄。言如自泥，即罔水而行舟；性若稍通，非渡河之用筏。前聖後聖，皆是因心；彼時此時，曾何異法？

噫！法在非在，心空弗空。無修而無所不修，眞修亦泯；無住而無所不住，眞住皆亡。憫爾群生，含茲一性。本無淑慝，爲外物之所遷；苟不修明，曷中扃之能杜。如資妙善，可謂眞歸。故前哲之縷言，俾後昆之緣學。乃搜羅教目，示諭迷情者也。

智覺禪師性晤機圓，才豐學際。曩生積習，與諸法以同符；今世流通，與諸佛而合契。念他己，則如自己；觀他心，則如自心。嘗撰《萬善同歸集》上、中、下三卷，所以勸一切有緣者也。或朱紫名流，緇黃法系，善男善女，高行高才，但至恭而至勤，則無貴而無賤。實利生之良藥，示求佛之要津。莫非括諸經諸論之法言，作末覺未知之先範。周旋勸導，謹密修持，永爲梵苑之權衡，宗門之準度云爾。

今法慧院智如藏主，夙資仁性，躬踐聖猷。見賢而同己之賢，見善而同己之善。總明師之論譔，興異世之楷模。福利茲深，方便不少。而又自傾囊楮，遽出財貲。肇爲倡率之隆，仍募高明之助。勝緣既集，能事必行。因鏤版以成編，貴修身而有監。將垂不朽，繆托非才。如振性味洞微，言睽樞要。猥承嘉請，難克固辭。聊述紀綱，敢逃誚讓。時聖宋熙寧五年閏七月七日序。

（據金陵刻經處本）

2御製妙圓正修智覺永明壽禪師萬善同歸集序

雍正

清雍正十一年（公元一七三三年）

朕嘗謂佛法分大小乘，乃是接引邊事。其實小乘步步皆是大乘，大乘的的不離小乘。不明大乘，則小乘原非究竟，如彼淨空，橫生雲翳。不履小乘，則亦未曾究竟大乘，如人說食，終不充飢。

蓋有以無故有，無以有故無。禪宗者，得無所得故，是爲實有；教乘者，得有所得故，是爲實無。實際理地，徹底本無；涅槃妙心，恆沙顯有。有無不可隔別，宗教自必同途。迷者迷有亦迷無，達者達無即達有。非證明顯有之一心，何由履踐本無之萬善？非履踐本無之萬善，又何由圓滿顯有之一心？乃從上古德，惟以一音，演唱宗旨，直指向上。其於教乘，惟恐學者執著和合諸相，不能了證自心，多置之不論。而專切教乘者，著相執滯，逐業隨塵，以諸法爲實有。正如迷頭認影，執指爲月。所以同爲學佛之徒，而參禪之與持教，若道不同不相爲謀者。

禪宗雖高出一籌，若不能究竟，翻成墮空。蓋住相遺性，固積諸雜染，而同於具縛之凡夫。離相求心，亦沉於偏空，而難免化城之中止。依古宗徒，皆以教乘譬楊葉之止啼，而以性宗爲教外之別旨，話成兩橛。朕不謂然。但朕雖具是見，而歷代宗師，未有闡揚是說者。無徵不信，亦不敢自以爲是。

近閱古錐言句，至永明智覺大師，觀其《唯心訣》、《心賦》、《宗鏡錄》諸書，其於宗旨，如日月經天，江河行地，至高至明，至廣至大，超出歷代諸古德之上，因加封號爲「妙圓正修智覺禪師」。其唱導之地，在杭州之淨慈。特敕地方有司，訪其有無支派，擇人承接，修葺塔院，莊嚴法相，令僧徒朝夕禮拜供養。誠以六祖以後，永明爲古今第一大善知識也。乃閱至所作《萬善同歸集》，與朕所見，千百年前，若合符節。他善知識，便作是說。朕亦懷疑，不敢相信。今永明乃從來善知識中，尤爲出類拔萃者，其語既與朕心默相孚契，朕可自信所見不謬，而宗教之果爲一貫矣。

夫空有齊觀，性行不二。小善根力，並是菩提資糧；大地山河，悉建眞空寶刹。是書也，得其妙用，自必心法雙忘；涉其藩籬，亦可智愚同濟。心通上諦，入教海而數沙；足躡虛無，依宗幢而進步。從此入者，不落空亡；到彼岸者，仍然如是。誠得千佛諸祖之心，誠爲應化含識之母。實惟渡河之大象，實乃如來之嫡宗歟！

朕既錄其要語，與《宗鏡錄》等書，選入《禪師語錄》，同諸大善知識言句並爲刊布。又重刊此集，頒示天下叢林古刹、常住道場，欲使出家學佛者依此修行，張六波羅蜜之智帆，渡一大乘教之覺海。具足空華萬善，刹刹塵塵；往來隨喜眞如，層層級級。飲功德水，而一一同味；截栴檀根，而寸寸皆香。薰己他薰，利他自利。徧虛空而無盡，當來世而無窮，無始無終，不休不息。此則朕與永明所爲弘正道，而報佛恩者也。

夫達摩心傳，本無一字，而永明《心賦》，乃有萬言。不立一字，該三藏而無遺；演至萬言，覓一字不可得。故云：假以詞句，助顯眞心；雖掛文言，妙旨斯在。觀此萬言之頭頭是道，可知萬善之法法隨根。何妨藻採繽紛，淸辭絡繹。多聞逾於海藏，語妙比於天花。寧非高建法幢，即是深提寶印。曾何絲毫之障礙，轉增無量之光明。在言詮而亦然，豈行果之不爾？爰附刊於此集之後，俾學者合而觀之，如寶珠網之重重交映焉。是爲序。雍正十一年癸丑夏四月望日御筆。

（據金陵刻經處本）

3宋錢塘永明寺延壽傳

贊寧

釋延壽，姓王，本錢塘人也。兩浙有國時爲吏，督納軍須。其性純直，口無二言。誦徹《法華經》，聲不輟響。屬翠巖參公盛化，壽捨妻孥，削染登戒。嘗於台嶺天柱峰，九旬習定，有鳥類尺鷃，巢棲於衣襵中。乃得韶禪師決擇所見。遷遁於雪竇山。除誨人外，瀑布前坐諷禪默。衣無繒纊，布襦卒歲；食無重味，野蔬斷中。

漢南國王錢氏最所欽尙，請壽行方等懺，贖物類放生，泛愛慈柔。或非理相干，顏貌不動。誦《法華》計一萬三千許部，多勵信人營造塔像。自無貯蓄，雅好詩道。

著《萬善同歸》、《宗鏡》等錄數千萬言。高麗國王覽其錄，遣使遺金線織成袈裟、紫水精數珠、金澡罐等。

以開寶八年乙亥終於住寺，春秋七十二，法臘三十七，葬於大慈山，樹亭誌焉。

（據江北刻經處本《宋高僧傳》卷二十八）

4 延壽生平略表

西曆紀元	年齡	大事記
公元九〇四年		延壽生於浙江餘杭。俗姓王。先祖原江蘇丹陽人，父親因縻兵寇，歸吳越，遷臨安府餘杭縣。時當吳越武肅王錢鏐崇尙佛教，延壽於總角之歲，即歸心佛乘。既冠，不茹葷，日唯一食。
公元九三一年	28歲	爲華亭鎭將，督納軍需。
公元九三三年	30歲	吳越文穆王錢元瓘知其慕道，乃從其志，放令出家。延壽乃捨妻孥，削染登戒，禮四明翠巖禪師爲師。不久，往天台山天柱峰修習禪定。又參謁德韶國師，密受玄旨。
公元九五二年	49歲	住明州雪竇山資聖寺，學侶臻湊。
公元九六〇年	57歲	受吳越忠懿王錢弘俶之請，住杭州靈隱寺，爲該寺第一世住持。

公元九六一年	58歲	復受請住永明寺（即淨慈寺），爲該寺第二世住持。寺衆至二千餘人。
公元九七〇年	67歲	奉詔於錢塘江畔月輪峰創建六和塔，高九級、五十餘丈，作爲鎮海之用。
公元九七四年	71歲	入天台山，度戒萬餘人。常與七衆授菩薩戒，夜施鬼神食，朝放諸生類。
公元九七五年	72歲	十二月二十六日，示寂於住寺，葬於大慈山，卒謚「智覺禪師」。一生著述宏富，除《萬善同歸集》外，尚有《宗鏡錄》、《神棲安養賦》、《唯心訣》、《定慧相資歌》等多種。

參考書目

1《大方廣佛華嚴經》 佛陀跋陀羅譯 《大正藏》第九册
2《妙法蓮華經》 鳩摩羅什譯 《大正藏》第九册
3《大般涅槃經》 曇無讖譯 《大正藏》第十二册
4《大方廣圓覺修多羅了義經》 佛陀多羅譯 《大正藏》第十七册
5《大佛頂首楞嚴經》 般剌蜜帝譯 《大正藏》第十九册
6《楞伽阿跋多羅寶經》 求那跋陀羅譯 《大正藏》第十六册
7《維摩詰所說經》 鳩摩羅什譯 《大正藏》第十四册
8《金剛般若經》 鳩摩羅什譯 《大正藏》第八册
9《文殊師利所說般若波羅蜜經》 僧伽婆羅譯 《大正藏》第八册
10《思益梵天所問經》 鳩摩羅什譯 《大正藏》第十五册
11《般舟三昧經》 支婁迦讖譯 《大正藏》第十三册
12《梵網經》 鳩摩羅什譯 《大正藏》第二十四册
13《大乘起信論》 馬鳴著・眞諦譯 《大正藏》第三十二册
14《大智度論》 龍樹著、羅什譯 《大正藏》第二十五册

15《宗鏡錄》 延壽著 《大正藏》第四十八册
16《唯心訣》 延壽著 清同治九年（公元一八七〇年）
如皋刻經處本
17《摩訶止觀》 智顗著 《大正藏》第四十六册
18《淨土十疑論》 智顗著 《大正藏》第四十七册
19《五方便念佛門》 智顗著 《大正藏》第四十七册
20《安樂集》 道綽著 《大正藏》第四十七册
21《釋淨土群疑論》 懷感著 《大正藏》第四十七册
22《念佛鏡》 道鏡、善導著 《大正藏》第四十七册
23《念佛三昧寶王論》 飛錫著 《大正藏》第四十七册
24《續高僧傳》 道宣著 《大正藏》第五十册
25《宋高僧傳》 贊寧著 中華書局 一九八七年版
26《禪源諸詮集都序》 宗密著 《大正藏》第四十八册
27《宗門十規論》 文益著 《續藏經》第二編第十五套

28《華嚴金師子章》 法藏著 《大正藏》第四十五册
29《修華嚴奧旨妄盡還源觀》 法藏著 《大正藏》第四十五册
30《閑居編》 智圓著 《續藏經》第二編第六套
31《鐔津文集》 契嵩著 《大正藏》第五十二册
32《林間錄》 惠洪集 《續藏經》第二編乙編第二十一套
33《禪林僧寶傳》 惠洪著 《續藏經》第二編乙編第十套
34《樂邦文類》 宗曉編 《續藏經》第二編第十二套
35《樂邦遺稿》 宗曉編 《續藏經》第二編第十二套
36《龍舒增廣淨土文》 王日休著 《續藏經》第二編第十二套
37《佛祖統紀》 志磐著 《大正藏》第四十九册
38《淨土指歸集》 大佑編 《續藏經》第二編第十三套
39《淨土或問》 惟則著 《大正藏》第四十九册
40《雲棲法彙》 袾宏著 清光緒二十五年（公元一八九九年）刻本
41《靈峰宗論》 智旭著 江北刻經處本

42《西方合論》 袁宏道著 《續藏經》第二編第十三套
43《御選語錄》 雍正編《續藏經》第二編第二十四套
44《中國佛學源流略講》 呂澂著 中華書局 一九七七年版
45《漢唐佛教思想論集》 任繼愈著 人民出版社 一九八一年版
46《永明延壽宗教論》 孔維勤著 台灣新文豐出版公司 一九八三年版
47《中國禪宗思想歷程》 潘桂明著 今日中國出版社 一九九二年版
48《明末中國佛教的研究》 釋聖嚴著 （日）山喜房佛書林 一九七五年版
49《宋代佛教史的研究》 高雄義堅著 （日）百華苑 一九七五年版
50《中國近世佛教史研究》 牧田諦亮著 （日）平樂寺書店 一九五七年版
51《中國佛教史》（改訂新版） 道端良秀著 （日）法藏館 一九七七年版
52《中國禪宗史的研究》 阿部肇一著 （日）誠信書局 一九六三年版

02000	佛光大辭典光碟版（第二版）	899
	梵唄錄音帶	**定價**
03000	佛光山梵唄	500
03001	早課普佛	100
03002	佛說阿彌陀經	100
03003	觀世音菩薩普門品	100
03004	彌陀普佛	100
03005	藥師普佛	100
03006	上佛供	100
03007	自由念佛號	100
03008	七音佛號	100
03009	懺悔文	100
03010	觀世音菩薩普門品（台語）	100
03011	七音佛號（台語）	100
03012	觀世音菩薩聖號（心定法師敬誦）	100
03013	六字大明咒（心定法師敬誦）	100
03014	大悲咒（梵文，心定法師敬誦）	100
03015	大悲咒（心定法師敬誦）	100
03016	金剛般若波羅蜜經（台語）	100
03017	佛說阿彌陀經（台語）	100
03018	彌陀聖號（心定法師敬誦）	100
03019	南無阿彌陀佛聖號（心定法師敬誦）	100
03020	觀世音菩薩聖號（海潮音）	100
03021	六字大明頌	100
03022	給人方便（心定法師敬誦）	200
03023	給人歡喜（心定法師敬誦）	200
	廣播劇錄音帶	**定價**
03800	禪的妙用（一）（台語）	100
03801	禪的妙用（二）（台語）	100
03802	禪的妙用（三）（台語）	100
03803	禪的妙用（四）（台語）	100
03804	童話集（一）	100
03805	兒童的百喻經（有聲書）	1200
	梵樂錄音帶	**定價**
03400	佛教聖歌曲	100
03401	回歸佛陀的時代弘法大會	100
03402	三寶頌（合唱）	100
03403	梵唄音樂弘法大會（上）	100
03404	梵唄音樂弘法大會（下）	100
03405	爐香讚	100
03406	美滿姻緣	100

03407	大慈大悲大願力	100
03408	慈佑眾生	100
03409	佛光山之歌	100
03410	三寶頌（呂麗莉演唱）	100
03411	浴佛偈	100
03412	梵樂集（一）電子琴合成篇	200
03413	聖歌偈語	100
03414	梵音海潮音	200
03415	禪語空人心（兒童演唱）	200
03416	禪語空人心（陳麗麗演唱）	200
03417	禮讚十方佛（叢林學院等演出）	100
03419	般若波羅蜜多心經（國語修心版，黃慧音演唱）	120
03420	般若波羅蜜多心經（梵音修行版，黃慧音演唱）	120
03421	誰念無南——佛教梵唄之美（佛光山梵音讚頌團、台北市立國樂團等演出）	120
03422	悟自心——六祖壇經偈頌選粹（佛光山梵音讚頌團、梵唄絲竹樂團等演出）	120
	梵樂 CD	**定價**
04000	大悲咒（國語梵唄，心定法師敬頌）	250
04400	浴佛偈	300
04401	禮讚十方佛（叢林學院等演出）	300
04402	般若波羅蜜多心經（國語修心版，黃慧音演唱）	300
04403	般若波羅蜜多心經（梵音修行版，黃慧音演唱）	300
04404	誰念無南——佛教梵唄之美（佛光山梵音讚頌團、台北市立國樂團等演出）	300
04405	悟自心　六祖壇經偈頌選粹（佛光山梵音讚頌團、台北市立國樂團等演出）	300
04406	振衣千仞崗——文人音樂家王正平的琵琶神韻	300
	弘法錄音帶	**定價**
05000	（一）金剛經的般若生活　星雲大師講	300
05001	（二）金剛經的價值觀　星雲大師講	300
05002	（三）金剛經的四句偈　星雲大師講	300
05003	（四）金剛經的發心與修持　星雲大師講	300
05004	（五）金剛經的無住生心　星雲大師講	300
05005	禮讚十方佛（叢林學院等演出）	300
05006	佛光山開山三十週年紀錄影片	（特 1200）1500

佛光文化有聲出版品目錄

◎價格如有更動，以版權頁爲準

星雲大師佛學講座		定價
00001	觀音法門	100
00003	般若波羅蜜多心經（16卷）	800
00004	金剛般若波羅蜜經（26卷）	1300
00005	六祖壇經 1～6 卷	300
00006	六祖壇經 7～12 卷	300
00007	六祖壇經 13～18 卷	300
00008	六祖壇經 19～24 卷	300
00009	六祖壇經 25～30 卷	300
00010	星雲禪話 1～6 卷	300
00011	星雲禪話 7～12 卷	300
00012	星雲禪話 13～18 卷	300
00013	星雲禪話 19～24 卷	300
00014	星雲禪話 25～30 卷	300
00015	星雲禪話 31～36 卷	300
00016	金剛經的般若生活（國、台語）	100
00017	金剛經的四句偈（國、台語）	100
00018	金剛經的價值觀（國、台語）	100
00019	金剛經的發心與修持（國、台語）	100
00020	金剛經的無住生心（國、台語）	100
00040	淨化心靈之道（國、台語）	100
00041	偉大的佛陀（一）（國、台語）	100
00042	偉大的佛陀（二）（國、台語）	100
00043	偉大的佛陀（三）（國、台語）	100
00044	佛教的致富之道	100
00045	佛教的人我之道	100
00046	佛教的福壽之道	100
00047	維摩其人及不可思議（國、台語）	100
00048	菩薩的病和聖者的心（國、台語）	100
00049	天女散花與香積佛飯（國、台語）	100
00050	不二法門的座談會（國、台語）	100
00051	人間淨土的內容（國、台語）	100
00052	禪淨律三修法門（禪修法門）（國、台語）	100
00053	禪淨律三修法門（淨修法門）（國、台語）	100
00054	禪淨律三修法門（律修法門）（國、台語）	100
00055	廿一世紀的訊息（國、台語）	100
00057	佛教的眞理是什麼（國、台語）	100
00058	法華經大意（國、台語）（6卷）	300
00059	八大人覺經（國、台語）	100
00060	四十二章經（國、台語）	100
00061	佛遺教經（國、台語）	100
00062	八大人覺經十講（一書四卡）	350
00063	心甘情願（6卷）	450
00064	佛門親屬談（國、台語）	100

心定法師主講		定價
01014	佛教的神通與靈異（6卷）	450
01015	談業力（台語）	100
01019	人生與業力（台語）	200
01021	如何照見五蘊皆空（國、台語）	200
01032	禪定與智慧（6卷）	450

慈惠法師主講		定價
01000	佛經概說（台語）（6卷）	450
01006	佛教入門（國、台語）	200
01011	人生行旅道如何（台語）	200
01012	人生所負重多少（台語）	200
01016	他與我（台語）	200

依空法師主講		定價
01001	法華經的經題與譯者（台語）	200
01002	法華經的譬喻與教理（台語）	200
01003	法華經的開宗立派（台語）	200
01004	法華經普門品與觀世音信仰（台語）	200
01005	法華經的實踐與感應（台語）	200
01007	禪在中國（一）	200
01008	禪在中國（二）	200
01009	禪在中國（三）	200
01010	普賢十大願	450
01013	幸福人生之道（國、台語）	200
01017	空慧自在（6卷）	500
01020	尋找智慧的活水	200
01029	如何過淨行品的一天	100
01030	涅槃經（6卷）	500

依昱法師主講		定價
01018	楞嚴經大義（6卷）	500

其　它		定價
01022	如何過無悔的一天：廖輝英	100
01023	如何過如意的一天：鄭岩石	100
01024	如何過自在圓滿的一天：林谷芳	100
01025	如何過看似無味的一天：吳念眞	100
01026	如何過法喜充滿的一天：蕭武桐	100
01027	如何過有禪意的一天：游乾桂	100
01028	如何過光明的一天：林清玄	100

CD-ROM		定價

A003-11	The Cattle Thieves Picking up Peas (百喻經圖書書英文版 11)	Translated by: Kristian Kildall	150
A003-12	Planting Steamed Buns Half a Bun (百喻經圖書書英文版 12)	Translated by: Kristian Kildall	150
A003-13	The Giant Watermelon Planting Wheat From Bed (百喻經圖書書英文版 13)	Translated by: Kristian Kildall	150
A003-14	The Ghost Behind the Door Hsiao Pai and the Turtle (百喻經圖書書英文版 14)	Translated by: Kristian Kildall	150
A003-15	The Boy Who Wouldn't Take a Bath Atu and the Camel (百喻經圖書書英文版 15)	Translated by: Kristian Kildall	150
A003-16	Watching the Door The Big Fruit Tree (百喻經圖書書英文版 16)	Translated by: Kristian Kildall	150
A003-17	Milking a Donkey Feedle Dee and Feedle Dum (百喻經圖書書英文版 17)	Translated by: Kristian Kildall	150
A003-18	Dividing Biscuits The Most Precious Thing (百喻經圖書書英文版 18)	Translated by: Kristian Kildall	150
A003-19	The Black Horse With the White Tail The Silver Bowl (百喻經圖書書英文版 19)	Translated by: Kristian Kildall	150
A003-20	Silly With Joy Foolish Ah Fu (百喻經圖書書英文版 20)	Translated by: Kristian Kildall	150
SERIES OF VENERABLE MASTER HSING YUN'S LITERARY WORKS		著者	定價
M101	Hsing Yun's Ch'an Talk (1) (星雲禪話 1)	Ven. Master Hsing Yun	180
M102	Hsing Yun's Ch'an Talk (2) (星雲禪話 2)	Ven. Master Hsing Yun	180
M103	Hsing Yun's Ch'an Talk (3) (星雲禪話 3)	Ven. Master Hsing Yun	180
M104	Hsing Yun's Ch'an Talk (4) (星雲禪話 4)	Ven. Master Hsing Yun	180
M105	Handing Down the Light (傳燈)	Fu Chi-ying	360 (US$14.95)
M106	Con Sumo Gusto (心甘情願西班牙文版)	Ven. Master Hsing Yun	100
M107	Where There Is Dharma, There Is a Way (有佛法就有辦法)	Ven. Master Hsing Yun	200 (US$6.95)
M108	The Everlasting Light (佛光菜根譚 2)	Ven. Master Hsing Yun	250 (US$9.95)

8815	畫說十大弟子（下）（漫畫）	郭豪允　繪	270	9511	世界傑出婦女會議特刊	佛光山編	紀念藏
8900	槃達龍王（漫畫）	黃耀傑等繪	120	9600	跨世紀的悲欣歲月——走過台灣佛教五十年寫眞		精 1500
8901	富人與鼈（漫畫）	鄧博文等繪	120	9700	抄經本	佛光山編	100
8902	金盤（漫畫）	張乃元等繪	120	9701	般若波羅蜜多心經抄經本	潘慶忠書寫	100
8903	捨身的兔子（漫畫）	洪義男　繪	120	9702	佛說阿彌陀經抄經本	戴　德書寫	100
8904	彌蘭遊記（漫畫）	蘇晉儀　繪	80	9703	妙法蓮華經觀世音菩薩普門品抄經本	戴　德書寫	100
8905	不愛江山的國王（漫畫）	蘇晉儀　繪	80	9704	佛說八大人覺經抄經本	鄭公勛書寫	100
8906	鬼子母（漫畫）	余明苑　繪	120	9705	金剛般若波羅蜜經抄經本	鄭公勛書寫	100
	工具叢書	著者	定價	9706	般若波羅蜜多心經抄經本（隸書版）	鄭公勛書寫	100
9000	雜阿含經・全 4 册	佛光山編	精 2000	9707	藥師琉璃光如來本願功德經抄經本	鄭公勛書寫	100
9016	阿含藏・全套 17 册	佛光山編	精 8000	9708	大方廣佛華嚴經淨行品抄經本	鄭公勛書寫	100
9067	禪藏・全套 51 册	佛光山編	精 36,000	9709	地藏菩薩本願經卷上抄經本	鄭公勛書寫	100
9109	般若藏・全套 42 册	佛光山編	精 30,000	9710	地藏菩薩本願經卷中抄經本	鄭公勛書寫	100
9110	淨土藏・全套 33 册	佛光山編	精 25,000	9711	地藏菩薩本願經卷下抄經本	鄭公勛書寫	100
9201B	佛光大辭典	佛光山編	精 6000	9712	佛光菜根譚抄經本 1	佛光山　編	100
9300	佛教史年表	佛光山編	450	9713	佛光菜根譚抄經本 2	佛光山　編	100
9501	世界佛教青年會 1985 年學術會議實錄	佛光山編	400	9714	佛光菜根譚抄經本 3	佛光山　編	100
9502	世界顯密佛學會議實錄	佛光山編	500	9715	佛光菜根譚抄經本 4	佛光山　編	100
9503	世界佛教徒友誼會第十六屆大會 佛光山美國西來寺落成典禮暨傳戒法會紀念特刊	佛光山編	500	9716	佛光菜根譚抄經本 5	佛光山　編	100
9504	世界佛教徒友誼會第十六屆大會暨 世界佛教青年友誼會第七屆大會實錄	佛光山編	紀念藏		文物叢書	著者	定價
9505	1989 年佛光山國際禪學會議實錄	佛光山編	紀念藏	0900	陀羅尼經被（單）	佛光文化製	1000
9506	1990 年佛光山佛教學術會議實錄	佛光山編	紀念藏	0901	陀羅尼經被（雙，襯底）	佛光文化製	2000
9507	1990 年佛光山國際佛教學術會議論文集	佛光山編	紀念藏	0950	佛光山風景明信片	佛光文化製	一套 60
9508	1990 年佛光山國際佛教學術會議論文集	佛光山編	紀念藏	0952	一休娶親（益智方塊）	佛光文化製	129
9509	世界佛教徒友誼會第十八屆大會 世界佛教青年友誼會第九屆大會會議實錄	佛光山編	紀念藏				

外文叢書
CATALOG OF ENGLISH BOOKS

	UDDHIST SCRIPTURE	著者	定價
A001	Verses of the Buddha's Teachings（法句經）	Ven. Khantipalo Thera	150
A002	A Garland for the Fool（英譯百喩經） The Scripeure of One Hundered Parables	Li Rongxi	180
A003-01	Mirror in the Treasure Box　Ah Fan and the Golden Weasel（百喩經圖書書英文版 1）	Translated by: Kristian Kildall	150
A003-02	Collecting a Half Penny Fishing for the Moon（百喩經圖書書英文版 2）	Translated by: Kristian Kildall	150
A003-03	The Careless Boy Mr. Know-it-all（百喩經圖書書英文版 3）	Translated by: Kristian Kildall	150
A003-04	I Want Half The Donkey Potter（百喩經圖書書英文版 4）	Translated by: Kristian Kildall	150
A003-05	Dodo's Sheep A Home in the Sky（百喩經圖書書英文版 5）	Translated by: Kristian Kildall	150
A003-06	Watering Sugarcane with Sugarcane Juice More Salt Please（百喩經圖書書英文版 6）	Translated by: Kristian Kildall	150
A003-07	Two Brothers My Father Is the Best（百喩經圖書書英文版 7）	Translated by: Kristian Kildall	150
A003-08	A Ghost in the Night Delicious Pears（百喩經圖書書英文版 8）	Translated by: Kristian Kildall	150
A003-09	Alex and the Thief Mrs. Dove and Mr. Dove（百喩經圖書書英文版 9）	Translated by: Kristian Kildall	150
A003-10	Who's the Dummy The Monkey's Dad（百喩經圖書書英文版 10）	Translated by: Kristian Kildall	150

8621-01	窮人逃債・阿凡和黃鼠狼	潘人木・周慧珠改寫・林鴻堯繪	精 220
8621-02	半個銅錢・水中撈月	洪志明改寫・洪義男繪	精 220
8621-03	王大寶買東西・不簡單先生	管家琪改寫・龔雲鵬繪	精 220
8621-04	睡半張床的人・陶器師傅	洪志明改寫・林傳宗繪	精 220
8621-05	多多的羊・只要蓋三樓	黃淑萍改寫・巫筱芳繪	精 220
8621-14	半夜鬼推鬼・小白和小烏龜	謝武彰改寫・劉伯樂繪	精 220
8621-15	蔡寶不洗澡・阿土和駱駝	王金選改寫・劉伯樂繪	精 220
8621-16	看門的人・砍樹摘果子	潘人木改寫・趙國宗繪	精 220
8621-17	愚人擠驢奶・顛三和倒四	馬景賢改寫・仉桂芳繪	精 220
8621-18	分大餅・最寶貴的東西	杜榮琛改寫・董晶玲繪	精 220
8621-19	黑馬變白馬・銀鉢在哪裡	釋慧慶等改寫・李瑾倫等繪	精 220
8621-20	樂昏了頭・沒腦袋的阿福	周慧珠改寫・林鴻堯繪	精 220
8622-01	窮人逃債・阿凡和黃鼠狼	潘人木・周慧珠改寫・林鴻堯繪	平 150
8622-02	半個銅錢・水中撈月	洪志明改寫・洪義男繪	平 150
8622-03	王大寶買東西・不簡單先生	管家琪改寫・龔雲鵬繪	平 150
8622-04	睡半張床的人・陶器師傅	洪志明改寫・林傳宗繪	平 150
8622-05	多多的羊・只要蓋三樓	黃淑萍改寫・巫筱芳繪	平 150
8622-06	甘蔗汁澆甘蔗・好味道變苦味道	謝武彰改寫・王金選繪	平 150
8622-07	兩兄弟・大呆吹牛	管家琪改寫・陳維霖繪	平 150
8622-08	遇鬼記・好吃的梨	洪志明改寫・官月淑繪	平 150
8622-09	阿威和強盜・花鴿子與灰鴿子	黃淑萍改寫・孫淑萍繪	平 150
8622-10	誰是大笨蛋・小猴子認爸爸	方素珍改寫・鍾偉明繪	平 150
8622-11	偷牛的人・猴子扔豆子	林良改寫・曹俊彥繪	平 150
8622-12	小黃狗種饅頭・只要吃半個	方素珍改寫・黃淑英繪	平 150
8622-13	大西瓜・阿土伯種麥	陳木城改寫・洪義男繪	平 150
8622-14	半夜鬼推鬼・小白和小烏龜	謝武彰改寫・劉伯樂繪	平 150
8622-15	蔡寶不洗澡・阿土和駱駝	王金選改寫・王福鈞繪	平 150
8622-16	看門的人・砍樹摘果子	潘人木改寫・趙國宗繪	平 150
8622-17	愚人擠驢奶・顛三和倒四	馬景賢改寫・仉桂芳繪	平 150
8622-18	分大餅・最寶貴的東西	杜榮琛改寫・董晶玲繪	平 150
8622-19	黑馬變白馬・銀鉢在哪裡	釋慧慶等改寫・李瑾倫等繪	平 150
8622-20	樂昏了頭・沒腦袋的阿福	周慧珠改寫・林鴻堯繪	平 150
8700	新編佛教童話集（一）～（七）	摩迦等著	一套 600
8702	佛教故事大全（上）	釋慈莊等著	精 250
8703	化生王子（童話）	釋宗融 著	150
8704	佛教故事大全（下）	釋慈莊等著	精 250
88001	人間佛教行者一星雲大師（佛教高僧漫畫全集 1）	鄭問編繪	140
88002	傳燈大法師一鑑真大師（佛教高僧漫畫全集 2）	黃耀傑編繪	140
88003	中國禪宗初祖一達摩大師（佛教高僧漫畫全集 3）	郭豪允編繪	140
88004	璀璨的蓮華一智者大師（佛教高僧漫畫全集 4）	林　鑫編繪	140
88005	機智的禪者—一休大師（佛教高僧漫畫全集 5）	嚴凱信編繪	140

88006	重振曹溪—憨山大師（佛教高僧漫畫全集 6）	邱若山編繪	140
88007	華嚴遊心—法藏大師（佛教高僧漫畫全集 7）	沈東廷編繪	140
88008	首傳中土禪觀一安世高大師（佛教高僧漫畫全集 8）	吳旭曜編繪	140
88009	花開果成—慧遠大師（佛教高僧漫畫全集 9）	洪義男編繪	140
88010	偉大的譯經家一鳩摩羅什（佛教高僧漫畫全集 10）	ひろさちや編・阿部高明繪	140
88011	缸中生蓮—佛圖澄大師（佛教高僧漫畫全集 11）	沈東廷編繪	140
88012	獨坐百丈山—懷海大師（佛教高僧漫畫全集 12）	度魯編繪	140
88013	日日是好日—雲門大師（佛教高僧漫畫全集 13）	邱若山編繪	140
88014	本願念佛—法然大師（佛教高僧漫畫全集 14）	ひろさちや編・巴里夫繪	140
88015	正法眼藏—道元大師（佛教高僧漫畫全集 15）	ひろさちや編・七瀨カイ繪	140
88016	中觀第一人—龍樹菩薩（佛教高僧漫畫全集 16）	林　鑫編繪	140
88017	解空第一—須菩提尊者（佛教高僧漫畫全集 17）	度　魯編繪	140
88018	佛教文藝僧—僧祐大師（佛教高僧漫畫全集 18）	李道源編繪	140
88019	熱情的弘法者—日蓮大師（佛教高僧漫畫全集 19）	ひろさちや編・本山一城繪	140
88020	日本天台初祖—最澄大師（佛教高僧漫畫全集 20）	ひろさちや編・辰巳ヨシヒロ繪	140
88021	非僧非俗—親鸞大師（佛教高僧漫畫全集 21）	ひろさちや編莊司としお繪	140
88022	西行求律法—義淨大師（佛教高僧漫畫全集 22）	沈東廷編繪	140
88023	多聞第一—阿難陀尊者（佛教高僧漫畫全集 23）	度　魯編繪	140
88024	吉祥喜金剛—密勒日巴尊者（佛教高僧漫畫全集 24）	林鉅秦編繪	140
88025	天心月圓—弘一大師（佛教高僧漫畫全集 25）	嚴凱信編繪	140
88026	五祖黃梅—弘忍大師（佛教高僧漫畫全集 26）	張裕祥編繪	140
88027	仰山小釋迦—慧寂大師（佛教高僧漫畫全集 27）	度　魯編繪	140
88028	亂世詩僧—寄禪大師（佛教高僧漫畫全集 28）	阮光民編繪	140
88029	嘉興藏發起人—紫柏大師（佛教高僧漫畫全集 29）	施明芳編繪	140
88030	論議第一—迦旃延尊者（佛教高僧漫畫全集 30）	洪義男編繪	140
88031	頑石點頭—道生大師（佛教高僧漫畫全集 31）	度魯　編繪	140
88032	亂世詩僧—寄禪大師（佛教高僧漫畫全集 32）	阮光明編繪	140
88033	時時勤拂拭—神秀大師（佛教高僧漫畫全集 33）	邱若山編繪	140
88034	倡導華嚴禪—宗密大師（佛教高僧漫畫全集 34）	林鉅秦編繪	140
88035	無情說法—洞山良价大師（佛教高僧漫畫全集 35）	發哥　編繪	140
8801	大願地藏王菩薩畫傳（漫畫）	許貿淞　繪	300
8803	極樂與地獄（漫畫）	釋心寂　繪	180
8805	僧伽的光輝（漫畫）	黃耀傑編繪	150
8806	南海觀音大士（漫畫）	許貿淞　繪	300
8807	玉琳國師（漫畫）	劉素珍編繪	200
8808	七譬喻（漫畫）	黃麗娟　繪	180
8809	鳩摩羅什（漫畫）	黃耀傑等繪	160
8811	金山活佛（漫畫）	黃壽忠　繪	270
8812	隱形佛（漫畫）	郭幸鳳　繪	180
8813	漫畫心經	蔡志忠　繪	140
8814	畫說十大弟子（上）（漫畫）	郭豪允　繪	270

7512	佛光山開山三十一週年年鑑	佛光山編	10000
7700	念佛四大要訣	戀西大師著	80
7701	摩尼珠上的靈光——禪門傳法偈的心髓	于東輝 著	160
7702	一輪明月照大千——禪門見性偈的法要	于東輝 著	160
7703	生死一如觀自在——禪門辭世偈的修法奧義	于東輝 著	160
7800	跨越生命的藩籬——佛教生死學	吳東權等著	150
7801	禪的智慧 VS 現代管理	蕭武桐 著	150
7802	遠颺的梵唱——佛教在亞細亞	鄭振煌等著	160
7803	如何解脫人生病苦——佛教養生學	胡秀卿 著	150
7804	人生雙贏的磐石	蕭武桐 著	200
7805	開闊心・清淨心（佛法 EQ1）	圖丹卻准著	280
	藝文叢書	**著者**	**定價**
8000	覷紅塵	方 杞著	120
8001	以水爲鑑	張培耕 著	100
8002	萬壽日記	釋慈怡 著	80
8003	敬告佛子書	釋慈嘉 著	150
8004	善財五十三參	鄭秀雄 著	180
8005	第一聲蟬嘶	忻 愉著	100
8006	聖僧與賢王對答錄	釋依淳 著	250
8007	禪的修行生活——雲水日記	佐藤義英著・周淨儀譯	180
8008	生活的廟宇	王靜蓉 著	120
8009	人生禪（一）	方 杞著	140
8010	人生禪（二）	方 杞著	140
8011	佛教說話文學全集（一）	劉欣如改寫	150
8012	佛教說話文學全集（二）	劉欣如改寫	150
8014	佛教說話文學全集（四）	劉欣如改寫	150
8015	佛教說話文學全集（五）	劉欣如改寫	150
8017	佛教說話文學全集（七）	劉欣如改寫	150
8018	佛教說話文學全集（八）	劉欣如改寫	150
8019	佛教說話文學全集（九）	劉欣如改寫	150
8020	佛教說話文學全集（十）	劉欣如改寫	150
8021	佛教說話文學全集（十一）	劉欣如改寫	150
8022	人生禪（三）	方 杞著	140
8023	人生禪（四）	方 杞著	140
8024	紅樓夢與禪	圓 香著	150
8025	回歸佛陀的時代	張培耕 著	100
8026	佛蹤萬里紀遊	張培耕 著	100
8028	一鉢山水綠	釋宏意 著	120
8029	人生禪（五）	方 杞著	140
8030	人生禪（六）	方 杞著	140
8031	人生禪（七）	方 杞著	140

8032	人生禪（八）	方 杞著	140
8033	人生禪（九）	方 杞著	140
8034	人生禪（十）	方 杞著	140
8035	擦亮心燈——武俠影后鄭佩佩的學佛路	鄭佩佩 著	180
8036	豐富小宇宙	王靜蓉 著	170
8037	與心對話	釋依昱 著	180
8100	僧伽（佛教散文選第一集）	簡 媜等著	120
8101	情緣（佛教散文選第二集）	琦 君等著	120
8102	半是青山半白雲（佛教散文選第三集）	林清玄等著	150
8103	宗月大師（佛教散文選第四集）	老 舍等著	120
8104	大佛的沉思（佛教散文選第五集）	許墨林等著	140
8200	悟（佛教小說選第一集）	孟瑤等著	120
8201	不同的愛（佛教小說選第二集）	星雲大師等著	120
8204	蟠龍山（小說）	康 白著	120
8205	緣起緣滅（小說）	康 白著	150
8207	命命鳥（佛教小說選第五集）	許地山等著	140
8208	天寶寺傳奇（佛教小說選第六集）	姜天民等著	140
8209	地獄之門（佛教小說選第七集）	陳望塵等著	140
8210	黃花無語（佛教小說選第八集）	程乃珊等著	140
8211	華雲奇緣（新心武俠 1）（小說）	李芳益 著	220
8215	幸福的光環（小說）	沈 玲著	220
8216	失落的秘密（小說）	夏 玄著	220
8220	心靈的畫師（小說）	陳慧劍 著	100
8300	佛教聖歌集	佛光文化編	300
8301	童韻心聲	高惠美等著	120
8302	向寧靜的心河出航（佛詩）	敻 虹著	220
8303	利器之輪——修心法要	法護大師著・釋永楷・釋滿華譯	160
8304	吹皺一池海市蜃樓（佛詩）	尹 凡著	180
8350	絲路上的梵歌	梁丹丰 著	170
8500	禪話禪畫	星雲大師著・高爾泰・蒲小雨繪	750
8550	諦聽（筆記書 1）	王靜蓉等著	160
8551	感動的世界（筆記書 2——星雲大師的生活智慧）	佛光文化編	180
8552	慈悲的智慧（筆記書 3——星雲大師的生命風華）	佛光文化編	180
8553	生活禪心（筆記書 4——星雲大師的處事錦囊）	佛光文化編	180
8554	天光雲影（筆記書 5——高僧漫畫手札）	佛光文化編	150
8555	築夢之旅（筆記書 6——梁丹丰系列・人文風景）	佛光文化編	200
8556	山河風月（筆記書 7——梁丹丰系列・中國之美）	佛光文化編	200
	童話漫話叢書	**著者**	**定價**
8601	童話書（第一輯）（五本）	釋宗融 編	精 700
8602	童話書（第二輯）（五本）	釋宗融 編	精 850
8612	童話畫（第二輯）（五本）	釋心寂 編	精 350

5410	西方哲學講義——湯用彤全集（八）	湯用彤　著	450
5411	我看美國人	釋慈容　著	250
5412	火燄化紅蓮	釋依瑞　著	200
5413	有無之境——王陽明哲學的精神	陳　來著	400
5414	佛教與漢語詞彙	梁曉虹　著	400
5503	本生經的起源及其開展	釋依淳　著	200
5504	六波羅蜜的研究	釋依日　著	180
5505	禪宗無門關重要公案之研究	楊新瑛　著	150
5506	原始佛教四諦思想	聶秀藻　著	120
5507	般若與玄學	楊俊誠　著	150
5508	大乘佛教倫理思想研究	李明芳　著	120
5509	印度佛教蓮花紋飾之探討	郭乃彰　著	120
5511	佛教文學對中國小說的影響	釋永祥　著	120
5512	佛教的女性觀	釋永明　著	120
5513	盛唐詩與禪	姚儀敏　著	150
5514	禪宗思想的形成與發展	洪修平　著	350
5515	晚唐臨濟宗思想評述	杜寒風　著	220
5516	毫端舍利——弘一法師出家前後書法風格之比較	李璧苑　著	250
5517	龍樹菩薩中論八不思想探究	陳學仁　著	380
5600	一句偈（一）	星雲大師等著	150
5601	一句偈（二）	鄭石岩等著	150
5602	善女人	宋雅姿等著	150
5603	善男子	傅偉勳等著	150
5604	生活無處不是禪	鄭石岩等著	150
5605	佛教藝術的傳人	陳清香等著	160
5606	與永恆對唱——細說當代傳奇人物	釋永芸等著	160
5607	疼惜阮青春——琉璃人生①	王靜蓉等著	150
5608	三十三天天外天——琉璃人生②	林清玄等著	150
5609	平常歲月平常心——琉璃人生③	薇薇夫人等著	150
5610	九霄雲外有神仙——琉璃人生④	夏元瑜等著	150
5611	生命的活水（一）	陳履安等著	160
5612	生命的活水（二）	高希均等著	160
5613	心行處滅——禪宗的心靈治療個案	黃文翔　著	150
5614	水晶的光芒（上）	王靜蓉・葛婉章・仲南萍等著	200
5615	水晶的光芒（下）	梁寒衣・宋芳綺・潘煊等著	200
5616	全新的一天	廖輝英・柏楊等著	150
5700	譬喻	釋性瀅　著	120
5701B	千江映月——星雲說偈（一）	星雲大師著	200
5702B	廬山煙雲——星雲說偈（二）	星雲大師著	200
5707	經論指南——藏經序文選譯	圓香等　著	200
5800	1976 年佛學研究論文集	東初長老 等著	350

5801	1977 年佛學研究論文集	楊白衣等著	350
5802	1978 年佛學研究論文集	印順長老 等著	350
5803	1979 年佛學研究論文集	霍韜晦等著	350
5804	1980 年佛學研究論文集	張曼濤等著	350
5805	1981 年佛學研究論文集	程兆熊等著	350
5806	1991 年佛學研究論文集	鎌田茂雄 等著	350
5807	1992 年佛學研究論文集——中國歷史上的佛教問題		400
5808	1993 年佛學研究論文集——佛教未來前途之開展		350
5809	1994 年佛學研究論文集——佛與花		400
5810	1995 年佛學研究論文集——佛教現代化		400
5811	1996 年佛學研究論文集（一）——當代台灣的社會與宗教		350
5812	1996 年佛學研究論文集（二）——當代宗教理論的省思		350
5813	1996 年佛學研究論文集（三）——當代宗教的發展趨勢		350
5814	1996 年佛學研究論文集（四）——佛教思想的當代詮釋		350
5815	1993 年佛學研究論文集——BUDDHISM ACROSS BOUNDARIES		350
5816	1998 年佛學研究論文集——佛教音樂（一）		350
5817	2000 年佛學研究論文集——佛教音樂（二）		400
5900	佛教歷史百問	業露華　著	180
5901	佛教文化百問	何　雲著	180
5902	佛教藝術百問	丁明夷等著	180
5904	佛教典籍百問	方廣錩　著	180
5905	佛教密宗百問	李冀誠等著	180
5906	佛教氣功百問	陳　兵著	180
5907	佛教禪宗百問	潘桂明　著	180
5908	道教氣功百問	陳　兵著	180
5909	道教知識百問	盧國龍　著	180
5911	禪詩今譯百首	王志遠等著	180
5912	印度宗教哲學百問	姚衛群　著	180
5913	基督教知識百問	樂 峰等著	180
5914	伊斯蘭教歷史百問	沙秋眞等著	180
5915	伊斯蘭教文化百問	馮今源等著	180
	儀制叢書	**著者**	**定價**
6000	宗教法規十講	吳堯峰　著	400
6001	梵唄課誦本	佛光文化編	50
6500	中國佛教與社會福利事業	道端良秀著・關世謙譯	100
	用世叢書	**著者**	**定價**
7501	佛光山靈異錄	釋依空等著	100
7502	怎樣做個佛光人	星雲大師講	50
7505	佛光山開山二十週年紀念特刊	佛光山編	紀念藏
7510	佛光山開山三十週年紀念特刊	佛光山編	紀念藏
7511	一九九八年印度菩提伽耶國際三壇	大戒會特刊	紀念藏

3658	來果大師傳(中國佛教高僧全集43)	姚華 著	250	5104B	大機大用—星雲禪話(四)	星雲大師著	200
3615	湛然大師傳(中國佛教高僧全集44)	姜光斗 著	250	5107B	圓滿人生—星雲法語(一)	星雲大師著	200
3636	道信大師傳(中國佛教高僧全集45)	劉 蘋著	250	5108B	成功人生—星雲法語(二)	星雲大師著	200
3677	康僧會大師傳(中國佛教高僧全集46)	莊輝明 著	250	5113	心甘情願—星雲百語(一)	星雲大師著	100
3645	仰山慧寂大師傳(中國佛教高僧全集47)	梁歸智 著	250	5114	皆大歡喜—星雲百語(二)	星雲大師著	100
3622	永明延壽大師傳(中國佛教高僧全集48)	馮巧英 著	250	5115	老二哲學—星雲百語(三)	星雲大師著	100
3614	章安大師傳(中國佛教高僧全集49)	黃德昌 著	250	5201	星雲日記(一)—安然自在	星雲大師著	150
3613	慧思大師傳(中國佛教高僧全集50)	朱曉江 著	250	5202	星雲日記(二)—創造全面的人生	星雲大師著	150
3651	洞山良价大師傳(中國佛教高僧全集51)	馮學成 著	250	5203	星雲日記(三)—不負西來意	星雲大師著	150
3639	黃檗希運大師傳(中國佛教高僧全集52)	趙福蓮 著	250	5204	星雲日記(四)—凡事超然	星雲大師著	150
3654	黃龍慧南大師傳(中國佛教高僧全集53)	趙嗣崇 著	250	5205	星雲日記(五)—人忙心不忙	星雲大師著	150
3655	雪竇重顯大師傳(中國佛教高僧全集54)	李安綱 著	250	5206	星雲日記(六)—不請之友	星雲大師著	150
3644	溈山靈佑大師傳(中國佛教高僧全集55)	闞緒良 著	250	5207	星雲日記(七)—找出內心平衡點	星雲大師著	150
3683	陳那大師傳(中國佛教高僧全集56)	徐東來 著	250	5208	星雲日記(八)—慈悲不是定點	星雲大師著	150
3653	楊歧方會大師傳(中國佛教高僧全集57)	趙嗣滄 著	250	5209	星雲日記(九)—觀心自在	星雲大師著	150
3638	神秀大師傳(中國佛教高僧全集58)	洪鶴舞 著	250	5210	星雲日記(十)—勤耕心田	星雲大師著	150
3700	日本禪僧涅槃記(上)	曾普信 著	150	5211	星雲日記(十一)—菩薩情懷	星雲大師著	150
3701	日本禪僧涅槃記(下)	曾普信 著	150	5212	星雲日記(十二)—處處無家處處家	星雲大師著	150
3702	仙崖禪師軼事	石村善右著・周淨儀譯	100	5213	星雲日記(十三)—法無定法	星雲大師著	150
3900	印度佛教史概說	佐佐木教悟等著・釋達和譯	200	5214	星雲日記(十四)—說忙說閒	星雲大師著	150
3901	韓國佛教史	愛宕顯昌著・轉瑜譯	100	5215	星雲日記(十五)—緣滿人間	星雲大師著	150
3902	印度教與佛教史綱(一)	查爾斯・埃利奧特著・李榮熙譯	300	5216	星雲日記(十六)—禪的妙用	星雲大師著	150
3903	印度教與佛教史綱(二)	查爾斯・埃利奧特著・李榮熙譯	300	5217	星雲日記(十七)—不二法門	星雲大師著	150
3905	大史(上)	摩訶那摩等著・韓廷傑譯	350	5218	星雲日記(十八)—把心找回來	星雲大師著	150
3906	大史(下)	摩訶那摩等著・韓廷傑譯	350	5219	星雲日記(十九)—談心接心	星雲大師著	150
教理叢書		著者	定價	5220	星雲日記(二十)—談空說有	星雲大師著	150
4002	中國佛教哲學名相選釋	吳汝鈞 著	140	5221S	星雲日記(二一)~(四四)	星雲大師著	(一套)3600
4003	法相	釋慈莊 著	250	5400	覺世論叢	星雲大師著	100
4200	佛教中觀哲學	梶山雄一著・吳汝鈞譯	140	5401	寶藏瓔珞	林伯謙 著	250
4201	大乘起信論講記	方 倫著	140	5402	雲南大理佛教論文集	藍吉富等著	350
4202	觀心・開心——大乘百法明門論解說1	釋依昱 著	220	5403-1	漢魏兩晉南北朝佛教史(上)—湯用彤全集(一)	湯用彤 著	500
4203	知心・明心——大乘百法明門論解說2	釋依昱 著	200	5403-2	漢魏兩晉南北朝佛教史(下)—湯用彤全集(一)	湯用彤 著	500
4205	空入門	梶山雄一著・釋依馨譯	170	5404	隋唐佛教史稿——湯用彤全集(二)	湯用彤 著	550
4302	唯識思想要義	徐典正 著	140	5405	理學・佛學・印度學——湯用彤全集(三)	湯用彤 著	550
4700	眞智慧之門	侯秋東 著	140	5406-1	印度哲學史略(上)——湯用彤全集(四)	湯用彤 著	350
文選叢書		著者	定價	5406-2	印度哲學史略(下)——湯用彤全集(四)	湯用彤 著	350
5001	星雲大師講演集(一)	星雲大師著	(精)300	5407-1	校點高僧傳(上)——湯用彤全集(五)	湯用彤 著	400
5004	星雲大師講演集(四)	星雲大師著	(精)300	5407-2	校點高僧傳(下)——湯用彤全集(五)	湯用彤 著	400
5101B	石頭路滑—星雲禪話(一)	星雲大師著	200	5408	魏晉玄學——湯用彤全集(六)	湯用彤 著	550
5102B	沒時間老—星雲禪話(二)	星雲大師著	200	5409-1	餖飣札記(上)——湯用彤全集(七)	湯用彤 著	450
5103B	活得快樂—星雲禪話(三)	星雲大師著	200	5409-2	餖飣札記(下)——湯用彤全集(七)	湯用彤 著	450

2201	佛與般若之眞義	圓　香著	120
2300	天台思想入門	鎌田茂雄著・轉瑜譯	180
2301	宋初天台佛學窺豹	王志遠　著	150
2401	談心說識	釋依昱　著	160
2500	淨土十要（上）	蕅益大師選	180
2501	淨土十要（下）	蕅益大師選	180
2700	頓悟的人生	釋依空　著	150
2701	盛唐禪宗文化與詩佛王維	傅紹良　著	250
2800	現代西藏佛教	鄭金德　著	300
2801	藏學零墨	王　堯著	150
2803	西藏文史考信集	王　堯著	240
2805	西藏佛教之寶	許明銀　著	280
2806	水晶寶鬘──藏學文史論集	王　堯著	380

	史傳叢書	著者	定價
3000	中國佛學史論	褚柏思　著	150
3001	唐代佛教	外因斯坦著・釋依法譯	300
3002	中國佛教通史（第一卷）	鎌田茂雄著・關世謙譯	250
3003	中國佛教通史（第二卷）	鎌田茂雄著・關世謙譯	250
3004	中國佛教通史（第三卷）	鎌田茂雄著・關世謙譯	250
3005	中國佛教通史（第四卷）	鎌田茂雄著 佛光文化譯	250
3100	中國禪宗史話	褚柏思　著	120
3200	釋迦牟尼佛傳	星雲大師著	180
3201	十大弟子傳	星雲大師著	150
3300	中國禪	鎌田茂雄著 佛光文化譯	150
3301	中國禪祖師傳（上）	曾普信　著	150
3302	中國禪祖師傳（下）	曾普信　著	150
3303	天台大師	宮崎忠尚著・周淨儀譯	130
3304	十大名僧	洪修平等著	150
3305	人間佛教的星雲─星雲大師行誼（一）	佛光文化編	150
3400	玉琳國師	星雲大師著	130
3401	緇門崇行錄	蓮池大師著	120
3402	佛門佳話	月基法師著	150
3403	佛門異記（一）	煮雲法師著	180
3404	佛門異記（二）	煮雲法師著	180
3405	佛門異記（三）	煮雲法師著	180
3406	金山活佛	煮雲法師著	130
3408	弘一大師與文化名流	陳　星著	150
3500	皇帝與和尚	煮雲法師著	130
3501	人間情味豐子愷	陳　星著	250
3502	豐子愷的藝術世界	陳　星著	160
3600	玄奘大師傳（中國佛教高僧全集1）	圓　香著	350

3601	鳩摩羅什大師傳（中國佛教高僧全集2）	宣建人　著	250
3602	法顯大師傳（中國佛教高僧全集3）	陳白夜　著	250
3603	惠能大師傳（中國佛教高僧全集4）	陳南燕　著	250
3604	蓮池大師傳（中國佛教高僧全集5）	項冰如　著	250
3605	鑑眞大師傳（中國佛教高僧全集6）	傅　傑著	250
3606	曼殊大師傳（中國佛教高僧全集7）	陳　星著	250
3607	寒山大師傳（中國佛教高僧全集8）	薛家柱　著	250
3608	佛圖澄大師傳（中國佛教高僧全集9）	葉　斌著	250
3609	智者大師傳（中國佛教高僧全集10）	王仲堯　著	250
3610	寄禪大師傳（中國佛教高僧全集11）	周維強　著	250
3611	憨山大師傳（中國佛教高僧全集12）	項　東著	250
3657	懷海大師傳（中國佛教高僧全集13）	華鳳蘭　著	250
3661	法藏大師傳（中國佛教高僧全集14）	王仲堯　著	250
3632	僧肇大師傳（中國佛教高僧全集15）	張　強著	250
3617	慧遠大師傳（中國佛教高僧全集16）	傅紹良　著	250
3679	道安大師傳（中國佛教高僧全集17）	龔　雋著	250
3669	紫柏大師傳（中國佛教高僧全集18）	張國紅　著	250
3656	圜悟克勤大師傳（中國佛教高僧全集19）	吳言生　著	250
3676	安世高大師傳（中國佛教高僧全集20）	趙福蓮　著	250
3681	義淨大師傳（中國佛教高僧全集21）	王亞榮　著	250
3684	眞諦大師傳（中國佛教高僧全集22）	李利安　著	250
3680	道生大師傳（中國佛教高僧全集23）	楊維中　著	250
3693	弘一大師傳（中國佛教高僧全集24）	陳　星著	250
3671	讀體見月大師傳（中國佛教高僧全集25）	溫金玉　著	250
3672	僧祐大師傳（中國佛教高僧全集26）	章義和　著	250
3648	雲門大師傳（中國佛教高僧全集27）	李安綱　著	250
3633	達摩大師傳（中國佛教高僧全集28）	程世和　著	250
3667	懷素大師傳（中國佛教高僧全集29）	劉明立　著	250
3688	世親大師傳（中國佛教高僧全集30）	李安利　著	250
3625	印光大師傳（中國佛教高僧全集31）	李向平　著	250
3634	慧可大師傳（中國佛教高僧全集32）	李修松　著	250
3646	臨濟大師傳（中國佛教高僧全集33）	吳言生　著	250
3666	道宣大師傳（中國佛教高僧全集34）	王亞榮　著	250
3643	趙州從諗大師傳（中國佛教高僧全集35）	陳白夜　著	250
3662	清涼澄觀大師傳（中國佛教高僧全集36）	張新科　著	250
3678	佛陀耶舍大師傳（中國佛教高僧全集37）	李恕豪　著	250
3690	馬鳴大師傳（中國佛教高僧全集38）	侯傳文　著	250
3640	馬祖道一大師傳（中國佛教高僧全集39）	李　浩著	250
3663	圭峰宗密大師傳（中國佛教高僧全集40）	徐湘靈　著	250
3620	曇鸞大師傳（中國佛教高僧全集41）	傅紹良　著	250
3642	石頭希遷大師傳（中國佛教高僧全集42）	劉眞倫　著	250

1178	楞嚴經	李富華釋譯	200	1219	大乘大義章	陳揚炯釋譯	200
1179	金剛頂經	夏金華釋譯	200	1220	因明入正理論	宋立道釋譯	200
1180	大佛頂首楞嚴經	圓　香　著	不零售	1221	宗鏡錄	潘桂明釋譯	200
1181	成實論	陸玉林釋譯	200	1222	法苑珠林	王邦維釋譯	200
1182	俱舍要義	楊白衣　著	200	1223	經律異相	白化文・李鼎霞釋譯	200
1183	佛說梵網經	季芳桐釋譯	200	1224	解脫道論	黃夏年釋譯	200
1184	四分律	溫金玉釋譯	200	1225	雜阿毘曇心論	蘇　軍釋譯	200
1185	戒律學綱要	釋聖嚴　著	不零售	1226	弘一大師文集選要	弘一大師著	200
1186	優婆塞戒經	釋能學　著	不零售	1227	滄海文集選集	釋幻生　著	200
1187	六度集經	梁曉虹釋譯	200	1228	勸發菩提心文講話	釋聖印　著	不零售
1188	百喻經	屠友祥釋譯	200	1229	佛經概說	釋慈惠　著	200
1189	法句經	吳根友釋譯	200	1230	佛教的女性觀	釋永明　著	不零售
1190	本生經的起源及其開展	釋依淳　著	不零售	1231	涅槃思想研究	張曼濤　著	不零售
1191	人間巧喻	釋依空　著	200	1232	佛學與科學論文集	梁乃崇等著	200
1192	大乘本生心地觀經	圓　香　著	不零售	1300	法華經教釋	太虛大師著	350
1193	南海寄歸內法傳	華　濤釋譯	200	1301	觀世音菩薩普門品講話	森下大圓著星雲大師譯	150
1194	入唐求法巡禮記	潘　平釋譯	200	1600	華嚴經講話	鎌田茂雄著・釋慈怡譯	220
1195	大唐西域記	王邦維釋譯	200	1700	六祖壇經註釋	唐一玄　著	180
1196	比丘尼傳	朱良志・詹緒左釋譯	200	1800	金剛經及心經釋義	張承斌　著	100
1197	弘明集	吳　遠釋譯	200	1805	金剛般若波羅蜜經講話	釋竺摩　著	150
1198	出三藏記集	呂有祥釋譯	200		**概論叢書**	**著者**	**定價**
1199	牟子理惑論	梁慶寅釋譯	200	2000	八宗綱要	凝然大德著・鎌田茂雄日譯・關世謙中譯	200
1200	佛國記	吳玉貴釋譯	200	2001	佛學概論	蔣維喬　著	130
1201	宋高僧傳	賴永海・張華釋譯	200	2002	佛教的起源	楊曾文　著	130
1202	唐高僧傳	賴永海釋譯	200	2003	佛道詩禪	賴永海　著	180
1203	梁高僧傳	賴永海釋譯	200	2004	中國佛教百科叢書・經典卷	陳士強　著	350
1204	異部宗輪論	姚治華釋譯	200	2005	中國佛教百科叢書・教義卷	業露華　著	250
1205	廣弘明集	鞏本棟釋譯	200	2006	中國佛教百科叢書・歷史卷	潘桂明・董群・麻天祥著	350
1206	輔教編	張宏生釋譯	200	2007	中國佛教百科叢書・宗派卷	潘桂明　著	320
1207	釋迦牟尼佛傳	星雲大師著	不零售	2008	中國佛教百科叢書・人物卷	董　群 著	320
1208	中國佛教名山勝地寺志	林繼中釋譯	200	2009	中國佛教百科叢書・儀軌卷	楊維中・楊明・陳利權・吳洲著	300
1209	敕修百丈清規	謝重光釋譯	200	2010	中國佛教百科叢書・詩偈卷	張宏生　著	280
1210	洛陽伽藍記	曹　虹釋譯	200	2011	中國佛教百科叢書・書畫卷	章利國　著	300
1211	佛教新出碑志集粹	丁明夷釋譯	200	2012	中國佛教百科叢書・建築卷	鮑家聲・蕭玥著	250
1212	佛教文學對中國小說的影響	釋永祥　著	不零售	2013	中國佛教百科叢書・雕塑卷	劉道廣　著	250
1213	佛遺教三經	藍　天釋譯	200	2100	佛家邏輯研究	霍韜晦　著	150
1214	大般涅槃經	高振農釋譯	200	2101	中國佛性論	賴永海　著	250
1215	地藏本願經外二部	陳利權・伍玲玲釋譯	200	2102	中國佛教文學	加地哲定著・劉衛星譯	180
1216	安般守意經	杜繼文釋譯	200	2103	敦煌學	鄭金德　著	180
1217	那先比丘經	吳根友釋譯	200	2104	宗教與日本現代化	村上重良著・張大柘譯	150
1218	大毘婆沙論	徐醒生釋譯	200	2200	金剛經靈異	張少齊　著	140

佛光文化叢書目錄

◎價格如有更動，以版權頁爲準

經典叢書		著者	定價	1137	星雲禪話	星雲大師著	200
1000	八大人覺經十講	星雲大師著	120	1138	禪話與淨話	方　倫著	200
1001	圓覺經自課	唐一玄　著	120	1139	釋禪波羅蜜次第法門	黃連忠釋譯	200
1002	地藏經講記	釋依瑞　著	250	1140	般舟三昧經	吳立民・徐蓀銘釋譯	200
1005	維摩經講話	釋竺摩　著	300	1141	淨土三經	王月清釋譯	200
1101	中阿含經	梁曉虹釋譯	200	1142	佛說彌勒上生下生經	業露華釋譯	200
1102	長阿含經	陳永革釋譯	200	1143	安樂集	業露華釋譯	200
1103	增一阿含經	耿　敬釋譯	200	1144	萬善同歸集	袁家耀釋譯	200
1104	雜阿含經	吳　平釋譯	200	1145	維摩詰經	賴永海釋譯	200
1105	金剛經	程恭讓釋譯	200	1146	藥師經	陳利權・釋竺摩等譯	200
1106	般若心經	程恭讓・東初長老譯	不零售	1147	佛堂講話	道源法師著	200
1107	大智度論	郟廷礎釋譯	200	1148	信願念佛	印光大師著 王靜蓉選編	200
1108	大乘玄論	邱高興釋譯	200	1149	精進佛七開示錄	煮雲法師著	200
1109	十二門論	周學農釋譯	200	1150	往生有分	妙蓮長老著	200
1110	中論	韓廷傑釋譯	200	1151	法華經	董　群釋譯	200
1111	百論	強　昱釋譯	200	1152	金光明經	張文良釋譯	200
1112	肇論	洪修平釋譯	200	1153	天台四教儀	釋永本釋譯	200
1113	辯中邊論	魏德東釋譯	200	1154	金剛錍	王志遠釋譯	200
1114	空的哲理	道安法師著	200	1155	教觀綱宗	王志遠釋譯	200
1115	金剛經講話	星雲大師著	200	1156	摩訶止觀	王雷泉釋譯	200
1116	人天眼目	方　銘釋譯	200	1157	法華思想	平川彰等著	200
1117	大慧普覺禪師語錄	潘桂明釋譯	200	1158	華嚴經	高振農釋譯	200
1118	六祖壇經	李　申釋譯	200	1159	圓覺經	張保勝釋譯	200
1119	天童正覺禪師語錄	杜寒風釋譯	200	1160	華嚴五教章	徐紹強釋譯	200
1120	正法眼藏	董　群釋譯	200	1161	華嚴金師子章	方立天釋譯	200
1121	永嘉證道歌・信心銘	何勁松・釋弘憫釋譯	200	1162	華嚴原人論	李錦全釋譯	200
1122	祖堂集	葛兆光釋譯	200	1163	華嚴學	龜川教信著・釋印海釋	200
1123	神會語錄	邢東風釋譯	200	1164	華嚴經講話	鎌田茂雄著・釋慈怡釋	不零售
1124	指月錄	吳相洲釋譯	200	1165	解深密經	程恭讓釋譯	200
1125	從容錄	董　群釋譯	200	1166	楞伽經	賴永海釋譯	200
1126	禪宗無門關	魏道儒釋譯	200	1167	勝鬘經	王海林釋譯	200
1127	景德傳燈錄	張　華釋譯	200	1168	十地經論	魏常海釋譯	200
1128	碧巖錄	任澤鋒釋譯	200	1169	大乘起信論	蕭萐父釋譯	200
1129	緇門警訓	張學智釋譯	200	1170	成唯識論	韓廷傑釋譯	200
1130	禪林寶訓	徐小躍釋譯	200	1171	唯識四論	陳　鵬釋譯	200
1131	禪林象器箋	杜曉勤釋譯	200	1172	佛性論	龔　雋釋譯	200
1132	禪門師資承襲圖	張春波釋譯	200	1173	瑜伽師地論	王海林釋譯	200
1133	禪源諸詮集都序	閻　韜釋譯	200	1174	攝大乘論	王　健釋譯	200
1134	臨濟錄	張伯偉釋譯	200	1175	唯識史觀及其哲學	釋法舫　著	不零售
1135	來果禪師語錄	來果禪師著	200	1176	唯識三頌講記	于凌波　著	200
1136	中國佛學特質在禪	太虛大師著	200	1177	大日經	呂建福釋譯	200

中國佛教經典寶藏 精選白話版・萬善同歸集

總監修　星雲大師
發行人　佛光山宗務委員會
心定和尚　慈莊法師　慈惠法師　慈容法師　慈嘉法師
依嚴法師　依恒法師　依空法師　依淳法師
一九九六年八月初版
二〇〇二年四月初版三刷

總編輯　慈惠法師　依空法師（台灣）；王志遠　賴永海（大陸）
總連絡　吉廣輿　王淑慧
釋譯者　袁家耀
法律顧問　蘇盈貴　舒建中　毛英富律師
出版者　佛光文化事業有限公司
台北縣三重市三和路三段一一七號 ☎（〇二）二九八〇〇二六〇
E-mail:fgce@ms25.hinet.ne
流通處　佛光出版社
高雄縣大樹鄉興田村興田路一一六—七號 ☎（〇七）六五六四〇三八—九
佛光山滴水書坊
高雄縣大樹鄉佛光山寺 ☎（〇七）六五六一九二一—六一〇二
香海文化
台北市松隆路三二七號九樓 ☎（〇二）二七四八三三〇二
佛光書局
台北市忠孝西路一段七二號九樓之十四 ☎（〇二）二三一四四六五九
台北市汀州路三段一八八號二樓之四 ☎（〇二）二三六五一八二六
台北市松江路九十巷十三號一樓 ☎（〇二）二五一一五九二一
台北縣三重市三和路三段一一七號 ☎（〇二）二九八四九五二三
台南縣永康市中華路四一三巷一號 ☎（〇六）二三二七一六〇
高雄市前金區賢中街二七號 ☎（〇七）二七二八六四九
定價　二〇〇元
郵政劃撥一八八八九四四八號　帳戶：佛光文化事業有限公司
行政院新聞局出版事業登記證局版台省業字第八六二一號

國家圖書館出版品預行編目資料

萬善同歸集／袁家耀釋譯. --初版. --高雄縣
大樹鄉：佛光，1996［民85］
　面；　公分. --（佛光經典叢書；1144）
《中國佛教經典寶藏精選白話版44》
參考書目：面
ISBN 957-543-425-0（精裝）
ISBN 957-543-426-9（平裝）

1.禪宗—語錄

226.65　　　　85007607